Zu diesem Buch

Cronins hier vorliegender Roman «Der neue Assistent», ein Buch von den Patienten, ihren Sorgen und Leiden, die den Lebensweg des neuen Assistenten Dr. Finley Hyslop kreuzen, gibt erschütternd tragische Einblicke in die Psyche der Kranken und ihres mit ihnen leidenden Helfers. Cronin hat hier das Bild eines Jungarztes gegeben, das Vorbild für alle Ärzte sein könnte.

Archibald Joseph Cronin, der heute erfolgreichste und in der Welt meistgelesene Romancier der Gegenwart, wurde am 19. Juli 1896 in dem Städtchen Cardross der schottischen Grafschaft Dumbartonshire geboren. Nach einem Medizinstudium in Glasgow war er während des Ersten Weltkriegs Marinearzt, später ärztlicher Mineninspektor in Südwales und schließlich ein gesuchter Arzt des Londoner Westends. Nach einem gesundheitlichen Zusammenbruch entstand in einer Genesungspause sein erster Roman «Der Hutmacher und sein Schloß» (rororo Nr. 4448), die tragische Geschichte des Hutmachers Brodie, den er 1931 veröffentlichte. Schon die beiden folgenden Bücher «Lucy Moore» (1932; rororo Nr. 4135) und «Das Haus der Schwäne» (1933; rororo Nr. 4372), die ihm in England einen großen Leserkreis erschlossen, zeigten den Dichter als einen großen Charakterdarsteller und aggressiven Humanisten. Mit dem 1935 folgenden Roman «Die Sterne blicken herab» (rororo Nr. 4227), der die Mißstände des schottischen Bergbaus geißelt, beginnt die Sozialkritik seines Werkes nach außen zu wirken. Zwei Jahre darauf erobert ihm der Roman «Die Zitadelle» (rororo Nr. 39) den endgültigen Weltruhm. Seine Veröffentlichung wurde zu einer Sensation, da die anklägerische Schilderung des englischen Ärztewesens hier von einem berufserfahrenen Mann stammte, der – wie Hermann Hesse äußerte – die Gefühls- und Wortgewalt eines modernen Dickens besaß. Durch seinen Entwicklungsgang war der englische Dichter wie kein zweiter berufen, die hellen und dunklen Seiten des ärztlichen Wirkens, den Arztberuf als Mission und als Nutznießung menschlicher Not aufs schärfste zu beleuchten. Seine Autobiographie schrieb er in dem Werk «Abenteuer in zwei Welten». Heute ist er mit seiner Familie in der Schweiz ansässig. Als rororo-Taschenbücher erschienen ferner: «Kaleidoskop in ‹K›» (Nr. 10), «Der spanische Gärtner» (Nr. 127), «Die Dame mit den Nelken» (Nr. 345), «Das Licht» (Nr. 376), «Doktor Murrays Auftrag» (Nr. 677), «Dr. Shannons Weg» (Nr. 774), «Der Judasbaum» (Nr. 857), «Geh auf den Markt» (Nr. 927), «Doktor Finlays Praxis» (Nr. 1383), «Kinderarzt Dr. Carroll» (Nr. 1570), «Ein Professor aus Heidelberg» (Nr. 1680), «Traumkinder» (Nr. 1720), «Damals im Hochland . . .» (Nr. 4048), «Die Frauen meines Freundes» (Nr. 4109) und «Flucht aus der Angst» (Nr. 4283).

Gesamtauflage der Werke von A. J. Cronin in den rororo-Taschenbüchern: Über 2,1 Millionen Exemplare.

A. J. Cronin

Der neue Assistent

Roman

rororo

Rowohlt

Titel der englischen Originalausgabe «The Adventures of a Black Bag»
Übertragen ins Deutsche von Richard Hoffmann
Umschlagentwurf Eva Kausche-Kongsbak

1.–300. Tausend	1954–1974
301.–305. Tausend	November 1975
306.–310. Tausend	Januar 1977
311.–315. Tausend	März 1978
316.–320. Tausend	Mai 1980

Veröffentlicht im Rowohlt Taschenbuch Verlag GmbH,
Hamburg, Mai 1954, mit Genehmigung des
Paul Zsolnay Verlages GmbH, Hamburg/Wien
Gesetzt aus der Linotype-Aldus-Buchschrift
und der Palatino (D. Stempel AG)
Gesamtherstellung Clausen & Bosse, Leck
Printed in Germany
480-ISBN 3 499 10112 2

Camerons neuer Assistent

Er stand an diesem feuchten Septembernachmittag unter den Arkaden des Bahnhofs von Levenford und fragte sich, ob er einen Wagen nehmen solle. Die Sparsamkeit sprach dagegen, das Ansehen erforderte es – nicht sein Ansehen, nein, das fast beängstigende Ansehen seines neuen Berufes.

Endlich winkte er dem rotgesichtigen Kerl in dem langen Radmantel. Der Mann hatte neben dem einzigen, von Fliegen umschwärmten Viersitzer, der den Bahnhofsausgang zierte, gestanden und schon gut drei Minuten mit verstohlenem, abschätzendem Blick den Ankömmling gemustert.

«Wieviel verlangen Sie bis zum Arden House? Wo Dr. Cameron wohnt, wissen Sie...»

Der alte Tam kam vorsichtig näher. Tam hatte nichts von der gewissen südlichen Munterkeit; ihm fiel's nicht ein, einem Fremden die blöde Frage zu stellen: «Wagen, der Herr?» Er wußte, was er wert war, der alte Tam Dewar, und für weniger hätte er sich nun und nimmer verkauft.

«Wieviel Gepäck haben Sie?» parierte er, obgleich das Gepäck deutlich zu sehen war – ein Portemanteau auf dem Pflaster und eine kleine schwarze Aktentasche, eine sehr neue Tasche, die der junge Mann fest in der großen Hand hielt. Dann fügte Tam hinzu: «Sie sind wohl Camerons neuer Assistent, wie?»

«Sehr richtig!»

«Also zwei Shilling – für Sie, Herr Doktor.»

Schlau legte er besonderen Nachdruck auf den Titel, der die Ohren des frisch Graduierten berauschte. Doch trotzdem bewahrte Finlay seinen klaren Kopf und sagte trocken:

«Ich meine natürlich die Abkürzung» – dabei war er noch nie in Levenford gewesen –, «nicht den Umweg, auf dem Sie mich hinkutschieren wollen.»

«So wahr mich Gott erschaffen hat...» protestierte Tam.

Nun entspann sich ein lebhafter Disput, der schließlich mit einem Kompromiß – ein Shilling und «was ein Krug Bier kostet» – und der gegenseitigen Versicherung des größten Wohlwollens beendet wurde.

Das Portemanteau wurde aufs Dach geworfen, der alte Tam kletterte rheumatisch auf den Bock, und der Wagen ratterte mit Finlay über das schlüpfrige Pflaster der Station Road dahin.

Die Macht über Leben und Tod

Er war ein knochiger, recht magerer Bursche mit einem Schopf dunklen Haares, starken Backenknochen und einem kräftigen, eigenwilligen Kinn. Seine blauen Augen waren aufrichtig und wunderbar durchdringend, und doch schimmerte bei aller nördlichen Hartnäckigkeit ein Schuß Humor in allen Tiefen.

Sein Anzug war zwar neu und unauffällig bis zur Strenge, aber schwerfällig und provinziell im Schnitt und paßte betrüblich schlecht. Er unterstrich die Ungeschlachtheit des Jungen, machte das Fehlen des Schliffes fühlbarer. Doch ihm galt das gleich – die Sachen waren doch warm –, und das Prinzip: Nützlichkeit, nicht Zier war einer der unverrückbaren Leitsterne seiner Erziehung gewesen.

Seine Vorfahren waren einfache Leute – einfach wie der schottische Boden, und wenn sie dieses Bodens Schlichtheit hatten, hatten sie auch seine Stärke. Sein Vater, ein Pächter in der Gegend von Cupar, kämpfte verbissen mit der widerstrebenden Erde und starb, als Finlay noch ein Kind war; seine Mutter, die Tochter eines Landpfarrers aus der Gegend, blieb in Armut zurück, schöpfte aber doch bis zum äußersten aus ihren kargen Mitteln und kämpfte erbittert darum, dem einzigen Sohn eine Chance zu geben.

Finlay hatte diese Chance genutzt, obgleich dies Arbeit und Mühe bis an die Grenzen seiner Kraft bedeutete, einen verzweifelten Kampf um jedes Stipendium, das ihm zugänglich war. Aber es hatte sich gelohnt – tausendfach –, als er den Sieg errang, als man ihm – das war erst eine Woche her – seinen akademischen Grad verlieh.

Wenig genug war dies vielleicht – nur Baccalaureus der Medizin an einer kleinen schottischen Universität. Niemals konnte er auf den Nimbus hinweisen, den ein großes Londoner Spital verleiht, niemals die gesellschaftliche Distinktion «Oxford» oder «Cambridge» hinter seinen Namen setzen. Und doch war er eine Zeitlang Assistent bei Stockmann gewesen, hatte unter dem großen MacEwen gearbeitet und gesehen, wie die langen, feinnervigen Finger dieses Mannes voll Zartheit die Geheimnisse des Gehirns bloßlegten. Die Tradition Listers stand hinter ihm.

In seinen Anfängen hatte er keine Scham, aber einen seltsam verbissenen Stolz. Seine Straße war hart gewesen und war auch jetzt nicht leicht. Er trat nicht etwa eine Praxis an, die er fix und fertig gekauft. Aber nein!

Stirrock, ein Apotheker in Glasgow, hatte ihm vor zwei Tagen gesagt: «In Levenford ist eine Assistentenstelle frei, wenn Sie so scharf darauf sind, anzufangen. Halb städtisch, halb ländlich – nichts Besonderes. Eine harte Nuß, der alte Cameron, aber im Grund des Herzens ein ausnehmend guter Kerl.»

Und so saß er nun hier, in diesem muffigen Provinzkarren mit den vier Rädern, eine unerprobte Größe, auf geheimnisvolle Art belehnt mit der Macht über Leben und Tod, ein ungeschliffener schottischer Bursche, aus dem eines Tages vielleicht etwas wurde, vielleicht auch nicht.

Das Cab ratterte die Church Street hinab, an der schäbigen Bibliothek vorbei, und bog nun in eine ruhigere Straße mit großen, freistehenden Einfamilienhäusern. In der halben Höhe nahm es die Kurve zum Zufahrtsweg des Arden House, eines soliden weißen Steinbaus mit einem Wagenschuppen an der Seite und einer halbkreisförmigen Rasenfläche vor der Front.

Der Regen tröpfelte erbärmlich, als Finlay die Stufen zum Eingang hinaufsprang und klingelte.

Nach einer Minute wurde die Tür geöffnet, und die Haushälterin, eine magere, ältliche Frau, ganz in Schwarz, stand vor ihm.

Ihr Haar war glattgekämmt, ihr Äußeres makellos, und in ihrem finsteren Gesicht mengte sich Autorität mit einer gewissen knurrigen Menschlichkeit; sie sah eigentlich aus wie jemand, der in arger Versuchung ist, zu lächeln, sich aber unablässig gegen das geringste Zeichen von leichtem Sinn verwahrt, um nicht unwiderruflich die Selbstachtung zu verlieren.

Ein paar Sekunden musterte sie Finlay, seinen Koffer, seinen Hut, ja sogar seine Schuhe; dann, mit einem leichten Hochziehen der Stirn, den luxuriösen Hintergrund, gebildet von Pferd und Wagen.

«Ein Cab haben Sie!» bemerkte sie streng, als wäre er in der Staatskarosse mit vier Apfelschimmeln vorgefahren. Eine Pause. «Na schön! Kommen Sie doch lieber herein», erklärte sie eisig. «Vergessen Sie nicht, sich die Schuhe abzuputzen.»

Pflichtschuldig putzte Finlay seine Schuhe ab und «kam herein» – mit dem Gefühl, daß die Sache übel anfing.

«Der Doktor ist auswärts», verkündete sie nun. «Der Arme weiß ja nicht mehr aus noch ein, seit der letzte Assistent fort ist. Ach, der hat nichts getaugt – ganz und gar nichts!» Und mit einem leichten Neigen des Kopfes ließ sie ihn ohne viel Federlesens vor dem Kamin stehen.

Finlay schmunzelte und blickte sich in dem großen, behaglichen Zimmer um. Wahrscheinlich das Speisezimmer, so dachte er, während er die warmen roten Vorhänge und den roten Perserteppich, das flackernde Kohlenfeuer und die soliden Mahagonimöbel betrachtete.

Keine Zimmerpflanze – gottlob! Eine große Schüssel mit Äpfeln auf dem Büfett und eine Glasdose mit Biskuits, Whisky in einer vierkantigen geschliffenen Flasche, kein Bild, kein Foto, aber – ausgerechnet – drei gelbe Geigen an den Wänden.

Ein guter, o ja, ein anständiger Raum zum Wohnen. Finlay wärmte sich vergnügt am Feuer, als die Tür aufgerissen wurde und Cameron hereinstapfte.

«Recht so», sagte Cameron, ohne ihm die Hand zu reichen, und ohne ein Wort der Einleitung. «Wärmen Sie sich nur den Hintern am Kamin, während ich mich draußen zu Tode schinde. Hol's der Teufel, hat Stirrock nicht gesagt, Sie würden schon am Vormittag hier sein? Janet! Janet!» schrie er aus voller Kehle. «Um Gottes willen, bringen Sie uns den Tee!»

Er war ein mittelgroßer, betagter Mann, mit einem Gesicht, das schottisches Wetter und schottischer Whisky rot gegerbt hatten, und einem rauflustigen Knebelbart, der jetzt mit Regentropfen betaut war.

Er hatte eine leicht gebückte Haltung, wodurch sein Kopf kriegerisch vorgeneigt war. Er trug Gamaschen, Breeches aus Schnursamt und eine breite, sackartige Jacke aus Tweed, von unbestimmbarer, undeutlich grünlicher Farbe, deren Seitentaschen zum Zerreißen vollgestopft waren mit allen möglichen Dingen, von einem Apfel bis zu einem Gummikatheter. Ihn umgab unabänderlich ein Geruch nach Whisky, Karbol und starkem Tabak.

Keine Flausen

Er machte sich über gut drei Viertel der Kaminfläche breit, musterte Finlay aus dem Augenwinkel und fragte unvermittelt:

«Sind sie kräftig? Gesund und stark?»

«Hoffentlich.»

«Verheiratet?»

«Nein!»

«Gott sei Dank! Können Sie Geige spielen?»

«Nein.»

«Ich auch nicht – aber ich baue ganz gute. Rauchen Sie Pfeife?»

«Ja.»

«Hm . . . Trinken Sie Whisky?»

Finlay war bei diesem Verhör schon recht verdrießlich geworden. «Ich kann dich nicht leiden», dachte er, während er die seltsame, keineswegs standesgemäße Gestalt betrachtete. «Und dabei wird's wohl bleiben.» Bissig antwortete er:

«Ich trinke, was mir paßt und wann es mir paßt.»

Der Funke eines Lächelns glomm in Camerons spöttischen Augen auf.

«Könnte schlimmer sein», sagte er. Dann fügte er hinzu: «Kommen Sie jetzt zum Tee.»

Janet hatte rasch und lautlos den Tisch gedeckt – Kuchen, Semmeln, Toast, Marmelade, dunkles Brot, hausbackene Krapfen –, und nun brachte sie eine gewaltige Schüssel mit kaltem Schinken und verlorenen Eiern und die große braune Teekanne.

«Bei mir im Haus gibt's keine Flausen», erklärte Cameron kurz, während er den Tee einschenkte. Er hatte schöne Hände, wie Finlay bemerkte – schwielig, aber doch zart und schmal wie die einer Frau. «Frühstück, Mittagessen, später Tee und Abendbrot – einfach und viel. Wir lassen unsere Assistenten schwitzen, aber – mit Verlaub – verhungern müssen sie hier nicht.»

Der besorgte Vater

Sie hatten die Mahlzeit fast schon beendet, als Janet weiteres Teewasser brachte. Gleichmütig sagte sie:

«Draußen wartet jemand schon eine halbe Stunde – der junge Lachlan Mackenzie, der von dem kleinen Haus am Weg nach Marklea. Seinem Kind geht's schlecht, sagt er.»

Camerons Hand machte mit dem Stück Kuchen auf halbem Weg vom Teller zum Mund halt, und er bellte seinen Lieblingsfluch:

«Dreckteufelei!» rief er. «Und ich war vormittags in Marklea und bin an dem Haus vorbeigekommen! Der verwünschte Idiot! Ich möchte darauf wetten, daß das Kind schon seit Tagen krank ist. Glauben denn die Leute alle, ich sei aus Stahl?»

Er bezwang sich. Dann sagte er mit einem Seufzer, der klang, als ob eine Maschine den Dampf abließe, aber mit ganz veränderter Stimme:

«Na schön, Janet. Schön. Führen Sie ihn herein.»

Im nächsten Augenblick stand Mackenzie an der Schwelle, die Mütze in der Hand. Er war ein armer, recht schäbig aussehender junger Mann, gekleidet wie ein Landarbeiter, sichtlich sehr verlegen in dieser Umgebung und ungemein nervös vor dem forschenden Blick des Arztes.

«Es ist wegen des Kindes, Herr Doktor», murmelte er, während er die Kappe zerknüllte. «Die Frau glaubt, es sei Keuchhusten.»

«Wie lang ist das schon, Lachlan?»

Diese freundliche Anrede mit dem Vornamen machte den jungen Burschen zutraulicher.

«Zwei Tage, Herr Doktor – aber wir glaubten nicht, daß es Keuchhusten sein könne ...»

«So, so, Lachlan, Keuchhusten! Na ja.» Eine Pause. «Wie sind Sie hergekommen?»

«Zu Fuß, Herr Doktor. Es ist nicht so weit.»

Es war sieben Meilen von Marklea nach Levenford!

Die hübsche schwarze Tasche

Cameron rieb sich langsam die Wange.

«Schön, Lachlan! Machen Sie sich keine Sorge um das Kind. Gehen Sie jetzt mit Janet und trinken Sie Tee, bis der Wagen angespannt ist.»

Schweigen herrschte im Speisezimmer, als er fort war. Cameron rührte sinnend seinen Tee um. Fast als wollte er sich entschuldigen, sagte er:

«Ich kann gegen so einen armen Teufel nicht hart sein. Das ist eine Schwäche, die ich mir wohl nicht mehr abgewöhne. Er schuldet mir noch das Honorar für die Entbindung seiner Frau und wird es auch nie zahlen. Aber ich lasse doch das Gig einspannen, fahre sieben Meilen, schaue mir das Kind an und fahre sieben Meilen wieder zurück. Und was glauben Sie, werde ich als Honorar in mein Buch eintragen? Wenn ich's nicht überhaupt vergesse – eineinhalb Shilling. Und wenn ich's vergesse, was macht das schon aus? So oder so zahlt er mir doch keinen roten Heller. O Dreckteufelei! Was für ein Leben für einen Menschen, der Geigen liebt!»

Wieder Schweigen, dann schlug Finlay vor:

«Vielleicht schicken Sie mich?»

Cameron tat einen langen Schluck Tee. Der funkelnde Spott lag wieder in seinen Augen, als er sagte:

«Eine hübsche schwarze Tasche haben Sie da. Ich sehe sie dort auf dem Sofa – funkelnagelneu, mit dem Stethoskop und allem, was Sie brauchen, elegant und komplett. Begreiflich, daß es Sie juckt, dieses Wunderding in Gebrauch zu nehmen.» Er sah seinem Assistenten in die Augen.

«Schön. Sie können fahren. Aber lassen Sie sich sagen, mein Junge, daß in einer Praxis wie der meinen nicht die Instrumententasche den Ausschlag gibt, sondern der Mensch!»

Er stand auf.

«Übernehmen Sie also den Fall, und ich erledige hier die Ordination. Tun Sie für das Kind, was Sie können. Stecken Sie sicherheitshalber ein Antitoxin ein. Sie finden es in dem kleinen Nebenraum bei der Ordination auf dem rechten Regal. Kommen Sie! Ich zeige es Ihnen. Ich möchte nicht, daß Sie sieben Meilen fahren, um dann erst daraufzukommen, daß der Keuchhusten wahrscheinlich Diphtherie ist.»

Der Wagen stand schon vor dem Haus, und Lachlan saß drin, und Jamie, der Kutscher, stand mit der Regendecke bereit. Und so fuhren sie in die nasse, dunkle Nacht.

Der erste Patient

In der Stadt regnete es schon heftig genug, doch als sie die Brücke überquert hatten und gegen Knoxhill fuhren, goß es in Strömen. Der Wind schlug ihnen ins Gesicht wie ein Orkan.

Nach fünfzehn Minuten war Finlay halb durchnäßt; der Hut nahm gar kein Wasser mehr auf; ganze Bäche rieselten ihm in den Nacken, und die kostbare schwarze Tasche, die er auf den Knien hielt, glänzte wie ein nasser Seehund.

Am liebsten hätte er das Wetter, die Praxis und Dr. Cameron verflucht, aber er biß die Zähne zusammen und sagte nichts.

Es war eine höchst üble Fahrt. Die Straße lag dunkel da, und die Wagenlaternen waren von einer Schlammschicht so trüb gemacht, daß Jamie seine liebe Not hatte, nicht vom Weg abzukommen. Rechts schimmerten hinter dichtem Föhrengehölz die Lichter von Darroch undeutlich und abweisend, und links lag gleich einem großen, dunklen Tier die gestaltlose Masse des Ardfillan Hill.

Sie fuhren schweigend durch die stockfinstere Nacht und den Regen.

Dann hörte man ein wenig weiter vorn an der Straße das rasche Plätschern vom Wasser an einem unsichtbaren Ufer.

«Der Loch!» sagte Jamie erklärend. Das waren die beiden einzigen Wörter, die während der Fahrt gesprochen wurden.

Unsichtbar zog nun die Straße diesen zornigen, unsichtbaren See entlang. Dann bogen sie, drei Meilen weiter, scharf nach links und blieben schließlich vor einem kleinen Häuschen stehen, wo ein erleuchtetes Fenster in der großen Leere pechschwarzer Dunkelheit hoffnungslos verloren wirkte. Während sie aus dem Wagen stiegen, öffnete Lachlans Frau die Tür. Trotz ihrer plump faltigen Schürze und ihrem ungekämmten Haar sah sie aus wie ein junges Mädchen.

Eine Haarsträhne hing ihr unordentlich über den Hals, und ihre großen Augen schauten dunkel und jugendlich aus der angstvollen Blässe des Gesichts.

Sie half Finlay schweigend beim Ablegen des nassen Mantels; dann wies ihn – sie sprach noch immer kein Wort – ihr unruhiger Blick zum Küchenbett.

Finlay trat an das Lager, und seine Schuhe klatschten naß auf den Steinfliesen.

Ein kleiner Junge von drei Jahren lag hustend unter einer einfachen Decke, mit schweißfeuchter Stirn, tief fahlem Gesicht und nach Atem ringend.

Trotz aller Unerfahrenheit Finlays genügte ihm ein einziger Blick. Laryngale Diphtherie.

Rasch drückte er mit dem Finger die Zunge des Knaben nieder. Ja. Der ganze Rachen war mit einer dicken grünlichweißen Membran belegt.

«Ich hab ihm Grütze gekocht, Herr Doktor», murmelte die Mutter. «Aber er ... aber er ißt nichts.»

«Er kann nicht schlucken», sagte Finlay.

Weil er nervös war, klang seine Stimme unfreundlich, ja schroff.

«Ist es denn gefährlich, Herr Doktor?» flüsterte sie und legte sich die Hand aufs Herz.

«Gefährlich!» dachte Finlay, während er den Puls fühlte. «Sie hat ja keine Ahnung, wie gefährlich!»

Er neigte sich über den Kleinen und untersuchte ihn eingehend und sorgfältig. Ohne jeden Zweifel, das Kind lag im Sterben.

«Eine schauerliche Situation», dachte er. Der erste Patient ein todgeweihtes Kind!!

Der Mut einer Mutter

Er ging zu seiner Tasche, öffnete sie und füllte die große Injektionsspritze mit achttausend Einheiten Antidiphtherieserum. Das Kind stöhnte nur ein wenig, als die Nadel in seinen Schenkel stach und das Serum langsam eindrang.

Um Zeit zu gewinnen, ging Finlay zum Feuer zurück.

Auch Jamie und Lachlan waren jetzt in dem Raum, denn das war der einzige warme Ort im Haus.

Sie standen beide an der Tür. Er konnte ihre Blicke fühlen, beobachtend, voll Erwartung – und zudem noch den entsetzten Blick der Mutter.

Er war jetzt der Mittelpunkt in dem armseligen Raum. Sie schauten ihn an, voll Hoffnung, er werde etwas für das Kind tun.

Was konnte er tun? Er wußte genau, was er tun mußte. Aber er hatte Angst.

Er kehrte an das Bett zurück. Um das Kind stand es womöglich noch schlechter. In einer halben Stunde konnte das Serum erst wirken, und bis dahin war der Knabe gewiß schon erstickt.

Wieder überflutete ihn eine Woge der Angst. Er mußte seinen Entschluß fassen. Jetzt, sofort – oder es war zu spät.

Automatisch blickte er sich um. Er fühlte sich so jung, so gänzlich unfähig, so unerfahren angesichts der großen, elementaren Kräfte, die sich hier gegen ihn erhoben.

Er war bleich bis in die Lippen und sagte fast tonlos:

«Der Junge hat Diphtherie. Die Membran verlegt den Kehlkopf. Es gibt nur ein Mittel. Eine Operation. Die Luftröhre unterhalb der verlegten Stelle öffnen.»

Die Mutter rang die Hände und schrie auf:

«Nein, Herr Doktor, nein!»

Finlay wandte sich an Jamie.

«Legen Sie das Kind auf den Tisch.»

Eine Sekunde zögerte Jamie; dann trat er langsam hinzu, hob das fast bewußtlose Kind auf und legte es auf den sauber gescheuerten Tisch aus Fichtenholz. Doch da brach Lachlan zusammen.

«Ich halt es nicht aus! Ich halt es nicht aus!» rief er feige und blickte sich verzweifelt um, auf der Suche nach einem Vorwand. «Ich will das Pferd in den Stall führen.»

Zähneklappernd stürzte er fort. Jetzt hatte sich die Mutter wieder in der Gewalt. Blaß wie ein Gespenst, die Hände wild geballt, sah sie Finlay an.

«Sagen Sie mir, was ich tun soll, ich tu es.»

«Stellen Sie sich hierher und halten Sie ihm den Kopf fest zurück.»

Finlay betupfte die Haut am Halse des Kindes mit Jod.

Er nahm ein sauberes Handtuch und legte es über die glasigen Augen. Von Chloroform konnte keine Rede mehr sein; es wäre Wahnsinn gewesen, daran auch nur zu denken.

Jamie hielt die alte Petroleumlampe näher heran.

Finlay biß die Zähne zusammen und nahm die Lanzette.

Mit fester Hand machte er den Einschnitt, aber er fühlte, wie ihm dabei die Knie zitterten.

Ein tiefer Einschnitt – aber nicht tief genug. Er mußte tiefer gehen, tiefer! Kühn einschneiden, aber dabei die ganze Zeit auf die Jugularvene achten. Wenn er die anschnitt!

Er erweiterte die Inzision mit dem stumpfen Ende des Skalpells und suchte verzweifelt nach der weißen Luftröhre.

Das Kind, vom Schmerz zu Bewußtsein gebracht, wand sich wie ein Fisch in einem Netz. O Gott, war denn die Luftröhre nicht zu finden?

Er war hilflos und pfuschte – das wußte er. Das Kind mußte sterben, und dann hieß es, er habe es getötet.

Er verwünschte sich insgeheim. Schweißperlen standen ihm auf der Stirn.

Das Atmen des Kindes war jetzt furchtbar – matt und stoßweise; der ganze kleine Brustkorb kämpfte geräuschvoll bei jedem angstvollen, nutzlosen Atemzug.

Die Halsadern waren angeschwollen, der Hals verfärbt, das Gesicht fast schon schwarz. «Keine Minute ist mehr Zeit», dachte Finlay. «Es ist aus mit ihm, und mit mir auch.»

Einen beängstigenden Augenblick hatte er eine Vision – er sah all die Operationen, denen er beigewohnt hatte – er sah die kalte, tadellose Exaktheit MacEwens und dann, als furchtbaren Gegensatz, dieses sich windende, verzweifelte kleine Geschöpf, das beim Schein einer Petroleumlampe auf einem Küchentisch unter seinem Messer starb, während draußen der Wind heulte und tobte.

«O Gott!» betete er. «Hilf mir jetzt! Hilf mir!»

Er fühlte, wie sich Nebel vor seine Augen legte. Eine große Leere ergriff von seinem ganzen Wesen Besitz. Und dann sah er plötzlich die schmale weiße Röhre unter dem suchenden Messer.

Gedankenvoll vollzog er den Schnitt, und im gleichen Augenblick hörte das Keuchen des Kindes auf.

Statt dessen drang ein langer, klarer Luftstrom durch die Öffnung. Und noch – und wieder.

Die Schwarzfärbung verging; der Puls wurde stärker.

Von einer furchtbaren Reaktion gepackt, glaubte Finlay ohnmächtig zu werden.

Da er Angst hatte, sich zu bewegen, hielt er den Kopf gesenkt, um die beißenden Tränen zu verbergen, die ihm in die Augen traten. «Ich hab es geschafft», dachte er. «O Gott, ich hab es trotzdem geschafft!»

Ein wenig später schob er das kleine silberne Tracheotomierohr in die Öffnung.

Er wusch sich das Blut von den Händen und legte das Kind wieder ins Bett. Die Temperatur war um eineinhalb Grad gesunken.

Er setzte sich ans Bett, beobachtete den Knaben und säuberte das Röhrchen vom Schleim.

Er empfand ein wunderbares, wohlwollendes Interesse an dem Kind – er studierte dieses kleine Gesicht, das ihm nun nicht mehr fremd war.

Die schmutzbespritzte Tasche

Von Zeit zu Zeit legte die Mutter im Herd nach – so lautlos, als bewegte sich ein Schatten durch den Raum. Jamie und Lachlan schliefen in dem Zimmer oben.

Um fünf Uhr morgens machte Finlay eine zweite Injektion mit viertausend Einheiten. Um sechs Uhr schlief das Kind bereits friedlich.

Um sieben stand Finlay auf und streckte sich. Lächelnd sagte er:

«Ich glaube, jetzt ist's in Ordnung.» Und er erklärte der Mutter, wie sie das Rohr reinigen mußte. «In zehn Tagen ist alles verheilt und wieder gut.»

Jetzt lag kein Entsetzen mehr in ihrem Blick, sondern eine rührende, wortlose Dankbarkeit – gleich der Dankbarkeit eines stummen Geschöpfes einem Gott gegenüber.

Das Pferd war eingespannt; der Wagen fuhr vor.

Stehend tranken sie alle noch eine Schale Tee. Der Regen hatte schon lange aufgehört. Um halb acht war er mit Jamie schon wieder unterwegs mitten in der blassen Herrlichkeit des Morgens.

Seltsam, doch Jamie war nicht mehr schweigsam; er wußte zu dem und zu jenem etwas zu sagen, ein Wort der Kameradschaft, das gar lieblich an Finlays Ohr drang.

Es war nahe an neun Uhr, als Finlay müde, unrasiert, die völlig mit Schlamm beschmierte Tasche in der Hand, ins Speisezimmer des Arden House taumelte.

Cameron war da; frisch und munter summte er ein Liedchen vor sich hin – er hatte die aufreizende Gewohnheit, am Morgen zu summen –, und er besichtigte eine stattliche Schüssel mit Speck und Eiern.

Er maß Finlay von Kopf bis zu den Füßen; dann sagte er mit einem trockenen Zwinkern, noch ehe der andere den Mund öffnen konnte:

«Etwas Gutes ist jedenfalls daran! Die Tasche hat ihren Glanz verloren.»

Dann setzten sie sich gemeinsam zum Frühstück.

Standeswidriges Verhalten

Der Tanzabend bei den Sinclairs

Kein Mensch ist für seinen Biographen ein Held. Und wenn der Biograph ehrlich ist, wird er die Fehler eines Charakters parallel mit den Vorzügen schildern und die Eitelkeiten gegen die Tugenden abwägen.

Sie dürfen also nicht glauben, daß Finlay Hyslop der wunderbare Löwe der Gesellschaft von Levenford gewesen wäre, ein makelloser junger Arzt, der sich niemals dumm, albern oder närrisch benommen hätte. Gelegentlich hatte Finlay alle diese Eigenschaften. Und darum müssen Sie jetzt die Geschichte von Miss Malcolm hören.

Er lernte Miss Malcolm bei einem Tanzabend kennen. Wohlgemerkt, bei keiner gewöhnlichen Tanzerei, wie dem Gehopse in der Stadthalle oder der Akademie-Réunion, sondern bei dem Hausball, den die Sinclairs alljährlich gaben.

Die Sinclairs – na ja, das waren die Schiffbauer, deren Werften sogar die berühmten Werke der Rattrays eingeholt und in letzter Zeit überholt hatten. Sie gehörten dem Landadel an und waren mit der Mehrzahl der Honoratioren von Winton verwandt, und ihr Gutsbesitz zwischen Levenford und Ardfillan war der Stolz und der Neid der ganzen Gegend.

Jeden Winter gaben sie einen Tanzabend – genauer gesagt, einen Ball, und jedermann, der jemand war, wurde eingeladen. Manchmal verirrte sich sogar ein versprengter Herzog hin; der Parlamentsabgeordnete der Gegend erschien unvermeidlich; gewiß fand man dort auch einen oder zwei Baronets, und immer ein ganzes Rudel von Parlamentsmitgliedern – kurz und gut, es war eine Veranstaltung, bei der Stammbäume zur Schau gestellt wurden und blaues Blut wichtiger war als der weiße Wein.

Zu diesem Abend lud man, um die freie Denkart des Landadels zu zeigen, die hervorragendsten Angehörigen der freien Berufe ein – die «angesehendsten» Ärzte und Rechtsanwälte nebst ihren Frauen und Töchtern.

Und so kam es, daß eines Tages eine große, steife Karte mit Goldschnitt und mit so viel Titelabkürzungen, als wäre sie ein Grabstein, ins Arden House gebracht wurde und die Herren Doktoren Cameron und Hyslop zu dem Ball bat.

«Na ja!» sagte Cameron und warf das Papier auf den Kaminsims. «Keiner von dem Pack ist mir meinen Nachtschlaf wert. Sie können ja gehen, Finlay. Ich habe das Getanze schon hinter mir.»

Finlay wandte ein, er habe für einen Ball genau so viel Interesse wie ein Stier für einen Porzellanladen.

«Sie sollten aber doch hingehen, mein Junge», antwortete Cameron recht freundlich. «Und wär es auch nur der Höflichkeit halber. Die Sinclairs können Ihnen manche Guinee zuschanzen, wenn die Leute nur wollen. Gehen Sie so gegen zehn Uhr hin, schwatzen Sie ein wenig mit Seiner Gnaden –» Cameron zwinkerte. «Essen Sie ein Eis mit der Lady; sagen Sie dem Abgeordneten, seine letzte Rede sei Blödsinn gewesen, und dann kommen Sie hübsch artig heim und gehen zu Bett.»

Zwei freundliche braune Augen

Und so ging Finlay hin.

Zuerst machte es ihm gar kein Vergnügen; er fühlte sich, genaugenommen, recht unglücklich und im höchsten Grad unbehaglich. Auf der Treppe drängten sich eine Menge Leute mit römischen Nasen und lauten Stimmen, es herrschte ein fieberhaftes Durcheinander von Sippen-Slang, und in der Luft lag nichts als Überlegenheit.

Kein Mensch nahm auch nur die geringste Notiz von ihm; obwohl er verbissen all seinen demokratischen Stolz zu Hilfe rief, empfand er sich doch immer mehr als ungeschlachten jungen Burschen in einem schlechtgeschnittenen Frack, als ungeschliffenen Provinzdoktor, der niemanden kannte und den niemand kennen wollte.

Er dachte an Charles Bovary in dem Roman Flauberts, an diesen tölpelhaften Apotheker, den ein jeder über die Achsel ansah, und leichte Schamröte stieg ihm in die Stirne. Aber er nahm sich verbissen vor, es durchzustehen, und stellte sich im Ballsaal mit dem Rücken an die Wand. So schauerlich einsam er sich auch fühlte, trachtete er doch nach Kräften, die hübsche Geziertheit, die sich da vor ihm abspielte, zu verachten – aber eigentlich verachtete er nur sich selbst.

Und da entdeckte er, daß ihn zwei freundliche braune Augen unverwandt ansahen. Er wurde noch röter; doch siehe da – sie lächelte ihn an, und er erwiderte dieses Lächeln.

Er war überzeugt davon, sie schon einmal gesehen zu haben, und glaubte zu wissen, daß sie in Levenford wohnte und daß man sie ihm dort gezeigt hatte. Und dann erinnerte er sich genau. Mit einem gewissen Selbstvertrauen ging er nun zu der hohen grünen Palme, unter der sie saß. Sie empfing ihn mit vollendeter Sicherheit.

«Sie sind doch Dr. Hyslop», teilte sie ihm charmant mit. «Ich kenne Sie recht gut, obwohl Sie mir nie vorgestellt wurden. Dafür haben Sie keine Ahnung, wer ich bin.»

«Aber natürlich! Sie sind Miss Malcolm!»

Fast hätte er hinzugefügt: «Die Lehrerin», aber zum Glück hielt er sich noch rechtzeitig zurück.

Und sie war wirklich Lehrerin gewesen, denn sie hatte in St. Hilda, dieser höchst exklusiven Mädchenschule in Ardfillan, Französisch unterrichtet, doch dann war sie in den Besitz einer kleinen Erbschaft gekommen und übte nun trotz ihrer Jugend ihren Beruf nicht mehr aus.

Sie lächelte ihm wieder zu und rückte zur Seite, damit er sich neben sie setzen könne. Nun fühlte er sich sicherer; sie war freundlich, sie war nett, sie war jemand, mit dem man plaudern konnte.

«Ich bin überrascht, Sie hier zu sehen», bemerkte er vertraulich, wobei er wieder unbewußt an ihre soziale Stellung dachte, die – nun ja, die doch sogar noch niederer war als die seine.

«Ich selber bin oft überrascht, mich hier zu sehen», stimmte sie zu. Sie hatte eine entzückende Stimme – klangvoll und weich. «Es ist ja furchtbar langweilig, aber in einem gewissen Sinn fühle ich mich verpflichtet, zu kommen. Sie müssen wissen: Matthew Sinclair ist mein Vetter.»

Einführung

Sein Gesicht war eine Studie. Eine Kusine Sir Matthew Sinclairs! Sie gehörte also dazu, war mit dem Sippenhaupt blutsverwandt, und er, der arme Narr, hatte versucht, sie zu begönnern.

«Tanzen Sie nicht?»

Sie schien seine Verwirrung ganz und gar nicht bemerkt zu haben, doch schlug sie die ganze Zeit mit ihrem kleinen Elfenbeinfächer Takt zu der Musik.

«Ich bin ein so elender Tänzer», sagte er bescheiden. Sie lächelte. «Sollten wir's nicht doch versuchen?»

Sie versuchten es. Sie tanzte herrlich und lag leicht in seinem Arm wie eine Flaumfeder. Gewandt lenkte sie seine ziemlich mittelmäßigen Schritte und zwang ihn taktvoll in den Rhythmus. Zudem war die Kapelle erstklassig.

Nach dem ersten Augenblick des Zauderns freute er sich ungemein an dem Tanz. «Das war einfach prächtig», sagte er knabenhaft, als sie ihre Plätze wieder einnahmen.

«Wir können's ja noch einmal probieren. Aber vorher dürfen Sie mir ein Eis holen. Schokolade, bitte!»

Er stürzte zum Büfett, wandte mannhaft seine Ellbogen an und holte ihr ein Schokoladeeis.

Sie nahm es mit ihrem kurzen Lächeln entgegen und aß es schweigend. Immer wieder nickte sie Leuten zu, die an ihr vorbeiwirbelten. Er beobachtete sie voll Bewunderung. Ihre Sicherheit war vollendet, ihre Bewegungen vornehm und schlicht. Keine Spur von Dünkel oder Snobismus.

Sie war eine Dame. Ja, sie war eine Dame. Und sie war – wie sollte er das ausdrücken – sie war recht hübsch.

Ihre braunen Augen funkelten; der Tanz hatte ihre Wangen leicht gerötet; sie trug ein entzückendes, gerafftes weißes Kleid – sehr einfach und mädchenhaft.

Und sie war nicht sehr alt. Wie alt mochte sie eigentlich sein? Nicht recht im klaren darüber, versuchte er, es zu erraten. Vielleicht dreißig, vielleicht sogar weniger, ganz gewiß aber nicht mehr als fünfunddreißig.

Plötzlich sagte er leise:

«Es ist mehr als nett von Ihnen, sich eines solchen Idioten, wie ich einer bin, anzunehmen. Wissen Sie, daß ich, bevor wir miteinander bekannt wurden, mit keiner Menschenseele hier ein Wort gewechselt habe, außer mit dem Butler? Und auch der gab mir keine Antwort. Er sah nur herab auf mich wie ein Bischof.»

Sie brach in helles Lachen aus. Dann sagte sie feierlich:

«Das kommt daher, daß Sie niemanden kennen. Wir werden das ändern.»

Sie winkte mit dem Löffel einen vorbeikommenden jungen Mann heran.

«He! Maurice! Laßt euch vorstellen – Dr. Hyslop.»

In fünf Minuten stellte sie ihn einem halben Dutzend Männern vor. Das waren doch keine Snobs, wie er sah, sondern nette Leute, alle. Jetzt fühlte er sich nicht mehr als Außenseiter. Er gehörte dazu.

Wieder tanzte er einen Walzer mit Miss Malcolm. Man spielte die «Schöne blaue Donau.» Es war herrlich. Die Leichtigkeit und die Eleganz ihrer Bewegungen bezauberten ihn. «Sie tanzen wirklich ganz gut», sagte sie so nebenbei.

Er errötete vor Freude.

«Das ist Ihr Verdienst», sagte er unbeholfen. «Sie tanzen göttlich.»

Ein bezauberndes Mädchen

Fast den ganzen Abend tanzte er mit Miss Malcolm. Sie stellte ihn vielen Männern vor, aber die Frauen, mit denen sie ihn bekannt machte, waren – natürlich rein zufällig – ein wenig zu alt zum Tanzen. Außerdem spielte das gar keine Rolle. Mit ihr wollte er tanzen, denn vor ihr hatte er keine Scheu.

Finlay unterhielt sich blendend. Er ging richtig aus sich heraus, war lebhaft, angeregt und galant.

Er kam nicht um elf Uhr nach Levenford zurück, wie Cameron vorausgesagt hatte, sondern um vier Uhr morgens.

Ehe er das Haus der Sinclairs verließ, fragte er Miss Malcolm, ob er sie heimbegleiten dürfe. Sie schüttelte anmutig den Kopf.

«Ich übernachte hier. Aber Sie müssen mich besuchen kommen, wenn ich wieder zu Hause bin. Sie wissen doch, wo ich wohne? In der komischen alten Gasse hinter dem Stadtpark. Kommen Sie einmal am Abend, wenn Sie Zeit haben. Abends bin ich gewöhnlich frei.»

Am Morgen beim Frühstück war Finlay frisch und munter und noch voll von dem Ball.

Der alte Cameron musterte ihn.

«Dazu muß man jung sein», sagte er dozierend, «um die ganze Nacht zu tanzen und am nächsten Morgen munter zu sein, ohne über das Porridge zu fluchen. Sie scheinen sich ja gut unterhalten zu haben.»

«Wunderbar», stimmte Finlay fröhlich zu.

«So, so! Na ja! Haben Sie viele von den Leuten kennengelernt?»
«Ganze Mengen.»
«Was Sie da sagen! Das ist ja großartig, großartig. Vielleicht wird Sie Sir Matthew kommen lassen, wenn er nächstens die Masern kriegt.»
Finlay wurde rot.
«Übrigens», bemerkte er wichtig, «habe ich wirklich fast den ganzen Abend mit Sir Matthews Kusine getanzt.»
«Sir Matthews Kusine?»
«Sehr richtig! Mit Miss Malcolm.»
«Miss Malcolm!» wiederholte Cameron verständnislos, dann verbarg er sein Erstaunen, indem er sich hastig an seinen Hering machte. «Ja, ja, sie ist irgendwie mit den Sinclairs verwandt. Keine direkte Kusine, glaube ich, kaum so nahe verwandt. Aber trotzdem ein recht nettes Geschöpf.»
«Das ist sie wirklich. Ein entzückendes Mädchen.»
Diesmal erstickte Cameron beinahe. Er keuchte und prustete, konnte sich aber dann freihusten.
«Die verfluchten Heringe», stöhnte er. «Lauter Gräten. Was sagen Sie da von Miss Malcolm?»
«Nur, daß sie entzückend ist», antwortete er versonnen. «Ich muß sie demnächst einmal besuchen.»
Cameron schob seinen Sessel energisch zurück.
«Sie haben viel zu viel zu tun, um an solchen Blödsinn zu denken. Sie sind ein Arzt, Finlay, Mensch, kein läppischer Troubadour.»

Das parfümierte Billet

Im Licht dieser Bemerkung war es sonderbar, daß Finlay in den nächsten Tagen vor Arbeit nicht ein und aus wußte. Cameron bürdete ihm erbarmungslos Arbeit auf. Durch volle vierzehn Tage hatte Finlay keinen einzigen freien Augenblick, in dem er Miss Malcolm hätte besuchen können. Doch am Ende der zweiten Woche kamen ein paar Zeilen, auf einfachem, mattem weißem Papier mit glattem Rand, zart nach Verbenen duftend.
«Ich hatte erwartet, Sie würden mich als Freund besuchen kommen. Doch jetzt muß ich Sie leider als Arzt rufen. Ich bin nicht ganz gesund. Nichts Ernstes. Aber recht lästig. Kommen Sie am Abend, wenn Sie können, und trinken Sie Kaffee mit mir.»
Finlay schnupperte an dem Billet. Was für ein bezauberndes Parfum! Sie war also krank, die Arme, und er hatte sie so schmählich vernachlässigt. Ach, das war zu schlimm, wirklich zu schlimm.
«Eine Visite ist bei Miss Malcolm zu machen», teilte er beim Mittagessen Cameron mit.
Camerons Brauen zogen sich hoch, und er sah drein, als wollte er einen Fluch ausstoßen. Aber er sagte nichts.

«Natürlich werde ich das erledigen», antwortete Finlay ruhig. Eine Pause.

«Ich werde hinüberschauen...»

«Am Abend!» rief Cameron. Dann neigte er den Kopf und begann wie ein Irrer seine schottische Suppe zu löffeln.

Finlay bewunderte Miss Malcolms Haus schon beim Eintreten.

Miss Malcolms Haus war – ebenso wie Miss Malcolm selbst und wie Miss Malcolms Briefpapier – bezaubernd, ganz und gar bezaubernd. Es war keine Villa – schon dieses Wort ist irgendwie zu plump –, sondern ein anmutiges altes Haus aus verwittertem rotem Sandstein.

Es stand in einer krummen Gasse und hatte eine Stufe vor dem Tor; die Räume waren groß und hoch; sie atmeten Vornehmheit, und die Einrichtung paßte zu dem Ganzen.

Miss Malcolm hatte viele Reisen gemacht und mancherlei Dinge da und dort gesammelt.

«Gefällt Ihnen meine bemalte Truhe? Sie ist recht hübsch. Ich habe sie aus einem komischen kleinen Gasthof in Tirol.» Oder: «Diese sonderbaren Leuchter kaufte ich einer lieben alten Bretonin in Val Andre ab.»

Miss Malcolm ruhte im Salon auf einer Chaiselongue neben dem Kamin. Ein altes Silbertablett mit schönem Porzellan und einer Empire-Kaffeekanne stand neben ihr.

«Sie Treuloser!» rief sie munter. «Wäre ich nicht krank geworden, ich hätte Sie wahrscheinlich nie wiedergesehen.»

Er protestierte:

«Nein, nein, Miss Malcolm! Ich wollte schon die ganze Zeit kommen. Aber ich hatte so viel Arbeit. Sagen Sie mir also, was Ihnen fehlt.»

«Ich glaube, wir haben neulich zu viel getanzt. Mein Herz – aber es ist nichts Besonderes, nur eine Kleinigkeit.»

Voll Besorgnis untersuchte er ihr Herz. Als sein Kopf sich über sie neigte, schloß sie die Augen. Er konnte nicht viel feststellen – höchstens ein leises Nebengeräusch, aber gewiß keine merkbare Schädigung. Er richtete sich wieder auf und sagte fürsorglich:

«Sie brauchen Ruhe. Das ist alles. Sie müssen sich eine Zeitlang ausruhen. Und ich werde Ihnen ein kleines Tonikum geben. Ich mache es Ihnen selber. Verlassen Sie sich auf mich. Ich werde Sie betreuen.»

Sie dankte ihm und fügte hinzu:

«Seit ich in Arosa Klettertouren machte, stimmt da etwas nicht ganz. Aber ich bin sonst sehr stark. Kerngesund und kräftig.»

Ärztliche Visiten

Während sie ihn mit Kaffee bewirtete, sprachen die beiden begeistert von den Bergtouren in der Schweiz.

Der Kaffee war köstlich – nicht so wie der Kaffee Janets, der übrigens als Hausgetränk auch recht gut war –, duftend, aromatisch, voll sinnlicher Essenz. Miss Malcolm bat Finlay, doch seine Pfeife zu rauchen. Sie schwärmte für Pfeife.

Dann sprachen sie vom Reisen, von den faszinierenden exotischen Ländern des Ostens, von Büchern. Sie sprach klug, herausfordernd, witzig. Sie hatte sehr viel gelesen.

Gelegentlich ging sie zu Französisch oder Deutsch über, flocht unauffällig einen kleinen Satz ein. Ihr Akzent war vollendet. Finlay schaute sie voll Bewunderung an.

Unter den matt abgeschirmten Lampen, in ihrem eigenen Milieu, beim Duft des Kaffees und dem leichten, flüchtigen Geruch der Verbenen sah sie wirklich schön aus.

Sie war eher mager, das stimmte, und ihre feuchten braunen Augen waren groß, voll, ja fast etwas vorstehend. Auch ihre Zähne standen etwas hervor. Die Haut am Hals sah trocken aus, und ihre Nase hatte, von gewissen Gesichtswinkeln aus gesehen, eine sonderbare Schärfe. Doch ihre Art, sich zu halten, ihre eigentümliche Art, die Gesichtszüge zu beleben, verwehten jede kritische Analyse.

Ihre Hände waren schön und gepflegt. Sie war elegant. So sicher, so überlegen, so wohlerzogen – so sehr Lady!

Sie sagte nicht: «Na, Dr. Hyslop, Sie essen gar nichts. Haben Sie keinen Kaffee mehr?» Sie bog den kleinen Finger nicht ab. Sie starrte ihn nicht an.

Finlay sagte sich, sie sei in höchstem Maß entzückend und anregend. Er fühlte sich unendlich angezogen. Sie schenkte ihm ein Gefühl seines eigenen Wertes, das Gefühl, daß er in einem so elenden Nest wie Levenford verloren sei.

Er begann nun gemeinsam mit ihr über Levenford loszuziehen. Es war zehn Uhr, als er widerstrebend aufstand, um Abschied zu nehmen. Er versprach ihr, ganz bestimmt am nächsten Abend wiederzukommen. Als sie einander die Hand reichten, fühlte er einen zarten Druck ihrer Finger.

Der nächste Abend kam. Und Finlay machte seine Visite bei Miss Malcolm. Desgleichen am übernächsten Abend und am drittnächsten.

Das waren ärztliche Visiten, wie sie nachdrücklich betonte; sie sei materiell ganz gut gestellt und verlange, gleich jedem anderen Patienten behandelt zu werden; und jedesmal vor dem Kaffee und dem Geplauder behorchte Finlay höchst angelegentlich ihr Herz.

Eine Lektion

Ungefähr zehn Tage später kam Cameron zu Finlay ins Ambulatorium. Er drückte ein wenig herum, dann erklärte er unvermittelt:

«Sie gehen recht oft zu Miss Malcolm.»

«Natürlich», sagte Finlay überrascht. «Sie hat sich das Herz ein wenig überanstrengt.»

«Das Herz!» echote Cameron trocken. «Ja, ja! Das sind also lauter ärztliche Visiten.»

«Gewiß!» rief Finlay entrüstet. «Wofür halten Sie mich denn? Ich habe nichts Unrechtes getan. Aber wenn Sie die Wahrheit wissen wollen: ich gehe ungeheuer gern zu Miss Malcolm. Sie hat einen blendenden Geist und ...»

«Sind Sie in das verdammte Weibsbild verliebt?» fragte Cameron heftig.

Finlay errötete bis zu den Haarwurzeln.

«Sie ist kein verdammtes Weibsbild! Sie ist eine Dame! Und ich fühle mich sehr hingezogen zu ihr.»

Cameron warf die Arme hoch.

«Mein Gott!» stöhnte er. «Und Sie habe ich für einen vernünftigen Menschen gehalten!»

Und er verließ das Zimmer.

Am Abend ging Finlay energisch zu Miss Malcolms Haus. Camerons Haltung hatte ihn nur noch verbissener gemacht. Er drückte Miss Malcolms Hand fester als sonst. Er sagte, wie sehr er sich freue, sie zu sehen. Und dann holte er sein Stethoskop, um ihr Herz zu untersuchen.

Diese Geschichte hätte vielleicht ein anderes Ende genommen, hätte Miss Malcolm ihren kühlen Kopf behalten. Aber sie verlor ihren Kopf ganz und gar, verleitet von Finlays besonderer Herzlichkeit.

Als er sich dicht über sie beugte, um ihr Herz abzuhorchen, warf sie ihm die Arme um den Hals.

«Ich kann nicht anders, Finlay», murmelte sie. «Sie sind so unsagbar lieb!» Und sie küßte ihn auf den Mund.

Finlay fuhr zurück, als hätte ihn eine Schlange gebissen.

«Das dürfen Sie nicht!» stammelte er. «Das dürfen Sie nicht tun!»

Seine ganze Erziehung sträubte sich dagegen. Die Arme einer Patientin um seinen Hals! Standeswidriges Verhalten. Für geringere Dinge konnte einem das Diplom entzogen werden, strich man jemanden aus dem Register.

Entsetzen packte ihn. Er starrte sie an, wie sie dalag und ihre großen braunen Augen voll Schmelz zu ihm aufschlug. Er stieß eine Entschuldigung aus und stürzte aus dem Zimmer.

Er ging schnurstracks zu Cameron und erzählte ihm alles. Cameron sah ihn in seiner sonderbaren Art an.

«Haben Sie also endlich Ihre Lektion bekommen, mein Junge? Ich könnte nicht behaupten, daß es mir leid tut. Hören Sie zu – denn jetzt sind Sie ja erst imstand, mich zu verstehen. Für wie alt halten Sie die reizende Miss Malcolm?»

Finlay murmelte:

«Ich weiß nicht ...»

«Zweiundvierzig ist sie – auf den Tag genau! Zweiundvierzig! Und schon seit vierundzwanzig Jahren hält sie Ausschau nach einem Mann. Hören Sie – haben Sie sie schon einmal am Morgen gesehen?»

«Nein», sagte Finlay verlegen. «Sie wollte immer, daß ich am ...»

«Am Abend komme», ergänzte Cameron bissig. Er machte eine Pause der Spannung. «Aber wenn Sie sie am Morgen gesehen hätten ...» Und mehr sagte er nicht.

Am nächsten Tag übernahm Cameron die Visite bei Miss Malcolm. Er ging am Vormittag hin und blieb nicht lang.

Erstaunlich war nur, daß Miss Malcolms überanstrengtes Herz unverzüglich gesund wurde.

Die Schwestern Scobie

Ein Gegenstand des Klatsches

Als Finlay an jenem rauhen Septembermorgen seine Schuhe am Feuer erwärmte, ehe er sie anzog, trat Janet ein, ein Blatt Papier in der Hand.

«Sie werden zu Anabel Scobie gerufen.» Und sie reichte ihm mit einem ganz besonderen Gesichtsausdruck das Papier.

Er nahm das Blatt, einen sonderbaren schmalen Streifen, der so aussah, als wäre er sorgfältig zugeschnitten worden, und schaute auf die eckige altmodische Handschrift:

«Miss Beth Scobie bittet Herrn Doktor, so freundlich zu sein und ihre Schwester Anabel zu besuchen, die unpäßlich ist.»

«Schon recht, Janet», sagte er nickend. «Ich merke mir's vor.»

Sie blieb einen Augenblick stehen und sah zu, wie er die Eintragung in sein Notizbuch machte; dabei schien sie offenbar vor Verlangen zu brennen, ihm etwas über die Scobies zu erzählen. Der Widerstreit zwischen ihrer aufgezogenen Würde und einem furchtbaren Hang zum Klatsch bewirkte es, daß ihre herabgezogenen Mundwinkel zuckten, und so sah sie aus wie eine Katze angesichts verbotenen Rahms. Plötzlich schaute Finlay auf und sah, wie dieser dürstende Blick auf ihn gerichtet war. Er lachte unverhohlen.

«Lassen Sie's nur, Janet», sagte er liebenswürdig. «Ich kenne die Geschichte der Scobies.»

Sie fuhr auf. «Das ist auch gut so. Denn von mir hätten Sie kein Wort gehört.»

Mit hoch erhobenem Kopf machte sie kehrt und fegte zutiefst entrüstet aus dem Zimmer.

Fünfzehn Jahre Schweigen

Tatsache ist, daß die meisten Leute in Levenford von den Scobies wußten. Das waren zwei Schwestern. Zwei unverheiratete Damen, reichlich über fünfzig, und sie bewohnten das kleine Sandsteinhaus am Ende des Levenford Crescent.

Es war ein altmodisches Haus, jenseits des Spielplatzes, gleich an der Bucht, ein von Winden gepeitschtes kleines Haus mit einer herrlichen Aussicht auf Schiffe und offenes Wasser, und der Salzgeruch war sozusagen dem Mörtel dieser Mauern beigemischt.

Es sah aus wie das Haus eines Seefahrers, und das war es auch wirklich.

Kapitän Scobie hatte es erbaut, als er sich – verwitwet und mit zwei erwachsenen Töchtern – für immer von seinem Kampf mit den Wogen des Atlantiks zurückzog. Und er hatte es nett und behaglich gebaut, so daß er die See, die er so sehr liebte, sehen und hören und riechen konnte.

Er war ein kleiner, adretter, freundlicher Mann gewesen, dieser Abernethy Scobie, der anfangs auf einem Segler gedient und dann auf den alten Raddampfern Wache gestanden hatte, die in den achtziger Jahren den Dienst nach Kalkutta versahen, und schließlich war er Kommandant der «Magnetic» geworden, des schönsten Doppelschraubendampfers, der jemals von den Latta Yards den Kurs in den Südatlantik nahm. Das ist aber eigentlich nur Vorgeschichte, denn Kapitän Scobie hatte schon vor mehr als achtzehn Jahren das Zeitliche gesegnet. Doch seine Töchter Beth und Anabel lebten noch immer in dem soliden, brandungumbrausten Haus, das ihr Vater am Ufer der Bucht gebaut hatte.

Beth war die ältere, eine kleine dunkle, vertrocknete Frau mit schwarzen mürrischen Augenbrauen und schwarzem Haar, das straff gestrichen war wie Draht.

Anabel, zwei Jahre jünger, ähnelte ihrer Schwester sehr, nur war sie größer und eckiger. Ihre Wangen hatten jedoch eine Spur Farbe, und manchmal hatte das leider auch ihre Nase, wenn der Wind scharf wehte.

Sie kleideten sich gleich – zwei richtige alte Jungfern –, trugen gleiche Schuhe, Handschuhe, Hüte, trugen Strümpfe aus der gleichen dunklen Wolle und immer gleiche schwarze Kleider mit schmalem weißem Besatz am Hals und an den Handgelenken.

Und sie hatten den gleichen Ausdruck – jenen düsteren, unbestimmt feindseligen Blick, wie er dem Gesicht älterer unverheirateter Frauen eingeprägt scheint, die gezwungen sind, zu viel miteinander zu sein. Denn diese beiden waren immer miteinander.

In fünfzehn Jahren hatten sie sich kein einziges Mal getrennt. Doch durch fünfzehn Jahre hatten sie kein Wort miteinander gesprochen.

Diese ungeheuerliche Tatsache schien nicht glaublich zu sein. Doch es war so. Und wie die meisten unglaublich ungeheuerlichen Tatsachen, hatte es auf die einfachste, dümmste Art begonnen. Es hatte mit Rufus begonnen.

Das sonderbare Gelübde

Rufus war ein Kater, ein großer gelber Kater, der den Schwestern gleichermaßen gehörte und gleichermaßen von ihnen geschätzt wurde. Jeden Abend wechselten sie in der Obliegenheit ab, Rufus aus dem Garten zurückzurufen, wo er als braves Tier allabendlich seine Promenade machte, bevor er sich behaglich auf dem Küchenherd zum Schlaf ausstreckte.

«Rufus! Rufus! Komm, komm», rief Anabel den einen Abend. Und am nächsten rief Beth, nur damit man nicht glaube, sie kopiere ihre Schwester:

«Miez, Miez! Komm, Rufus, komm!»

Das ging wie ein Uhrwerk bis zu jenem unseligen Abend vor fünfzehn Jahren, als Beth von ihrer Strickerei – oder vielleicht Häkelei – zur Uhr aufsah und fragte:

«Warum hast du Rufus nicht gerufen, Anabel?»

Anabel erwiderte ohne Groll:

«Weil es nicht mein Tag ist. Ich hab ihn gestern gerufen.»

«Aber nein», entgegnete Beth. «Ich hab ihn gestern gerufen.»

«Nein, Beth Scobie!»

«Ja.» «Nein.»

«Erlaube, ja! Ich erinnere mich, weil er sich so lang im Gebüsch versteckte.»

Das war vorgestern abend. Ich weiß noch, wie du es beim Hereinkommen erzählt hast. Das war nicht gestern.»

«Pardon, aber das war gestern.»

Dann verloren sie beide die Beherrschung, und es gab bösartigen Zank. Schließlich fragte Beth entschlossen:

«Zum letztenmal, Anabel: wirst du die Katze rufen?»

Und Anabel zischte, nicht minder entschlossen:

«Es ist nicht mein Tag, die Katze zu rufen!»

Worauf beide aufstanden und zu Bett gingen. Keine von ihnen rief die Katze.

Das Ganze wäre vielleicht gut ausgegangen, wenn es sich Rufus, der sich so unvermutet in Freiheit sah, nicht in seinen dummen Katzenkopf gesetzt hätte, vagabundieren zu wollen.

Am nächsten Morgen war Rufus verloren – nicht nur verloren, sondern nicht mehr zurückzurufen. Und als es klar wurde, daß Rufus unwiederbringlich dahin war, fuhr Beth auf ihre Schwester los wie eine Viper, auf die jemand getreten ist.

«Niemals», erklärte sie voll konzentrierten Giftes, «niemals wieder werde ich ein einziges Wort mit dir sprechen, solange ich Atem im Leib habe, niemals, ehe du vor mir niederkniest und um Verzeihung bittest.»

Solche Gelübde sind bei Familienzänkereien schon oft abgelegt worden. Aber das Sonderbare an diesem einen Gelübde war, daß die Schwestern Scobie es hielten.

Zwei Blatt Papier

Und so kam es, daß Finlay um halb zwölf an diesem Tag, an dem er zu Miss Anabel berufen worden war, den weißen Kiespfad zum Haus der Scobies hinanschritt und bescheiden an die Tür klopfte. Beth Scobie öffnete ihm persönlich.

Obwohl die Schwestern gut situiert waren, da jede von ihnen eine Rente bezog, setzten sie doch ihren Stolz darein, keine Magd zu halten.

«Bitte, hier, Herr Doktor», sagte Beth und führte ihn in das große Empfangszimmer, einen frostig sauberen Raum mit Roßhaarmöbeln,

Marinebildern an den Wänden, einigen prächtigen Stücken Satsuma-Porzellans in einer Vitrine und einer schweren Prunkuhr aus Marmor, die feierlich auf dem Kaminsims tickte.

Mit der gleichen farblosen Stimme fügte Beth Scobie hinzu: «Ich werde nachsehen, ob meine Schwester Sie schon empfangen kann.»

Dann verließ sie das Zimmer.

Als sie fort war, wandte sich Finlay instinktiv um, um sich am Kamin zu wärmen. Aber hier sah man kein fröhliches Flackern, denn den Feuerrost verbarg ein geschnitzter Lackschirm. Doch auf dem Kaminsims neben der Uhr fiel dem jungen Arzt ein adretter Stoß geschnittener Zettel auf, genau gleich jenem Zettel, mit dem Finlay hierhergerufen worden war. Neben diesem Stoß von Zetteln lag ein Bleistift.

Finlay starrte die Papiere und den Bleistift an, und allmählich dämmerte ihm ein Verständnis.

Plötzlich bemerkte er zwei zerknitterte Papiere, die hinter dem Schirm vor dem Rost lagen, und von seltsamer Neugier getrieben, bückte er sich und hob sie auf.

Auf dem ersten standen, mit Bleistift geschrieben, die Worte:

«Ich fühle mich unpäßlich. Bitte, laß den Arzt holen», und auf dem zweiten: «Unsinn. Nur Einbildung, daß du glaubst, du seiest krank.»

Finlay warf die Zettel verblüfft fort. «So also», dachte er, «so also hat sich die ganze Geschichte abgespielt.»

Doch nun hörte er ein Geräusch und drehte sich um. Beth stand in der Tür.

«Meine Schwester läßt Sie bitten», erklärte er ruhig. Und er hätte darauf schwören können, daß sie in ihrer Hand ein Blatt Papier zerknitterte.

Er ging ins obere Stockwerk, von ihr gewiesen. Aber sie folgte ihm nicht. Nun trat er in das eine der beiden Schlafzimmer.

Anabel lag in dem großen Messingbett, in eine herrlich gearbeitete Decke gehüllt. Das Leinen der Laken und Kissen war überaus fein. Aber Anabel ging es gar nicht gut.

Finlay brauchte nur fünf Minuten, um festzustellen, daß sie Grippe hatte – im frühen Stadium – und daß es ein recht schlimmer Fall wurde.

Die Haut war trocken, die Temperatur im Steigen, der Puls heftig, und schon hörte man ein verdächtiges Rasseln beim Atmen.

Sie ließ sich mürrisch die Untersuchung gefallen. Sie hatte etwas von jener zimperlichen Prüderie, die unverheiratete ältere Frauen so oft besessen hält. Und am Schluß fragte sie ohne Umschweife:

«Ich werde also krank werden. Das sehe ich Ihnen an.»

«Es ist Grippe», gab er zu. «Wir haben jetzt eine richtige Grippewelle hier. Sie tritt ziemlich heftig auf, ist aber nicht bösartig.»

Bei diesem unzweideutigen Bescheid lachte sie kurz, was sie zum Husten reizte.

«Ich wollte sagen», verbesserte er sich, wobei er ein wenig errötete, «daß Sie in einer Woche oder in zehn Tagen wieder gesund sein werden.»

«Natürlich werde ich das!» – «Einstweilen will ich Ihnen aber wohl eine Pflegerin beschaffen.»

«Das werden Sie nicht, Herr Doktor!»

Wieder kam der mürrische Ausdruck in ihre tiefliegenden Augen.

«Meine Schwester kann mich betreuen. Sie wird natürlich als Pflegerin recht ungeschickt sein, das arme Ding, aber damit muß ich mich eben abfinden.» Eine Pause. «Sie ist bockig, wissen Sie. Schauerlich bockig, und obendrein noch zänkisch. Aber ich habe das in gesunden Tagen ertragen. Und ich kann es auch ertragen, wenn ich krank bin.»

Da war nichts mehr zu sagen. Er legte sein Stethoskop zusammen, ließ die Tasche zuschnappen und verließ das Zimmer.

Unten im Salon, zwischen den Roßhaarmöbeln, den Marinebildern, dem Satsuma-Porzellan und dem kleinen Stoß von Papieren neben der monumentalen Uhr, wandte er sich an Beth.

«Ihre Schwester hat Grippe.»

«Grippe? Sonst nichts? Na ja. Anabel war immer sehr zimperlich.»

«Verstehen Sie mich recht», rief er ärgerlich. «Ihre Schwester ist wirklich krank. Und es wird noch recht schlimm werden. Viel schlimmer. Diese Grippe ist kein Spaß. Es ist die richtige spanische Grippe. Die Patientin wird viel Pflege brauchen.»

Beth antwortete mit einer kurzen ironischen Gebärde.

«Ich kann sie pflegen. Und gut pflegen. Obwohl ich davon überzeugt bin, daß sie eine lästige Patientin sein wird. Sie ist bockig, wissen Sie. Schauerlich bockig, und obendrein noch zänkisch. Sie können sich nicht vorstellen, was ich alles mitmachen muß. Aber da ich es in gesunden Tagen ertragen habe, kann ich es auch ertragen, wenn sie krank ist.»

Er starrte sie verblüfft an. Schließlich sagte er:

«Es gibt nur eine Schwierigkeit.» Er machte eine Pause und räusperte sich verlegen. «Sie und Ihre Schwester scheinen nicht miteinander zu sprechen. So können Sie sie doch gar nicht pflegen.»

Sie lächelte ihr dürres, humorloses Lächeln.

«Wir werden's schon zuwegebringen. Wir haben es fünfzehn Jahre zuwegegebracht.»

Schweigen trat ein. Achselzuckend fand sich Finlay mit der Situation ab.

Er erklärte ihr nun ziemlich eingehend, was sie zu tun hatte. Nachdem er ihr seine Weisungen eingeschärft hatte, nahm er den Hut und verließ das Haus.

So begann Beth ihre Schwester in dem gleichen verstockten Schweigen zu pflegen, das nun schon fünfzehn Jahre dauerte. Anfangs war das recht leicht.

Anabel war vorläufig noch nicht sehr krank, und so flatterten Zettel zwischen den beiden hin und her wie die Schwalben. In ihr Kissen gelehnt, kritzelte die Patientin:

«Gib mir heute abend Beeftea statt Grütze.» Und die Pflegerin schrieb mit eiskalter Miene: «Schön. Aber du mußt zuerst deine Arznei nehmen.»

Natürlich war das grotesk. Doch, grotesk oder nicht, eine Gewohnheit von fünfzehn Jahren läßt sich schwer ablegen.

Aber am späten Nachmittag des zweiten Tages wollte das erprobte System nicht mehr recht klappen.

Anabel fühlte sich schlechter, viel schlechter. Mehrere Stunden hatte sie schon still dagelegen, und ihr Gesichtsausdruck war sehr sonderbar. Nun brach das Dunkel an, und die Patientin, die mit geröteten Wangen und glanzlosen Augen in die Kissen gesunken dalag, verfiel in ein leichtes Delirium.

Was sie sprach, war lauter Unsinn, abgerissene Worte und Sätze, doch mitten in diesen zusammenhanglosen Phantasien sprach sie – sprach sie zu ihrer Schwester. Es waren die Worte:

«Ich habe solchen Durst, Beth ... Bitte, gib mir zu trinken.»

Beth fuhr zusammen, als hätte eine Lanze sie durchbohrt.

Anabel hatte zu ihr gesprochen – nach all den Jahren! Anabel hatte als erste gesprochen. Ihr Gesicht, ihr ganzer Körper zuckte. Sie preßte sich die Hand an die Seite. Dann stieß sie einen Schrei aus.

«Ja, Anabel, ich bring dir zu trinken. Schau her – hier –» Und sie stürzte zu dem Bett hin, stützte den Kopf ihrer Schwester und reichte ihr die Schale.

Beths Stimme schien Anabel aus ihrer Bewußtlosigkeit zu reißen. Sie blickte zu der Schwester auf und lächelte.

Da begann Beth zu schluchzen, ein rauhes, trockenes Schluchzen, das ihr den dürftigen Busen zu zerreißen schien.

«Verzeih, Anabel», rief sie weinend. «Mir tut es furchtbar leid. Ich war allein schuld. Und alles um nichts!»

«Vielleicht war ich schuld», flüsterte Anabel. «Vielleicht war ich an der Reihe, ihn zu rufen.»

«Nein, nein», schluchzte Beth. «Ich glaube, es war mein Tag.»

Als Finlay am Abend kam, wartete Beth im Salon auf ihn. All ihr Grimm war verflogen, und an seine Stelle war wirkliche Angst getreten.

«Herr Doktor», sagte sie ohne Umschweife. «Meiner Schwester geht es schlechter. Sie glauben doch nicht... Sie glauben doch nicht, daß sie nicht wieder gesund wird?»

Er studierte das Marinebild an der gegenüberliegenden Wand, die «Magnetic», die eben aus dem Hafen auslief.

«Ich glaube, sie wird wieder gesund», sagte er schließlich. «Freilich gehört auch viel Glück dazu.»

«Sie muß wieder gesund werden», rief Beth hysterisch. «So verstehen Sie mich doch, Doktor – wir haben uns versöhnt. Heute nachmittag hat sie zu mir gesprochen.»

Und unvermittelt brach sie in Tränen aus.

Unwillkürlich war er gerührt durch diese Tränen – waren sie doch dieser harten Natur so fremd! Sie glichen einem Quell, der durch ein Wunder aus kahlem Felsgestein geschlagen wurde. Er sah eine sonderbare Schönheit in der Versöhnung der beiden Schwestern, dieser verkrampften, verdorrten Geschöpfe, die aus einem nichtigen Zank eine so wilde Gehässigkeit gemacht und ihr Leben durch wortlosen Haß aneinander geknüpft hatten.

Und plötzlich war es ihm wie eine poetische Vision, und er erwog, wie wunderbar es sein müßte, das Erstarken dieser verkümmerten, vergrämten Gefühle zu beobachten, wenn es ihm nur gelang, Miss Anabel zu retten; wie schön, die Wiedergeburt der Zuneigung zu beobachten, ein friedliches, schönes gemeinsames Alter dieser beiden.

Und so zwingend stand dieser Gedanke vor ihm, daß er laut erklärte: «Wir müssen sie durchbringen!»

Aber das war nicht leicht.

Die Tage verstrichen, und Anabel war bald bei Bewußtsein, bald delirierte sie; ihr Fieber stieg an und fiel, ihr Puls flatterte matt, und ihre Kräfte schwanden allmählich.

Die Krankheit verwüstete sie. Anabel schien einer Lungenentzündung zuzusteuern, die ihr Ende bedeutet hätte. Das befürchtete Finlay zumindest.

Von Zeit zu Zeit verzweifelte er beinahe, so lange ließ die Krisis auf sich warten. Aber Anabel war zäh, die Fibern ihres Körpers bestanden aus hartem Stoff. Sie hielt tapfer durch. Und es mangelte ihr an nichts.

Die beiden betreuten sie hingebend, sprachen ihr zu, schmeichelten ihr, hielten sie mit äußerster Zärtlichkeit bei guter Laune.

«Bitte, bitte, Liebe, nimm dein Stärkungsmittel!»

«Versuchen Sie doch noch einen Schluck von dieser guten Hühnersuppe.»

«Die Brombeermarmelade wird dir den Husten auflockern.»

Endlich wurde alles belohnt – Finlays Wachsamkeit und Beths aufopfernde Pflege.

Genau vierzehn Tage nach dem Beginn der Krankheit konnte Finlay erklären, daß Anabel genesen werde.

Als Beth dies hörte, sank sie neben dem Bett in die Knie und vergrub den Kopf in die Kissen ihrer Schwester.

«Gott sei gepriesen!» schluchzte sie. Von der Sorge und den schlaflosen Nächten war sie ganz erschöpft. «Gottlob, du bleibst mir erhalten. Ich weiß nicht, was ich ohne dich getan hätte.»

Von diesem Augenblick an ging es mit Anabel rasch aufwärts. Die Genesung machte – vielleicht deshalb, weil die akute Periode der Krankheit so lange gedauert hatte – außerordentliche Fortschritte.

In zehn Tagen konnte Anabel schon aufstehen und sich in ihrem Zimmer ans Fenster setzen, wo sie die faszinierende Prozession der im Firth ein- und auslaufenden Schiffe beobachtete.

In weiteren zwei Wochen war sie schon unten, und eine Woche später ging sie bereits aus. Und am Ende des Monats konnte Finlay sie als völlig genesen erklären.

«Sie haben wirklich recht, Doktor», bestätigte sie mit selbstzufriedenem Lächeln. «Wenn ich die Wahrheit sagen soll, fühle ich mich besser als vor meiner Krankheit.»

Er erwiderte ihr Lächeln und verabschiedete sich.

Als er fortgegangen war, schaukelte sie sachte in ihrem Schaukelstuhl hin und her.

«Ein netter junger Bursche», sagte sie sinnend. «Wirklich ein lieber Junge. Aber weißt du, wenn man's genau bedenkt, möchte ich doch nicht sagen, daß er es war, der mich gerettet hat.» Sie machte eine bedeutsame Pause.

«Nein, nein. Was mich vielleicht gesund gemacht hat, das war die Art, wie du zu mir gesprochen hast.» Wieder eine Pause, mit einer Nuance des Triumphs.

«Weißt du, allein schon der Gedanke, daß du nachgegeben hast, Beth – daß du zuerst gesprochen hast –, das hat mich, so arg ich daran war, wieder vorwärtsgebracht.»

Bis zum bitteren Ende

Beth setzte sich auf dem Sofa auf, und leichte Röte färbte ihre Wangen.

«Was redest du da, meine Liebe? Du warst es, du, Anabel, die zuerst gesprochen hat. Du hast zu trinken verlangt, so klar und deutlich, wie ich jetzt zu dir rede.»

«Nein, nein», sagte Anabel und schüttelte milde den Kopf. «Ich erinnere mich genau, wie das war. Du kamst zum Bett und knietest nieder. Dann sagtest du, mit Tränen im Auge: ‹Ich war schuld, Anabel, Liebste. Ich war allein an allem schuld.›»

«Was?!» stieß Beth hervor, und ihr ganzer Körper wurde steif. Mit einem bösen Blick unter den schwarzen Brauen maß sie die Schwester.

«Ja, ja!» kicherte Anabel. «Und du sagtest sogar, du hättest von Anfang an unrecht gehabt. ‹Die Reihe war an mir›, sagtest du. ‹Die Reihe war wirklich an mir, die Katze zu rufen.›»

«Das ist nicht wahr!» schrie Beth.

«He? Was soll das heißen?!» rief Anabel. Sie hörte auf zu schaukeln und wurde allmählich rot.

«Das ist nicht wahr», wiederholte Beth bösartig. «Du selber hast gesagt, es sei ein Irrtum gewesen. Du gabst zu, daß du an der Reihe warst, die Katze zu rufen.»

«Ist mir nicht eingefallen.»

«Ja!»

«Nein! Die Reihe war nicht an mir.»

«Die Reihe war an dir.»

«Das war sie nicht!»

So ging es weiter. Und immer weiter und weiter, bis zum bitteren, unvermeidlichen Ende.

Und als Finlay am Ende der Woche vorsprach, herrschte wieder Schweigen zwischen den Schwestern Scobie. Beth und Anabel wechselten Briefchen, genau so, wie sie es durch fünfzehn Jahre getan hatten!

Er verließ verblüfft das Haus und preßte sich die Hände an den Kopf. Dann rief er – nach Camerons Art – den hohen Himmel an:

«O Gott! Wenn eines von diesen beiden alten Teufelsweibern wieder krank wird, will ich schon darauf achten, daß sie nicht mehr davonkommt – und wenn ich sie selber vergiften müßte!»

Der versoffene Davie

Gelehrter und Narr

Das ist keine fröhliche Geschichte. Es ist eigentlich überhaupt keine Geschichte, sondern die bösartige, unbarmherzige Wahrheit, die höchst tückisch mit einem Anfall von Säuferwahnsinn begann und deren Ende – nun, Sie werden ja sehen, wie es endete.

Sie betrifft einen Mann, den Finlay Hyslop liebte, einen Mann namens Muir – David Muir –, Magister der schönen Künste an der Universität St. Andrew, einen Gelehrten, Dichter, Trunkenbold, Außenseiter und Narren.

«Jeannie Lee läßt Sie rufen, Herr Doktor.»

«Was will sie?»

«Es handelt sich um den versoffenen Davie, Herr Doktor.»

«Wer in aller Welt ist denn der versoffene Davie?»

«Ach er ist – nun er ist eben der versoffene Davie, Herr Doktor.»

«Und was ist mit dem versoffenen Davie los?»

«Nun, er ist schon wieder betrunken, Herr Doktor.»

Finlay musterte nachdenklich den schmutzigen Jungen mit dem kurzgeschorenen Haar, der rinnenden Nase und der zerfetzten, bodenlosen Hose, den kleinen Lee, der diese Botschaft aus den Slums am Kai gebracht hatte. Dort gab Jeannie Lee den Gescheiterten von Levenford Obdach. Dann sagte Finlay schroff:

«Wenn er nur betrunken ist, braucht er keinen Arzt.»

«Aber er ist nicht bloß betrunken», lautete die sachkundige Antwort. «Schwer betrunken oder stockbesoffen ist bei Davie etwas ganz Gewöhnliches. Aber diesmal ist's Säuferwahn.»

So trottete Finlay verdrießlich zu Jeannie Lees «Pension» hinab, die aber wohlgemerkt kein Hotel war, sondern das Schauerlichste in diesem schauerlichen Nest von Elendsquartieren.

Er hämmerte an die abblätternde Tür, über der ein dreckiger Karton die Aufschrift trug:

«Gute Betten – nur Männer», und wurde schließlich von einem schlampigen jungen Ding eingelassen, das sich trotz der gegen das weibliche Geschlecht gerichteten Verbotstafel hier sehr wohl und sehr zu Hause zu fühlen schien.

«Jeannie Lee ist ausgegangen», teilte sie ihm mit, während sie ihn mit ihren schönen, dreisten Augen musterte. «Sie sagt, sie garantiere Ihnen nicht für das Honorar. Sie sagt, Davie Muir werde Sie bezahlen, wenn er gesund ist. Sie sagt, die Polizei ...»

Finlay fiel ihr ins Wort. «Lassen Sie schon, was sie sagt. Führen Sie mich zu Ihrem Davie, damit ich endlich von hier wegkomme.»

«Schon gut, schon gut. Regen Sie sich nicht auf. Dort ist sein Zimmer – dort oben!»

Sein jammervoller Zustand

Es war ein kleines Zimmer im Hintertrakt. Da die Häuser in diesem so dicht verbauten Stadtwinkel Rücken an Rücken aneinander standen, war das Zimmer so dunkel, daß Finlay einen Augenblick stehenbleiben mußte, bis er sich an das Dämmerlicht gewöhnt hatte.

Dann gewahrte er Davie Muir, der auf einem gebrechlichen Bett lag. Obwohl Davie die Wohltat dieses guten Bettes mit seiner zerrissenen Strohmatratze und der einzigen schmutzigen Decke genoß, hatte er doch noch immer seinen Anzug und seine Schuhe an.

Er war unrasiert; Straßenschlamm hatte seine Jacke bespritzt; der Kragen war aufgerissen, und die Augen starrten mit einer Art Grauen in die Unendlichkeit.

Rings um ihn Dokumente der Armut, der Not, des Elends – ein kahler Tisch, ein alter, geborstener Koffer, ein paar leere Flaschen und zwei Dutzend zerlesene Bücher.

Der schmutzige Wirrwarr des Zimmers, der jammervolle Zustand des Menschen rangen Finlay einen Ausruf ab.

«Mein Gott!» rief er unwillkürlich. «Was für ein Stall!»

Das Geräusch erschreckte Davie. Er setzte sich jählings auf und brach in einen Schwall von Worten aus.

Sein Gesicht wurde dunkelrot, die Adern am Hals schwollen an, bis sie gleich Stricken hervorstanden, die Augäpfel traten hervor, und er bot das furchtbare Bild einer armen Seele, die in den vergessensten Tiefen der Hölle gemartert wird. Er tobte weiter.

Es hat keinen Sinn, zu berichten, was er sagte. Es war die qualvolle Rhetorik einer vom Akohol in den Wahnsinn getriebenen Phantasie, ein Tohuwabohu, dem kranken, gepeinigten Geist abgerungen. Doch als der Anfall vorüberging und Davie wieder aufs Bett zurücksank, zitierte er plötzlich:

«Scilicet occidimus, nec spes est ulla salutis.
Dumque loquor, vultus obruit unda meos . . .»

Der plötzliche Gegensatz zu dem trunkenen Gefasel, die Art, wie das Distichon gesprochen wurde, erschütterten Finlay und machten seinen unwillkürlichen Wunsch zunichte, aus dem stinkenden Raum wieder draußen zu sein, sobald er dem Kranken eine Morphiumspritze gegeben hätte. Er blieb.

Camerons Erzählung

Eine ganze Stunde verweilte er bei Davie Muir und beobachtete den Patienten, bis dieser in ruhigen Schlaf sank. Er versuchte, unter dem Bart und der Schmutzschicht die Züge dieses Mannes zu erforschen und sich dessen Jugendbild vorzustellen.

Nicht daß Davie gerade alt ausgesehen hätte – nach Finlays Schätzung zählte er nicht mehr als fünfunddreißig Jahre; sein Haar war noch dicht und dunkel, seine Stirn schön, die Züge noch nicht verschwommen; trotzdem sprach dieses Gesicht von einer Erfahrung jenseits der Zeit.

Ehe Finlay ging, machte er, so gut er konnte, Ordnung im Zimmer. Er nahm ein Buch zur Hand – es war die «Aeneis», ein anderes – «Paolo und Francesca».

Finlay seufzte. Dann zerquetschte er noch eine letzte Wanze, schüttelte die Flöhe von sich ab, lauschte einen Augenblick dem röchelnden Schnarchen Davies und ging.

Am Abend befragte er Cameron – zurückhaltend, denn Cameron wurde nie gesprächig, wenn er auch nur entfernt Klatsch witterte.

«Sie waren also beim versoffenen Davie», murmelte Cameron zwischen zwei Zügen an seiner Pfeife. «Na ja! Das ist eine Geschichte, die Sie nicht glauben würden, wenn Sie sie schwarz auf weiß gedruckt läsen.» Eine Pause.

«Der arme Davie Muir! Heute würde man ihm nicht ansehen, daß er einmal der Stolz und der Star seines Jahrgangs an der Universität St. Andrew war. – Ja, der gescheiteste Kerl, der jemals dieses alte College absolviert hat. Er konnte Latein und Griechisch wie ich meinen schottischen Dialekt.

Man prophezeite ihm alles mögliche – von einem Lehrstuhl in Oxford bis zum Amt des Sprechers im Unterhaus. Und was ist er jetzt? Externer Mitarbeiter am ‹Advertiser›. Und durchschnittlich zweimal im Monat schmeißt es ihn um.

Vor fünf Jahren kam er nach Levenford, als Lehrer der klassischen Sprachen in der ‹Academy›. Und zwei Jahre lang hielt er diesen Posten. Aber schließlich verlor er ihn. Dann tat ich mein möglichstes, ihm zu helfen. Ich brachte ihn bei den Overtons unter, als Hofmeister für den Sohn.

Man hielt ungemein viel von ihm, und drei Monate lang bezauberte er alle – dann flog er binnen vierundzwanzig Stunden hinaus.

Brr! Ich kann gar nicht daran denken. Der arme Kerl tut mir von Herzen leid. Ich bin nicht imstande, heute mehr davon zu erzählen.»

Ein wundervoller Vorschlag

«Ist es denn eine lange Geschichte?» fragte Finlay.

«Nein», antwortete Cameron kurz. «Es ist eine kurze Geschichte. Teuflisch kurz. Ein einziges Wort: Suff! Gute Nacht, Finlay.»

Und Cameron klopfte die Pfeife aus und ging schlafen.

Am nächsten Vormittag ging Finlay wieder zu Davie, und dann noch an mehreren Vormittagen.

In einem gewöhnlichen Fall wäre er nicht mehr gekommen – er war noch nicht so weit, derart altruistisch zu sein wie Cameron. Visiten, für die er niemals ein Honorar sehen konnte, lockten sein nüchternes Wesen im allgemeinen nicht. Aber etwas zog ihn zu Davie Muir hin, vielleicht die Hilflosigkeit, vielleicht der seltsame, rührende Charme dieses Mannes.

An diesem Charme konnte man nicht zweifeln. Gebildet, feinfühlig, beredt, witzig, war Davie Muir der denkbar entzückendste Gefährte.

Finlay geriet immer mehr unter den Einfluß dieses reichen, aufregenden Geistes.

Stundenlang konnte er bei ihm sitzen, zuhören, selber sprechen, lachen – ohne das von Flöhen verseuchte, dreckige Zimmer und die gespenstige Armut zu bemerken, die darin nistete.

Allmählich hatte er Davie gern, er lernte ihn bewundern, und schließlich gewann er ihn richtig lieb.

Und so kam es eines Nachmittags, daß sich Finlay, als Davie schon fast ganz erholt war und schwankend auf den Beinen stehen konnte, ein Herz faßte und den Stier bei den Hörnern packte.

«Hören Sie, Davie», platzte er heraus. «Warum geben Sie das Trinken nicht auf? Ich meine – ein für allemal. Ich will tun, was ich kann, um Ihnen dabei zu helfen.»

Davie musterte ihn mit einem Seitenblick, dann lachte er kurz.

Zum erstenmal klang nun in seiner Stimme im Gespräch mit Finlay ein Tonfall der Bitterkeit auf, als er erklärte:

«Die Hyslopmethode, wie? Sie schütten mir etwas in den Tee, wenn ich nicht hinschaue. Etwas Farbloses, Geschmackloses. Und ich bin am nächsten Morgen geheilt. Es ist ein wundervoller Vorschlag – und sei's auch nur wegen seiner Neuheit.»

In Marneys Gasthaus

Finlay wurde rot. «Ich dachte nur ...»

«Es hat keinen Sinn zu denken, Finlay, mein lieber Junge», unterbrach ihn Davie sanft. «Und auch keinen Sinn zu tun. Glauben Sie denn, ich hätte es noch nie versucht? Ich war bei einem Dutzend Ärzten. In Edinburgh, in London – auch in Berlin.

Ich war in Sanatorien, bis sie mir zum Hals herauswuchsen. Ich bin der ungekrönte König der Trinkerheilstätten. Ich habe alles versucht. Aber es nützt nichts, Finlay.

Das Zeug sitzt mir im Leib. Es ist ich selber. Ich bin durchsetzt mit diesem Teufelszeug. Ich bin es selbst. Zersetzt, sage ich Ihnen.»

Seine Stimme wurde lauter, während er weitersprach.

«Ich bin ein Trinker, ein amtlich bestätigter Gewohnheitstrinker.

In dem Augenblick, in dem ich das Haus wieder verlassen kann, gehe ich zu Marney hinüber. Das ist mein Asyl, wissen Sie. Ich habe dort meine Stammecke. Man kennt mich dort.

Ich bewirte die Burschen. Wenn ich angeheitert bin, erzähle ich ihnen Zoten aus dem Französischen. Bin ich ganz betrunken, verblüffe ich sie mit griechischen Epigrammen. Sie halten das für Chinesisch – aber ich wette darauf, die Kerle mögen mich leiden, und auch ich hab sie gern.

Wohlgemerkt, im Rausch. Jedenfalls ist das der Ort, an den ich gehe, sobald Sie mich verlassen haben. Dort werde ich sitzen und meinen letzten Penny versaufen. Ich werde meine Kumpane unter Alkohol setzen, und Pat Marney schreibt mir dann auf, bis mir der ‹Advertiser› meine nächsten Beiträge honoriert. Dann fange ich von neuem an.

Trinken! Trinken! Trinken! Wenn ich Glück habe, dauert es noch ein halbes Jahr bis zum nächsten Anfall von Delirium tremens. Wenn dann das D. T. kommt, schmeißt es mich für gut einen Monat aufs Bett. Meine Erholung, wissen Sie, das stärkt mich wieder für sechs Monate Saufen.»

Ein drückendes Schweigen. Dann sagte Finlay:

«Wenn das so ist, Davie, dann kann man wohl nichts mehr dazu sagen oder tun.» Und ohne ein weiteres Wort verließ er das Zimmer.

Natürlich kam es genauso, wie Davie vorausgesagt hatte. Die gastlichen Pforten Marneys öffneten sich ihm eine Stunde später. Und Davie Muir hielt seinen Einzug.

«Hallo, Davie, wo waren Sie denn?» fragte Pat leutselig hinter dem Schanktisch.

«Ein vierzehntägiger Jagdausflug», antwortete Davie trocken. «Zwei Wochen Jagdurlaub mit einem Freund.»

Kate Marney, Pats Gattin, die in der zur Wohnung Marneys führenden Tür stand, lachte zu diesem Spaß, daß sie schwabbelte wie Gelee.

«Aber jetzt ist doch gar nicht die Saison für Fasane.»

«Wir haben auch nicht Fasane gejagt, sondern Schlangen», antwortete Davie sachlich. «Hellgrüne Schlangen, Mrs. Marney. Sie sind furchtbar schwer zu fixieren, wenn sie die Wände hinaufkriechen. Einen halben und eine Pinte, Pat. Und rasch.»

Pat Marneys Tochter

Der Abend ging weiter. Die Schiffswerft wurde leer. All die «Jungen» kamen hereingetrottet, Zimmerleute, Monteure, Dreher, Hilfsarbeiter, und alle waren sie froh, todfroh, «Ihren Davie» wiederzusehen.

Die Gesellschaft war also wieder beisammen: der Gentleman und der Pöbel. Lind und großartig drang der Alkohol durch Davies ausgedörrte Gewebe. Er strahlte. Er übertraf sich selber.

Er zitierte Homer, während sie offenen Mundes dasaßen, und erweckte wieherndes Lachen bei ihnen durch seine Anekdoten, und als die Sperrstunde gekommen war, ging er heim, tastete sich die Treppe hinauf und fiel stockbesoffen auf sein Bett.

Der nächste Morgen war schön. Davie stand spät auf und ging zu Marncy hinüber, um sich nüchtern zu trinken.

Am Kai wehte eine frische Brise, der Himmel war von wundervoll hellem Blau, die Sonne schien warm. Ein paar Möwen flatterten rings um die Brücke, harmonisch und schön. Es war ein Tag, der einem ans Herz griff.

Als Davie um die Ecke des Kais bog, wurde er von jemandem angerufen. Es war Kate Marney, voll aufgetakelt. Stolz sagte sie:

«Gehen Sie so an mir vorbei, Mr. Muir, wenn ich heute doch gerade mit meiner Tochter Rose spazierengehe, die aus der Schule wieder heimgekommen ist?»

«Verzeihen Sie, Mrs. Marney», sagte er gepreßt. Das Licht tat seinen Augen weh. Er fühlte sich unerträglich übel und konnte es nicht mehr aushalten, ohne etwas zu trinken.

Er erinnerte sich undeutlich, schon von Pats Tochter gehört zu haben, von Pats einziger Tochter Rose, die man aus dem Gasthaus in eine Klosterschule fortgeschickt hatte.

Er wandte sich zu ihr, um sie anzuschauen. Er schaute sie an, und es war ein langer, gequälter Blick. Sein Auge trank ihre klare junge Schönheit ein. Dann senkte es sich beschämt, furchtbar beschämt.

«Ein schöner Tag für einen Spaziergang», murmelte er. «Frisch! Und schön sonnig. Bitte, entschuldigen Sie mich. Ich habe eine Verabredung.»

Er griff nach seinem Hut. Doch hatte er vergessen, einen aufzusetzen. Er errötete und entfernte sich rasch. Geradewegs begab er sich in das Gasthaus.

«Einen halben und eine Pinte, Pat.»

Er trank diesen Ernüchterungstrunk langsam, den Blick auf das Oberleder seiner zerrissenen Schuhe geheftet, und hörte Pat zu, der voll war von der Rückkehr seiner Tochter.

«Sie ist jetzt schon sechzehn vorbei, Davie, mein Junge, aber unschuldig wie ein Kind. Haben Sie sie beim Herkommen nicht gesehen? Meiner Treu, sie ist schöner als eine Blume.»

«Sie ist schön», wiederholte Davie leise. «Schöner denn eine Rose.» Und gleichfalls für sich selbst murmelte er den Vers:

«Vom Kloster heimgekehrt, so frisch wie Tau . . .»

Pat hörte es aber. Die Hand am Faßhahn, sagte er strahlend:

«Das paßt wirklich auf sie. Und ihr Papa schätzt sie sehr. Noch einmal das gleiche, mein Junge? Nehmen Sie doch was nach Hause mit, für den Notfall.»

«Später, Pat. Später. Nicht gerade heute.»

Die Macht der Liebe

Er ging aus dem Lokal und versuchte nachzudenken. Er überquerte die Straße und pflanzte sich auf dem gegenüberliegenden Gehsteig auf. Nach einer Stunde kam Rose mit ihrer Mutter zurück. Sie sah ihn, schenkte ihm ein flüchtiges Lächeln des Erkennens, dann war sie fort. Sein Herz begann wieder zu pochen.

«Verdammt!» stöhnte er vor sich hin. «Warum bin ich nicht tot?»

Er ging heim. Es war ihm nun widerfahren! Endlich. Er liebte. Sie war süß, unschuldig, schön, und siebzehn Jahre alt.

Er war fünfunddreißig und ein Säufer. Lange Zeit saß er da und grübelte, grübelte. Der Schmutz und die Schäbigkeit seines Zimmers machten ihn rasend. Er stand auf, daß der Sessel umfiel.

Plötzlich rief er in verzweifeltem Entschluß:

«Warum nicht? Warum nicht? Ich kann's, wenn ich wirklich will. Ich hab es bisher nie gewollt. Aber jetzt will ich. Ich will es!»

Er griff nach seinem Hut und eilte fast laufend zum Arden House. Er platzte in Finlays Ordination.

«Finlay», rief er, blaß und außer Atem. «Ich tue es. Ich gebe das Trinken auf. Und zwar ein für allemal. Verstehen Sie? Wollen Sie mir helfen, wie Sie gesagt haben?»

Levenford grinste natürlich insgeheim, als Davie in einem Anzug Finlays erschien, adrett und rasiert.

Levenford war auch höchst belustigt, als er aus der schäbigen Hafenspelunke in ein anständiges Quartier in der Church Street übersiedelte.

Ihr Lieblingsspaziergang

Levenford hielt sich den Finger an die Nase, als Jackson vom «Advertiser» auf Finlays Betreiben Davie ganztägig mit dreißig Shilling wöchentlich anstellte.

Levenford wußte natürlich, daß all dies nicht von Dauer sein konnte. Levenford wartete.

Es schien jedoch, als sollte Levenford vergeblich warten. Davie führte das ruhigste Leben, das man sich nur denken konnte, tat am Tag seine Arbeit und blieb nachts zu Hause.

Nur wenige ahnten, daß seine Ruhe nur äußerlich war. Insgeheim jedoch leerte er den Kelch des Leidens bis zur bitteren, bitteren Neige.

Er lernte die Qual rasendmachender schlafloser Nächte kennen. Wenn das Verlangen ihn an der Kehle packte, konnte er vor Hilflosigkeit weinen. Aber er hielt grimmig durch, an seine Hoffnung geklammert, an seine Inspiration.

Und Finlay stand ihm bei; er half ihm als Arzt, als Freund, mit allem, was in seiner Macht lag. Es sah wirklich so aus, als sollte Davie in diesem Kampf obsiegen.

Der Sommer kam, ein linder Frühsommer, der noch immer die Frische des Frühlings hatte, als könnte er es nicht über sich bringen, von ihm zu lassen.

Und an den schönen hellen Abenden schlenderte Davie, der sich nun gesünder und sicherer fühlte, fort aus der Stadt, zu der Straße hin, die nach den Winton Hills führte.

Es war ein hübscher Spaziergang durch den Wald von Garshake zum offenen Moor hin.

Aber nicht die Schönheit der Gegend war es, was Davie dorthin zog. Er kam, weil dies Rose Marneys Lieblingsspaziergang war. Er hatte aber nicht die Absicht, ihr aufzulauern.

Er war noch viel zu scheu, zu demütig, zu sehr erfüllt vom Bewußtsein seiner Mängel.

Er wollte sie nur von ferne sehen, so wie ein Mensch auf Erden die Schönheit eines Sternes schaut.

Seine Liebe für Rose war idealisiert und geistig. Ihre ferne Gegenwart sang ihm ein Lied der Unschuld.

Aber eines Abends begegneten sie einander, wie es ja unvermeidlich war.

Sein verletzter Stolz

Das geschah am Rande des Moorlands.

In einem Meer von Licht ging die Sonne unter. Leise drang das Geblök der Schafe von den unteren Hängen der Winton Hills herüber.

Als sie herankam, pochte sein Herz qualvoll und fiebernd. Er glaubte, sie werde sich seiner nicht mehr erinnern, doch dem war nicht so.

Sie lächelte ihr Lächeln vollendeter Unschuld und blieb stehen.

Sie sprachen, sie bewunderten gemeinsam die Gegend. Dann begleitete er sie zurück.

Das alles war völlig unschuldig und ungezwungen. Er kannte jetzt keine Verlegenheit mehr. Er gab sich Mühe, interessant, erheiternd und fröhlich zu sein.

Mit allerlei harmlosem Unsinn machte er sie lachen.

In einem plötzlichen Überschwang der Freude sah er, daß sie sich außerordentlich gut unterhielt. Dann machte er am Ende der Landstraße halt.

«Jetzt muß ich Sie verlassen», sagte er. «Das heißt, wenn Sie nicht böse sind.»

Sie sah ihn überrascht an.

«Ja, gehen Sie denn nicht auch in die Stadt?»

Er hätte seinen Kopf dafür gegeben, sie heimgeleiten zu können. Aber er war klüger als sie.

«Nein», erklärte er munter. «Ich habe in Darroch zu tun – für den ‹Advertiser›, wissen Sie. Ich gehe den Abkürzungsweg zurück.»

Und wirklich ging er aus eitel Gefühlsüberschwang nach Darroch – und ihm war, als schwebte er auf Wolken. Ach, er hätte sich den Weg ersparen können!

Er war gesehen worden, wie er mit Rose sprach, war gesehen worden, wie er sie die Straße von Garshake hinabbegleitete, war gesehen worden von Dougal Told, dem großherzigen Bürger von Levenford, der nun lief, nein – flog, so rasch seine biederen Plattfüße ihn nur tragen konnten, um die Neuigkeit auszustreuen, die junge Rose Marney sei auf einsamer Landstraße in Gesellschaft Davie Muirs, des Wüstlings und Trunkenbolds, gesehen worden.

Der Klatsch ereilte Pat Marney am nächsten Tag.

Sein fettes, gutmütiges Gesicht verzerrte sich vor Entsetzen und Wut. Ohne ein Wort zu sagen, packte er seinen Stock und machte sich auf die Suche nach Davie. Er fand ihn, an diesem Samstagnachmittag, mitten in der belebten High Street.

«Sie Hund!» brüllte Marney. «Sie versoffner Hund! Sie glauben, Sie können meine Tochter kriegen wie Ihre Weiber im Kaiviertel! Sie, der Sie sich täglich bei mir besoffen haben! Sie versoffener, schmutziger Tunichtgut! Daß Sie es wagen, meiner Tochter nahe zu kommen!»

Und wie ein Besessener ging er mit seinem schweren Stock auf Davie los.

Für Davie gab es bei diesem wütenden Überfall keine Chance. Er erhielt ein Dutzend schwerer Hiebe auf Kopf und Schultern, ehe er bewußtlos in den Rinnstein fiel.

Er war längere Zeit bewußtlos, und als er endlich zu sich kam, sah er ein halbes Dutzend seiner früheren Freunde, die sich um ihn bemühten.

Marney war verschwunden, und alle stießen Verwünschungen gegen ihn aus.

«Das verfluchte irische Schwein! Einen Menschen so zu schlagen!»

«Armer Davie – es hat ihn übel erwischt.»

«Holt schnell noch Wasser her.»

Aber einer aus der Gruppe hatte einen besseren Einfall.

«Hier, Davie, trink.»

Und ehe Davie wußte, wie ihm geschah, wurde ihm eine Flasche an die Lippen gesetzt, und er hatte den Mund schon voll mit starkem Schnaps.

Instinktiv trank er, trank gierig. Er war verletzt, verwundet, er zitterte. Er trank noch einmal. Der Whisky strömte in ihn gleich einem lang vergessenen göttlichen Feuer. Er leerte die Flasche.

Delirium des Herzens

«So ist's recht», sagte eine Stimme, «das hat dir gutgetan, Davie. Jetzt komm und setz dich in Flitters Bar.»

Dieses Lokal lag an der anderen Straßenseite. Sie führten ihn mit großer Fürsorge hin. Wieder wurde er zum Trinken genötigt. Er konnte nicht widerstehen. Der Whisky saß ihm jetzt im Organismus und hatte von ihm Besitz ergriffen.

Er begann nun aus freien Stücken zu trinken. Er trank wild, fieberhaft, toll. All sein verletzter Stolz erhob sich, würgte ihn, machte ihn starr.

Sich vorzustellen, daß Marney ihn geschlagen hatte – ihn, Davie

Muir, der mit Auszeichnung in St. Andrew graduiert worden war! Er wollte es Marney heimzahlen – unverzüglich.

Um sechs Uhr verließ er die Schankstube, von einigen anderen begleitet, und marschierte gradewegs zu Marneys Gasthaus hin.

Er drang lärmend in das Lokal. Trunken hin und her schwankend, wandte er sich schamlos an Pat, der hinter dem Schanktisch stand.

«Sie wagen es», brüllte er, «einen Gentleman zu schlagen! Sie drekkiges Exemplar der Spezies Sau! Sie unreines Schwein, das schon den Juden zu essen verboten war. Und warum haben Sie mich geschlagen, einzig deswegen, weil ich – ich, Davie Muir, Ihrer lächerlichen weiblichen Brut die Ehre antat, mit ihr zu sprechen.»

Er stieß ein lautes, besoffenes Lachen aus. Doch als er sich halb umwandte, um die Wirkung seiner Worte besser beobachten zu können, brach sein Lachen jäh ab.

Rose stand in der offenen Tür, die zu den Wohnräumen der Marneys führte. Blaß und erschreckt, stand sie im Rahmen der Tür. – Entsetzen und Abscheu lagen in ihren Augen. Sie hatte jedes Wort gehört.

Stumpf, noch immer leicht schwankend, sah er sie an. Da war sie, seine schöne Rose, sein Lied der Unschuld! Und er hatte sie mit verächtlichen Worten beschimpft!

Sein Gesicht wurde lehmfarben. Er stieß einen wilden Schrei aus, in dem sich Todespein und Verzweiflung mengten. Dann sank ihm der Kopf an die Brust. Er drehte sich um und taumelte blind aus dem Lokal.

Drei Tage hörte man nichts von Davie Muir. Aber am Nachmittag des dritten Tages fanden ein paar Kinder etwas, das zur Zeit der Flut im Fluß Leven sanft an die Kaistufen gegenüber der «Pension» Jeannie Lees anstieß.

Es war die Leiche Davie Muirs.

«Scilicet occidimus, nec spes est ulla salutis ...»

Finlay und Jackson vom «Advertiser» hatten die traurige Pflicht, die Habseligkeiten Davies durchzusehen.

Es war darunter nichts von Wert oder Wichtigkeit. Doch in seinem Zimmer in der Church Street fanden sie Verse in Griechisch.

Finlay kannte die griechische Sprache nicht sehr gut, wußte aber immerhin noch so viel, daß es Oden an Rose waren.

Er verbarg sie rasch vor Jacksons neugierigem Blick.

Als sie die Treppe hinunterstiegen, sagte Jackson:

«Nach allem dürfte der arme Kerl wahrscheinlich in einem Anfall von Delirium tremens ins Wasser gesprungen sein.»

Finlay schwieg einen Augenblick, dann schüttelte er traurig den Kopf.

«Nein, das war es nicht, Jackson. Es war Delirium – nicht des Kopfes, sondern des Herzens. Wenn Sie ihm einen Namen geben müssen, nennen Sie's Delirium cordis.»

Gewinn und Verlust

Nachtwächter und Philosoph

Die Straße war bei der Overton Terrasse aufgerissen, denn in diesem vornehmen Viertel wurde eine neue Wasserleitung gelegt, und Finlay, der von einer späten Visite zu Fuß heimkehrte, setzte seine Schritte vorsichtig, um nicht in den Schlamm zu steigen. Plötzlich wurde er angerufen.

«Ein schöner Abend, Herr Doktor!»

Finlay machte halt und schaute zu der anderen Straßenseite hinüber, wo der Nachtwächter behaglich in seinem kleinen Häuschen saß, umgeben von einem Stapel von Schaufeln und Hauen und schweren Pflöcken.

«Ja, es ist schön.»

Er ging über die Straße und trat aus dem kalten Dunkel der Oktobernacht in den freundlichen Lichtschimmer, den die Holzkohlenglut in dem Becken verbreitete. Er wärmte sich die Hände und bemerkte:

«Sie haben's hier gemütlich.» Der Nachtwächter lachte.

«Stimmt, Herr Doktor. Mein ganzes Leben lang hab ich's nicht so gemütlich gehabt.»

«Ihr neuer Posten gefällt Ihnen also?»

«Gefallen! Ich bin glücklich. Mir scheint, ich hab endlich Glück gehabt.» «Glück!» rief Finlay unwillkürlich. Dann fragte er mit plötzlicher Neugier: «Aber finden Sie es nicht einsam? Die ganze Nacht so allein ... und neu ist es doch auch für Sie.» Der Nachtwächter schüttelte mit zufriedener Miene den Kopf. «Es gibt eine Menge zu tun, was man gar nicht glauben würde. Dinge, um die ich mich nie gekümmert habe. Es ist sehr interessant, wenn man so unter den Sternen ein bißchen für sich nachdenken kann. Ganz allein, wissen Sie, wenn alle Leute rundum schon schlafen.

Früher dachte ich über nichts nach, nur darüber, was eine Pinte Bier kostet oder wer das Match gewinnen wird. Und war ich da glücklich; Keine Rede. Aber jetzt denke ich an andere Sachen – was den Tau fallen macht oder warum die Blumen in der Nacht am süßesten riechen.

Ich sage Ihnen, Herr Doktor, so etwas kann einen wirklich packen. Und aufregend ist's auch! Sie sollen mich sehen, wenn ich mir um zwei Uhr morgens mein Essen mache. Da koche ich mir den Tee und brate mir den Speck wie ein Zigeuner. Es gibt keinen besseren Tee als den, den ich mir auf diesem kleinen Feuer mache ...»

«Sie sind ja ein Philosoph geworden», neckte ihn Finlay. «Das ist der Haken bei Ihnen.»

«Vielleicht haben Sie recht, Herr Doktor», antwortete der Nachtwächter nachdenklich. «Aber es hätte schlimmer kommen können. Im Anfang war's nicht so leicht, wissen Sie. Es hat schon eine Zeit gegeben, da ich alles zum Teufel schicken wollte, da ich mich am liebsten betrunken hätte und alles mögliche getan, um zu vergessen. Wenn mir vor sechs Monaten jemand gesagt hätte, daß es mir nicht leid tun wird ...»

Er verstummte auf ganz sonderbare Art, als ob eine Erinnerung, eine Vision vor ihm erstanden wäre. Da saß er nun unter den Sternen und schaute zum Langloan Hill hinüber. Und Finlay, der diesen Blick bemerkte, schaute ebenfalls zu dem Langloan Hill hinüber.

Der mürrische Dan

Der Langloan Hill liegt westlich von Levenford – er ist ein kahler, häßlicher Hügel, dessen Fuß mit einem Kranz zausigen Waldes bedeckt ist. So sieht er aus wie der Schädel eines Glatzkopfs, umgeben von einem Ring schütteren Haares. Aber der Wald ist nicht wichtig, der Wert dieses Berges liegt in seinem Inneren.

Der Steinbruch von Langloan, der tief in den südlichen Hang des Felsens einschneidet, hatte eine Ader feinsten Sandsteines bloßgelegt – und dieser Sandstein war schön, von satter Farbe, leicht zu bearbeiten und doch hart. Das hatte den Hügel sowohl wie den Steinbruch berühmt gemacht.

Wenn man den schmalen Weg hinansteigt, der von der Straße nach Ardfillan zu dem Hügel führt, wird einem einmal in der Woche – gewöhnlich ist es am Dienstag – der Weg von einer kleinen roten Fahne und einem Plakat versperrt, auf dem in roten Buchstaben zu lesen steht: «Lebensgefahr – Sprengung.»

Faktisch ist diese Stelle noch gar nicht besonders gefährlich, und wenn man der Warnung Trotz bietet und noch einige Dutzend Yard weitergeht, gelangt man zu dem zausigen Gürtel von Eichen, und hier kann man den Vorgang der Sprengung in allen Einzelheiten beobachten.

An jenem besonderen Dienstag, am zwölften März, um genau zu sein, hatten die Vorbereitungen für die vormittägige Sprengung schon begonnen. – Es war ein frischer, windiger Morgen; am klaren Himmel jagten die Wolken.

Zweihundert Yard weiter entfernt ragte die große rote Fläche des Steinbruchs schroff empor.

Am Fuß des Bruchs war die kleine Abteilung der Bohrer bei der Arbeit. Sie sahen nicht wie Menschen aus, sondern wie Pygmäen eines prähistorischen Zeitalters, winzig klein unter einer ungeheuerlich hohen paläolithischen Felsklippe.

Dan Tainsk beaufsichtigte die Gruppe. Er war nicht der Vorarbeiter im Steinbruch, dafür war er viel zu unverläßlich. Dieser kleine, dunkle, stiernackige Kerl mit seinem Temperament wie Zunder und mit seinen Fäusten, die zuschlagen konnten, als ob ein Maultier ausfetzte, ließ sich nicht leicht etwas befehlen. Und darum wurde Dan, wenn er da war, stillschweigend als Partieführer anerkannt.

Und er hätte auch wirklich Partieführer sein und dreimal soviel Lohn haben können, als er jetzt bezog, aber trotz seinen vierzig und etlichen Jahren schien Dan doch noch nicht zur Vernunft gekommen zu sein. Er trank zu viel; er kam am Montag zu spät zur Arbeit, sein ruheloses, stürmisches Wesen brachte ihn immer wieder in Schwierigkeiten, ja sogar in das Arrestlokal von Levenford.

«Er sitzt schon wieder im Kotter.»

Diese Bemerkung wurde bei seinen Kameraden zu einem geflügelten Wort, wenn Dan zu Beginn der Woche nicht auftauchte. «Weshalb?» fragte der eine oder andere.

Und dann hieß es: «Ach, nichts Besonderes. Die alte Geschichte! Eine Rauferei in der Schankstube. Er hat den armen Kerl beinahe umgebracht. Dann ging er gegen die Polizisten los. Sie mußten ihn zu dritt in den Kotter abschleppen, besoffen, wie er war.»

So war Dan – ein rasches Wort und ein rascher Hieb; ein gequälter, mürrischer, verbitterter unduldsamer Mensch, und das Leben schien ihm nichts zu bieten, was ihn befriedigen konnte.

An jenem Morgen war er in besonders düsterer Stimmung. Wild ging er mit dem Bohrer gegen das Felsgestein los, und noch wilder mit seinen Reden gegen seinen Gehilfen, einen jungen Burschen namens Green, der noch neu bei der Arbeit war.

Der Sprengschuß

«Aus dir wird nie was Richtiges werden», höhnte Dan den nervösen Jungen. «Geh lieber heim zur Mutter und mach dir ein Bonbongeschäft auf. Mit Wasser besprengen, hörst du? Ich hab keine Lust, einen Kübel voll Staub zu schlucken.»

Green hob hastig seine Kanne und tat, wie ihm geheißen worden.

«Jetzt hol die Seifenkiste», knurrte Dan. «Sie steht dort neben dem Schuppen.»

Fügsam holte der junge Green die Seifenkiste – das war Dans Bezeichnung für den Dynamitbehälter. Gemeinsam mit den anderen stand er dabei, während Dan fachkundig die Sprengladungen zusammenstellte und anbrachte.

Insgesamt waren es etwa zwanzig Bohrlöcher, denn es sollte eine große Sprengung werden. Dann adjustierte Dan die Zündvorrichtung, und die ganze Partie ging ungefähr hundert Schritt zurück zu der Hütte.

«Ist alles fertig, Dan?» fragte Collins, der Vorarbeiter, der gerade mit einer Schreibarbeit beschäftigt war.

Er war ein magerer, unscheinbarer Mann mit langem Hals und kurzem Bart. Wenn er den Kopf aus dem kleinen Fenster der Bauhütte steckte, glich er höchst komisch einem Einsiedlerkrebs, der aus seiner Schale hervorlugt.

«Ja, alles fertig», knurrte Dan. «Was glauben Sie denn, wozu wir hier sind?»

«Haben Sie dort vorn alles erledigt, Joe?» fragte Collins einen anderen Mann, der bei der Gruppe stand.

Joe Frew, dessen Aufgabe es war, die Fahnen und Warnungstafeln anzubringen und den Wächter bei der Bahnschranke zu verständigen, nickte bejahend.

Collins war nun offiziell beruhigt und griff nach einer Signalpfeife. Er stieß drei laute Pfiffe aus und blickte dann zu Dan hin. In der gleichen Sekunde stellte Dan den Kontakt her und feuerte den Sprengschuß ab.

Sein «Bestes»

Man hörte ein lautes, dumpfes Krachen, eine rasche Serie kleiner Knalle vom Fuß des Felsens her, dann ein tiefes, andauerndes Poltern. Keine Felsblöcke flogen grandios in die Luft, wie der Laie vielleicht erwartet hätte. Nichts Sensationelles!

Die Oberfläche des Felsens glitt einfach ab und fiel als zusammenhängende Masse nieder wie Schnee, der bei Tauwetter von einem Hausdach rutscht. Es sah so einfach aus, daß es fast albern wirkte. Doch hundert Tonnen festen Gesteins zerbröckelten vor dem Beschauer und stürzten zur Erde.

Furchtbarer Staub erhob sich und hing noch immer in der Luft, als das letzte, lange grollende Echo verklungen war.

«Eine gute Sprengung, nicht wahr?» rief Collins. Er war ziemlich kurzsichtig und spähte jetzt wieder durchs Fenster; zuerst sah er zum Steinbruch hin und dann wieder zu Dan.

«Verdammt schlecht», fluchte Dan griesgrämig.

«Sehen Sie dort an der Seite!» sagte Frew und zeigte hin. «Das hängt ja über.»

«Hol's der Teufel – natürlich hängt's über», pflichtete ihm Dan bei. «Das ist nur deine Schuld, du ungeschickter Lümmel. Dort hab ich dich das letzte Sprengloch bohren lassen. Du hast zu tief gebohrt, und so ist unten zu viel herausgesprengt. Meiner Seel, ich hätte Lust, dir den Hals umzudrehen.»

Green wand sich unter Dans zornigem Blick hin und her.

«Ich hab mein Bestes getan», murmelte er trotzig. «Sie wissen doch – ich lerne ja erst.»

«Das sieht man, du Mißgeburt!»

«Pst, Dan», legte sich Collins ins Mittel. «Gehen wir hin und sehen wir's uns an.»

Er trat aus der Kanzlei. Dann gingen sie alle zu dem Steinbruch hinüber.

«Es ist nicht sicher», bemerkte Frew, als sie näher kamen. «Wir müssen oben ein paar Bohrlöcher anbringen und das überhängende Stück absprengen.»

Tatsächlich war an der Seite der Sprengfläche, entweder weil Green ungeschickt gebohrt hatte oder infolge einer Unregelmäßigkeit in der Schichtung des Gesteins, die Sprengung mißlungen, das heißt, es hatten sich nur die unteren Steinmassen losgelöst, ohne daß die oberen abgesprengt worden wären. So blieb noch ein großes Felsband zurück, das über der frisch gesprengten Höhlung hing.

Dan blieb mit den anderen zehn Yard von der Felswand entfernt stehen und besah sich mit finsterer Miene die verpfuschte Arbeit. Aus langer Erfahrung wußte er, daß Gefahr drohte. Jeden Augenblick – das konnte in der nächsten Sekunde sein oder auch noch eine Stunde auf sich warten lassen – mußten diese vielen Tonnen freihangenden Gesteins herabstürzen.

«Was für eine Trottelei!» fluchte er halblaut und wandte sich an Collins.

In diesem Augenblick marschierte der junge Green, gekränkt durch die Anschuldigung, die er für ungerecht hielt, und brennend vor Verlangen, sich zu rechtfertigen, indem er die Tiefe seines Bohrloches feststellte, geradewegs unter die überhangenden Felsen.

«Komm heraus, du Dummkopf!» brüllte Dan. «Weißt du denn nicht, was du da tust?»

Green wandte sich um und schaute albern zu Dan hin. Er schien Wurzeln geschlagen zu haben.

«Komm heraus, verdammter Idiot!» schrie Dan abermals. Und er sprang vor, um den völlig verwirrten Burschen zurückzureißen. In diesem Augenblick geschah es.

Eine gewaltige Felsplatte löste sich aus der überhängenden Masse und fiel herab wie ein gigantischer fliegender Grabstein.

Dan hörte und sah sie kommen. Mit gewaltigem Schwung stieß er Green ins Freie. Dann sprang er zur Seite und suchte sich zu retten.

Es war um den Bruchteil einer Sekunde zu spät. Der Felsblock, der zehn Tonnen wog, fiel ihm aufs rechte Bein und zermalmte es zu Brei.

Dan lag auf dem Gesicht. Er stöhnte. Er versuchte sich zu bewegen, vermochte es aber nicht.

Sein Bein, verstümmelt und nutzlos, war unter dem Stein festgeklemmt. Und er selbst war unter der überhangenden Masse gefangen.

Ein Schrei stieg von der Arbeitergruppe auf – ein einstimmiger Schrei des Grauens und der Furcht. Collins, Joe Frew und zwei andere stürzten zu Dan hin.

«Zum Teufel! Fort mit euch», stöhnte Dan. «Es kommt ja noch mehr herunter.»

«Pst, Mann, pst!» Das war Collins übliche Beschwichtigungsformel, die er jetzt stammelnd hervorstieß. Dann packte er Dans Schultern und versuchte ihn herauszuziehen.

Dan stöhnte abermals.
«Ihr könnt mich nicht fortschaffen. Der ganze verdammte Friedhof liegt auf mir.»

Finlay kommt zur rechten Zeit

Joe Frew kniete nieder, um Collins zu helfen. Doch es war aussichtslos. Der Fels hielt Dans Bein unentrinnbar fest, es gab auch keinen Platz, eine genügend starke Hebevorrichtung anzubringen, und jede Minute konnte die ganze Felsdecke abstürzen.

«Um des Himmels willen, gebt mir einen Schluck», sagte Dan und befeuchtete sich die Lippen.

Sofort war eine Flasche zur Stelle. Im gleichen Augenblick wandte sich Collins an Green.

«Lauf», befahl er, «lauf, so schnell du kannst, und hol einen Doktor – ganz gleich, welchen – irgendeinen, wenn möglich Cameron oder Hyslop.»

Unverzüglich jagte der entsetzte Junge Hals über Kopf davon.

Es fügte sich an diesem Tag, daß Finlay Hyslop um elf Uhr vormittags zum Arden House zurückging, weil er sein Stethoskop vergessen hatte. Ohne diesen unbedeutenden Zufall wäre er bei Greens Ankunft auf der Tour bei seinen Patienten gewesen. So aber stieß er auf den Türstufen mit dem totenblassen, keuchenden Jungen zusammen.

Im nächsten Augenblick saß er in dem Gig, hatte Jamie seine Weisungen erteilt und fuhr schon auf der Straße nach Langloan dahin.

Als er beim Steinbruch anlangte, herrschte hier jenes seltsame, unnatürliche Schweigen, das er in Straße, Schiffswerft oder Wohnung nun schon mit einem ernsten Unglücksfall assoziieren konnte.

Er nahm seine Instrumententasche, sprang aus dem Wagen und eilte an die Stelle, wo Dan lag.

Er zwängte sich unter den überhangenden Fels und stellte eine rasche Untersuchung an. Das rechte Bein war unterhalb des Knies ein blutiger Brei.

Da gab es nur eines: Amputieren!

Er musterte Dan, auf dessen grauem Gesicht dicke Schweißtropfen standen, und Dan erwiderte den Blick. Mochte es nun vom Schmerz sein oder vom Whisky – denn er hatte bis zu Finlays Ankunft noch öfter nach der Flasche verlangt –, Dan war nicht ganz klar im Kopf. Und er sagte:

«Also los! Ich weiß, was Sie tun müssen. Nehmen Sie das Dreckzeug ab, aber machen Sie rasch, sonst kriegen Sie mitten drin den Berg auf den Schädel.»

Finlay antwortete nicht. Er warf die Jacke ab, krempelte sich die Hemdärmel hoch und öffnete seine Tasche. Mit einer Schere schlitzte er Dans Gamaschen auf und entfernte sie.

Er goß eine halbe Flasche Jod oberhalb des Knies auf den Schenkel, tränkte die Maske mit Chloroform und klatschte sie auf Dans Gesicht.

«Ich will Ihnen das ersparen», flüsterte er. «Atmen Sie nur ein und denken Sie an nichts.»

Als Dan unter dem Einfluß des Betäubungsmittels war, lehnte Finlay die Flasche an den Körper des Patienten, schnürte ihm die Adern ab, zog sich Gummihandschuhe an, nahm das Messer und begann.

Es war keine Zeit für Finessen – hier ging's um den Kragen.

Finlay, der unter dem niederen Felsdach platt auf dem Bauch lag, arbeitete wie ein Teufel, mir tiefen Schnitten; methodisch klammerte er eine Arterie nach der andern ab, bis er an den Knochen kam. Doch als er die Säge niederlegte, löste sich ein kleines Stück von der Decke und fiel auf die Chloroformflasche.

Die Flasche ging in Scherben, und das Chloroform floß auf den Boden.

Finlay stieß einen Ruf des Ärgers aus. Doch jetzt war es unmöglich, die Arbeit zu unterbrechen.

In krampfhafter Eile arbeitete er an den Ligaturen weiter. Collins, der den überhangenden Fels nicht aus den Augen ließ, drängte ihn immer wieder zur Eile.

Finlay brachte zwei Drainagekanülen an und erledigte die letzten inneren Nähte, dann vernähte er mit tiefen Stichen die Fleischlappen.

Als er die Nadel zum letztenmal einfädelte, blickte er zufällig zur Seite und fing den Blick Dans auf, der ihn mit geweiteten Augen unverwandt anstarrte.

«Das war eine tüchtige Arbeit, Herr Doktor», stieß Dan zwischen zusammengepreßten Zähnen hervor. «Allerdings hab ich nur noch den Schluß gesehen.»

Er war schon volle fünf Minuten wieder bei Bewußtsein gewesen.

Als man ihn unter der Felsplatte hervorzog, hatte er den Blick noch immer auf Finlay gerichtet. Er versuchte, wieder zu sprechen. Doch statt dessen wurde er ohnmächtig.

Das Gesetz der Entschädigung

«Wie gesagt», fuhr der Nachtwächter sinnend fort, «wenn mir vor sechs Monaten jemand gesagt hätte, daß es mir nicht leid tun wird, nur ein Bein zu haben, hätte ich ihm einen Kinnhaken gegeben – denn damals war ich ein mürrischer, streitsüchtiger Teufel. Aber ich weiß nicht, warum – seit damals schaue ich alles ganz anders an.

Ich kann Ihnen nicht erklären, wieso oder weshalb, aber ich sitze oft hier und raste und habe gar kein Verlangen nach irgend etwas. Ich kann ruhig sein. Das ist es wohl.

Ich kann ruhig sein und im Frieden mit mir selbst. So war ich früher nie. Es klingt sonderbar, aber mir scheint, mit einem Bein habe ich mehr Freude am Leben als früher mit zweien.» Schweigen senkte sich zwischen die beiden, dann sagte Finlay:

«Wahrscheinlich ist der Kern des Ganzen, Dan, daß sich alles, was geschieht, zum Besten auswirkt. Obwohl man das im gegebenen Zeitpunkt schwer erkennt. Vielleicht gibt es ein Gesetz des Gewinns und Verlustes. Was man in einer Hinsicht verliert, gewinnt man in einer anderen wieder.»

Wieder trat Schweigen ein. Schließlich erhob sich Dan, auf seine Krücke gestützt, und warf neue Kohle ins Feuer. Von ferne hörte man das leise Pfeifen des Nachtzuges nach Overton, und die Stille, die darauf folgte, schien nur noch tiefer zu sein.

«Es ist eine schöne, großartige Nacht», sagte Dan schließlich und atmete tief die frische Luft ein. «Hier ist's wirklich schöner als in der Schankstube.»

Eine Minute standen sie so da, eingehüllt in die Schönheit der Nacht. Dann machte sich Finlay auf den Weg zur Stadt.

«Ich muß jetzt gehen, Dan», sagte er. «Passen Sie morgen auf, ich komme wieder vorbei.»

Und mit hallenden Schritten ging er die Straße dahin und überließ Dan Tainsk seiner stummen Zwiesprache mit den Sternen.

Keine Phantasie

Ein eiskalter Kerl

Mit seiner gewohnten Ruhe klingelte Willie Craig an der Tür des Arden House.

«Guten Abend, Janet», bemerkte er, gelassen und beherrscht wie immer. «Ist der Doktor vielleicht zufällig daheim?»

«Mit welchem von den beiden möchten Sie denn sprechen, Mr. Craig?»

«Das ist mir ganz gleichgültig, Janet. Ich bin mit jedem einverstanden.»

«Heute abend hat Dr. Hyslop die Ordination. Aber ich kann es Dr. Cameron sagen, wenn Sie ihn speziell sprechen wollen.»

Er schüttelte den Kopf – ganz kurz, denn alle Bewegungen Willies waren beherrscht und gleichmäßig.

«Das ist mir ganz einerlei, Janet.»

Sie warf ihm einen beifälligen Blick zu. Janet hegte tiefe Bewunderung für Männer, die sich niemals aufregen. Und sie führte ihn ins Speisezimmer, ein besonderes Zeichen der Gunst.

Willie setzte sich, steckte die Hände in die Taschen und blickte mit maßvollem Interesse auf die Geige, die über dem Kamin hing.

Er war ein kleiner, schlanker Mann, von ungefähr siebenunddreißig Jahren, glattrasiert, von ziemlich blasser Farbe, und trug einen anständigen grauen Anzug, Hemd mit Zelluloidkragen und schwarzer «fertiger» Krawatte.

Von Beruf war er Bäcker – nicht mehr, nicht weniger. Er hatte ein hübsches eigenes Geschäft in der High Street, wo seine Frau, wie es sich gehörte, hinter dem Ladentisch bediente, während er in der Backstube darunter seine Arbeit munter versah.

Willie Craigs Hammelpasteten waren stadtbekannt; seine Rosinenkuchen standen keinen anderen in ganz Levenford nach. Doch obwohl man ihn achtete, weil er gut buk, anständig wog und ein ehrlicher Mann war, hatte sein guter Ruf noch einen tieferen Grund. Willie Craig war ob seiner Kaltblütigkeit berühmt.

«Ach ja, ein eiskalter Kerl, dieser Willie Craig!» So lautete das beifällige Urteil der Stadt.

Als er zum Beispiel auf dem Levenford Green das Finale der Meisterschaft von Winton spielte und um Haaresbreite in erbittertem Kampf den Sieg errang, jubelten ihm die Leute nicht so sehr deshalb zu, weil er gesiegt hatte, sondern wegen der Art, wie er es getan. Blaß, ungerührt, ohne Hast, während Gordon, sein Gegner, vor Erregung einem Schlaganfall nahe schien.

Nachher, in der Schenke, entrüstete sich Gordon, der schon ein paar Gläser getrunken hatte, und wurde ein wenig redselig.

«Er ist kein Menschenwesen. Er fühlt nicht wie andere Leute. Er kommt mir vor wie ein Fisch, der auf dem Eis liegt. Keine Phantasie!»

So wurde Willie als der Mann ohne Phantasie bekannt, und wahrhaftig, er sah recht trocken drein, als er jetzt im Arden House saß und auf Finlay Hyslop wartete.

«Bitte, hier herein, Mr. Craig», sagte Janet, die während seiner gelassenen Meditation eingetreten war.

Er stand auf und folgte ihr in den Ordinationsraum.

«Setzen Sie sich», sagte Finlay kurz. «Wo fehlt's?»

Er war überarbeitet und gehetzt, darum sprach er etwas schroffer, als es seine Art war. Aber Willie Craig schien das nicht zu bemerken.

«An der Zunge ist etwas los, Herr Doktor. Am Rand habe ich da einen Knoten, der mir lästig ist.»

«Sie meinen, der Sie schmerzt?»

«Nun ja – mehr oder weniger.»

«Lassen Sie anschauen.»

Finlay beugte sich über den Schreibtisch und besah Willies Zunge. Er besah sie genau und lange. Dann sagte er in ganz anderem Ton:

«Wie lang haben Sie das schon?»

«Oh, so ungefähr sechs Wochen, soweit ich mich erinnern kann. Es ist ganz allmählich gekommen. Aber in letzter Zeit wird's schlimmer.» – «Rauchen Sie?»

«Ja, ich bin ein ziemlich starker Raucher.»

«Pfeife?» – «Ja, Pfeife.»

Eine kurze Pause. Dann stand Finlay auf und ging zum Instrumentenkasten.

Er nahm eine starke Lupe und untersuchte Willies Zunge noch einmal mit der peinlichsten Sorgfalt. Ein zornroter Fleck war am Rande der Zunge zu sehen. Ein Fleck, der sich hart anfühlte und für Finlays geschulten Blick die unheimlichsten Drohungen barg.

Des Arztes Besorgnis

Finlay legte die Lupe hin und ließ sich in seinen Lederstuhl vor dem Schreibtisch fallen.

Er wußte, daß er zwei Wege hatte, mit dieser Situation fertig zu werden. Der erste Weg war ein süßlicher Versuch zu Optimismus, der andere: die Wahrheit sagen.

Nachdenklich schaute er zu Willie hinüber, dessen Ruf der Selbstbeherrschung ihm wohl bekannt war.

Voll Ruhe erwiderte Willie diesen Blick. «Ein eiskalter Kerl», dachte

Finlay. «Ohne viel Phantasie, die ihm unbequem werden könnte. Ja, ich will ihm die Wahrheit sagen.»

«Willie», begann er plötzlich. «Diese kleine Sache an Ihrer Zunge ist vielleicht etwas sehr Ernstes. Vielleicht aber auch nicht.»

Willie blieb ungerührt.

«Wahrscheinlich bin ich deshalb hier, Herr Doktor. Ich will wissen, was es eigentlich ist.»

«Und auch will's wissen», erwiderte Finlay ernst. «Ich muß eine kleine Probe von Ihrer Zunge ausschneiden und an die pathologische Abteilung der Universität zur Untersuchung schicken. Es muß mikroskopisch untersucht werden, wissen Sie, Willie – eine Sache, die wir hier nicht durchführen können. Es tut nicht weh, und es wird auch nicht lange dauern. In zwei, drei Tagen habe ich das Resultat. Dann kann ich Ihnen sagen, ob es sich um das handelt, was ich befürchte.»

«Und was befürchten Sie, Herr Doktor?»

Ein lastendes Schweigen senkte sich über den Ordinationsraum. Finlay fühlte, daß er beschönigen mußte. Doch als er in Willie Craigs kalte graue Augen schaute, entschloß er sich anders. Mit leiser Stimme sagte er:

«Ich befürchte, es könnte Zungenkrebs sein.»

Das lastende Schweigen, durch diese Worte kaum verjagt, legte sich vibrierend wieder über den Raum und zog sich unerträglich hin.

«Aha!» sagte Willie. «Das ist recht schlimm. Und wenn es Krebs sein sollte, was dann?»

Finlay machte eine unbestimmte Handbewegung.

«Eine Operation.»

«Das heißt, ich müßte mir die Zunge ausschneiden lassen?»

Finlay nickte. «So ungefähr. Aber wir wollen uns mit diesen Fragen erst befassen, wenn es so weit ist.»

Längere Zeit studierte Willie die Spitzen seiner netten, schön geputzten Schuhe, dann hob er den Kopf.

«Sie haben recht, Herr Doktor. Also tun Sie, was Sie tun müssen.»

Finlay stand auf, sterilisierte ein Instrument, anästhesierte Willies Zunge und kniff geschickt ein winziges Fragment des kleinen dunkelroten Flecks heraus.

«Das war aber schnell», sagte Willie.

Er spülte sich den Mund aus, dann griff er nach seinem Hut und schickte sich an zu gehen.

«Lassen Sie mich nachdenken», überlegte Finlay. «Jetzt haben wir Montag abend. Schauen Sie am Donnerstag zur gleichen Zeit her, und ich kann Ihnen Bescheid sagen.»

«Hoffentlich geht's gut aus», bemerkte Willie stoisch.

«Das hoffe ich auch», antwortete Finlay ernst.

«Na, dann gute Nacht, Herr Doktor.»

«Gute Nacht!»

Finlay setzte sich nicht und schaute ihm durchs Fenster nach, während der andere den Fahrweg hinabging und in die Straße einbog, nachdem er sorgfältig das Tor hinter sich geschlossen hatte. Und halblaut murmelte Finlay:

«Du lieber Himmel! Das ist wahrhaftig ein eiskalter Kerl, dieser Willie Craig.»

Der eiskalte Kerl, der Mann ohne Phantasie, ging die Straße entlang, Kopf hoch, das Kinn vorgestreckt, die Lippen fest zusammengepreßt.

Äußerlich ruhig, ganz ruhig! Aber in seinem Hirn pochten ungestüm tausend Hämmer. Und in seinen Ohren grölten und donnerten tausend Stimmen. Es war ein Wort, das sie ohne Ende wiederholten: «Krebs! Krebs! Krebs!»

Er fühlte sich zittern; er fühlte, wie sein Herz stürmisch gegen die Rippen pochte. Als er in die Church Street einbog, packte ihn ein Schwindelanfall; einen Augenblick lang glaubte er, er müsse ohnmächtig werden.

«Grüß dich, Willie! Ein schöner Abend zum Trainieren!» rief ihm Bailie Paxiker, der vor seinem Kontor stand, quer über die Straße zu.

Kein einzelner Mann, gewiß nicht – nein, eine ganze Schar, alle winkend, Grimassen schneidend, verwischt und grotesk, schrien ihm zu: «Krebs! Krebs! Krebs!»

«Ja, Bailie, wirklich recht schön», antwortete er.

«Na, dann auf Wiedersehen am Sonntag – unten beim Match.»

«Freilich! Das laß ich mir um keinen Preis entgehen.»

Wie – um Gottes willen – hatte er es nur fertiggebracht zu sprechen?

Während er weiterging, brach ihm der kalte Schweiß aus. Die Muskeln seiner Wangen begannen schmerzhaft zu zucken. Seine ganze Person schien ihm aufgelöst und verflüssigt, seiner Kontrolle entrückt, endlich seiner ständigen Wachsamkeit entronnen.

Einfache Worte

Sein Leben lang hatte er wie ein Dämon gegen seine Nerven gekämpft, diese heimtückischen Nerven, die so oft nahe daran gewesen waren, ihn zu verraten. Das war schwer gewesen – immer – selbst in Kleinigkeiten. Zum Beispiel damals, als er die Meisterschaft im Kugelspiel gewann – wie krank war er damals gewesen vor Nervosität und Angst – er hatte es kaum vermocht, den letzten Wurf zu tun, und doch war es ihm gelungen, das alles – sein nervöses Entsetzen – hinter Gleichmut zu verbergen.

Doch jetzt, angesichts dieses Grauens – oh, wie konnte er dem ins Auge sehen? Die Stimmen grölten und plärrten ihn wieder an:

«Krebs, Krebs, Krebs!»

Ruhig trat er in sein Haus, in die Wohnung oberhalb des Ladens, denn der war jetzt geschlossen. Er setzte sich in seinen Lehnstuhl und zog sich die verbeulten Lederpantoffeln an.

«Du bist aber früh vom Sportplatz zurück», bemerkte Bessie, seine

Frau, freundlich, jedoch ohne von dem Lokalblatt, das sie gerade las, aufzublicken.

Was immer es kosten mochte – vor Bessie durfte er einfach nichts zeigen.

«Heute hatte ich keine Lust, auf den Sportplatz zu gehen. Ich bin nur ein bißchen die Straße hinabgeschlendert.»

«Oh! Oh! Das sind aber hübsche Hüte, die da Jenny M'Kechnie inseriert. Ein neues Frühlingsmodell. Und nur fünf Shilling elf Pence das Stück. Ich weiß wirklich nicht, ob ich mir nicht einen leisten soll.»

Er starrte ins Kaminfeuer und machte kaum glaubliche Anstrengungen, sich zu beherrschen.

«Es ist höchste Zeit, daß du auch einmal für dich selbst etwas kaufst.»

Sie lächelte ihm warm zu – erfreut durch diese Anerkennung ihrer hausfraulichen Sparsamkeit.

«Vielleicht tu ich's wirklich. Vielleicht aber auch nicht. Ich hab nie viel Geld für Putz ausgegeben. Nein, nein. Ich halte was davon, wenn man etwas für schlechte Zeiten zurückgelegt hat. Ich möchte doch nicht, Will, daß wir unser ganzes Leben lang hier über dem Laden klebenbleiben. Eine kleine, nach einer Seite freie Villa gegen Barloan hin – was würdest du dazu sagen ... so in einem Jahr oder in zweien?»

In einem Jahr oder in zweien! Diese einfachen Worte durchbohrten ihn, als wäre ihm ein Schwert wild in die Brust gestoßen worden. Ein Jahr oder zwei! Wo mochte er dann sein?

Er schloß die Augen und kämpfte die brennenden, jammervollen Tränen nieder, die ihm aufstiegen.

Bessie lachte, daß ihre Zeitung raschelte.

«Dir ist das alles ja recht einerlei, du hartgesottener alter Sünder. Dich kann ja nichts auf der Welt erschüttern.»

Schlaflose Stunden

Er ging zeitig zu Bett.

Auch sonst legte er sich früh schlafen, denn er mußte um vier Uhr morgens in der Backstube sein und die Öfen für das erste Brotbacken bereit machen. Auch heute legte er sich schon um neun Uhr nieder.

Er konnte aber nicht schlafen. Er lag noch immer wach, als Bessie ins Zimmer kam, doch damit er nicht sprechen müsse, tat er, als schliefe er.

Während er mit fest geschlossenen Augen dalag, lauschte er in stumpfer Verzweiflung ihren einfachen, wohlvertrauten Bewegungen.

Sie zog die Uhr auf, unterdrückte ein Gähnen, legte ihre Haarnadeln in das Tablett, das auf dem Kamin stand. Dann schlüpfte sie leise, um ihn nicht zu wecken, ins Bett.

In einer Viertelstunde sagte ihm ihr ruhiges Atmen, daß sie schlief. Er lag ganz ruhig, atmete kaum und ballte wild die Fäuste, um sich zu beherrschen.

Das Dunkel im Zimmer bedrückte ihn wie eine Last. Er hätte am liebsten losgeschrien, um seine gequälten Nerven durch einen wilden, verzweifelten Schrei zu beruhigen. Es verlangte ihn, sich an sie zu wenden, an Bessie, seine Frau. Ihr Mitgefühl zu beschwören. Leidenschaftlich zu rufen:

«Ich bin nicht so, wie du glaubst. Ich bin nicht hart. Ich bin nie hart gewesen. Ich fühle alles. Ich fühle es furchtbar. Und jetzt habe ich Angst, verzweifelte Angst – wie ein erschrecktes Kind. Ich habe immer etwas von einem Kind in mir gehabt. Ich war immer empfindlich, immer nervös. Darum habe ich so getan, als wäre ich das Gegenteil. Aber jetzt kann ich mich nicht mehr verstellen. Hörst du mich nicht? Verstehst du mich nicht? Ich soll – ich soll Krebs haben!»

Obwohl dieses furchtbare Wort unausgesprochen blieb, erklangen die Stimmen aufs neue, die höhnischen Stimmen, die im Chor riefen: «Krebs! Krebs! Krebs!»

Ein Paroxysmus der Todespein schüttelte ihn. Während seine Frau seelenruhig schlief, preßte er sich die Hände auf den Mund, um das Schluchzen zu ersticken, das in ihm aufstieg.

Seine Augäpfel, versengt von der Qual ungeweinter Tränen, schienen bersten zu wollen. In den Ohren klangen ihm die Worte seiner Verzweiflung. Die dunklen Stunden der Nacht rollten über ihn weg.

Keinen einzigen Augenblick schlief er. Keine einzige Sekunde konnte er vergessen.

Das unbekannte Entsetzen

Um vier Uhr stand er auf, legte seinen Arbeitsanzug an und ging in die Backstube.

Er hatte gehofft, die gewohnte Alltagsarbeit werde ihn beruhigen und ablenken. Doch dem war nicht so.

Als der Tag verstrich und ihm keine Linderung seiner Pein brachte, wuchs seine Verzweiflung.

Äußerlich eiskalt, erfüllte er, scheinbar ruhig, seine Pflichten. Er sprach, beantwortete Fragen, ging dahin und dorthin. Es war, als stünde er abseits und beobachtete zitternd und gequält das Tun eines Automaten – eines Automaten, der er selber war.

Er wußte jetzt, daß er Krebs hatte. Sooft er sich für einen Augenblick freimachen konnte, ging er in die Wohnung hinauf, streckte vor dem Spiegel die Zunge heraus und starrte sie voll Entsetzen an.

Komödie oder Tragödie? Ein erwachsener Mann, der seinem Spiegelbild die Zunge zeigt! Er hätte hell auflachen können, so grotesk war das alles. Aber jetzt hatte er keine Zeit zu lachen. Er starrte unverwandt seine Zunge an.

War die Schwellung ärger? Oder hatte sie sich nicht verändert? Vielleicht schmerzte sie etwas mehr, seit der Arzt hineingeschnitten hatte.

Es schmerzte ihn jetzt auch, wenn er sie so herausstreckte. Oder bildete er sich das nur ein?

Sonderbar, daß dieser kleine rote Fleck den Tod bedeutete. Schrecklich sonderbar. Aber er bedeutete Tod. Es war eben Krebs. Krebs – eine Krankheit, die sich in einen einfrißt. Krebs, Krebs – die Stimmen erhoben sich wieder gegen ihn.

Mit einem letzten verstohlenen Blick in den Spiegel ging er auf den Fußspitzen in die Backstube zurück. Auch in dieser Nacht schlief er nicht. Beim Frühstück warf ihm seine Frau einen leicht besorgten Blick zu.

«Die letzten Tagen ißt du so wenig.»

Er widersprach.

«Unsinn», sagte er mit seiner eisigen Selbstbeherrschung, und um die Wahrheit seiner Worte zu beweisen, nahm er sich noch einmal Speck und ein Ei. Doch obgleich er aß, hatte er keine Geschmacksempfindung.

Alle seine Sinne waren jetzt stumpf, nur nicht das Gefühl für seinen Zustand. Vielleicht war er jetzt nicht mehr ganz normal. Seine Phantasie arbeitete fieberhaft und führte ihn ein Stückchen weiter.

Die Tatsache, daß er Krebs hatte, stand fest und war bewiesen. Was blieb also noch zu tun? Der Arzt hatte von einer Operation gesprochen.

Er schloß die Augen und starrte in die Zukunft – er sah genau, was diese Operation zu bedeuten hatte.

Da lag er im Spital, in einem kleinen, schmalen Bett; er erduldete in einem einzigen blitzschnellen Gedanken die tagelange Pein des Wartens. Dann erlebte er mit leichtem Stirnrunzeln, wie er in den Operationssaal gerollt wurde. Das unbekannte Grauen dieses Ortes erhöhte noch sein Entsetzen.

Wie hieß das Zeug nur, das sie einem dort gaben? Ach ja – Chloroform. Ein penetrantes, süßliches Zeug, das einen rasch bewußtlos machte.

Doch was geschah dann, während dieser Bewußtlosigkeit? Scharfe Lanzetten blitzten an seinem Mund – hier an seinem Mund! Sie schnitten ihm die Zunge aus; tief an der Wurzel schnitten sie sie aus.

Ein Schluchzen stieg in seiner Kehle auf und würgte ihn. Er hob die Hand an die geschlossenen Augen, als wollte er das furchtbar groteske und komische Bild seiner Zunge verwischen, die, aus seinem Mund geschnitten, blutig und abscheulich dort lag, wohin man sie gelegt hatte.

Fast bis zur Grenze

Und nach der Operation? Natürlich erwachte er dann in dem gleichen schmalen Bett – als Gegenstand des Mitgefühls und der unerträglichen Fürsorge. Ein Mensch ohne Zunge? Ein Mensch, der nicht sprechen, sondern nur lallen und die Worte mit den Lippen formen konnte. Die Pflegerin beugte sich über ihn.

«Was haben Sie gesagt?»

Und er war mühsam, krampfhaft, verzweifelt bemüht, etwas zu sagen, ihr etwas klarzumachen.

Oh, wie furchtbar, wie furchtbar – nicht auszuhalten!

Er ließ sich in die Todespein dieses Gedankens fallen. Das unerbittliche Pendel der Zeit schwang außerhalb seines Bewußtseins weiter.

Die Nacht des Mittwochs verging – sie hätte hundert Jahre währen können. Der Donnerstag kam.

Er war nun fast an der Grenze seines Leidens angelangt; eines Leidens, das niemand ahnte, denn es war in seiner Seele verborgen und verschlossen.

Am Donnerstag ging er nachmittags aus der Backstube und schritt den Fluß entlang.

Es war Flut und das den Kai entlang brandende Wasser lag nur wenige Fuß unter ihm.

Stumpf starrte er hinunter. Ein Schritt – und es war zu Ende – all sein Elend, der Jammer der Operation und der Hilflosigkeit, die dann kam.

Der Fluß, der an den steinernen Mauern sog und leckte, schien ihn zu rufen.

Plötzlich hörte er dicht neben sich eine Stimme:

«Auch ein bißchen Luft schnappen, Willie?»

Es war Peter Lennie, der ihn lächelnd angesprochen hatte.

Wie im Traum hörte er sich antworten:

«Nachmittags ist es in der Backstube hübsch heiß.»

Schweigend standen sie nebeneinander. Dann sagte Peter Lennie:

«Wenn du die Straße hinabgehst, komme ich mit.»

Sie sprachen, während sie den Kai entlangschlenderten, über dies und das, über die kleinen Neuigkeiten einer kleinen Stadt.

Ein kurzer Spaziergang

Es gab kein Entrinnen für Willie. Er mußte weitermachen.

Der Nachmittag verging. Er trank eine Schale Tee, dann stieg er die Treppe hinauf und legte seinen Sonntagsanzug an.

Sein Entschluß war gefaßt. Er wollte die Operation ablehnen. Er hatte einfach beschlossen zu sterben.

Er wußte in plötzlicher Prophetie, daß die Operation ihn nicht retten werde. Was immer man unternahm, der Krebs kam ja doch wieder. Ja, er kam immer wieder.

Er fürchtete, seine Frau werde ihn begleiten wollen, aber sie teilte ihm lächelnd mit, sie wolle sich doch den neuen Hut kaufen gehen. Sie hatte gerade noch Zeit, ehe Jenny ihren Laden schloß.

Der Abend war schön, als Willie jetzt die Church Street hinabschritt und da und dort Bekannten zunickte.

Er hatte das seltsam unwirkliche Gefühl, als ginge er mit gespenstischen Schritten zu seinem eigenen Begräbnis.

Seine gequälte Phantasie arbeitete fieberhaft und redete ihm ein, keiner dieser Menschen hier sei wirklich, denn keiner von ihnen wisse, daß er, Willie, fast schon tot sei.

«Ist der Herr Doktor zu Hause, Janet?»

Wiederum sagte er diese alberne, sinnlose Phrase. Ja. Wiederum saß er im Speisezimmer und starrte die alberne, sinnlose Geige an, die über dem Kamin hing.

Und dann war er wiederum im Ordinationszimmer und stand vor dem Schreibtisch, als stünde er vor dem Richterstuhl Gottes.

Glückwünsche

Finlay sah ihn lange Zeit an, lange. Sein Gesichtsausdruck war tief ernst. Dann erhob er sich und streckte feierlich die Hand aus.

«Ich möchte Sie beglückwünschen, Willie Craig. Der pathologische Befund ist nun eingelangt. Es liegt keine Spur von etwas Bösartigem vor. Die Geschwulst ist nicht Krebs, sondern eine einfache Reizung der Zunge, und bei richtiger Behandlung in vierzehn Tagen wieder fort.»

Willies Kopf wirbelte. Eine gewaltige Welle des Glücks flutete über ihn und stieg bis in sein Innerstes. Fast wäre er in dieser Ekstase der Freude und der herrlichen Erleichterung ohnmächtig geworden, aber sein blasses, ruhiges Gesicht zeigte nichts.

«Ich bin Ihnen sehr verbunden, Herr Doktor», sagte er unbeholfen. «Ich bin ... ich ... ich bin wirklich froh, daß es nichts Schlimmes ist.»

«Hoffentlich haben Sie sich diese Tage keine Sorgen gemacht», setzte Finlay hinzu. «Natürlich hätte ich Ihnen nie gesagt, was ich befürchtet hatte, wenn ich nicht felsenfest überzeugt gewesen wäre, daß Sie nicht zu den Ängstlichen gehören.»

«Schon gut, Herr Doktor», murmelte Willie, den Blick zu Boden gerichtet. «Vielleicht gehöre ich wirklich nicht zu den Ängstlichen.»

Und das gewohnte ruhige beherrschte Lächeln huschte über seine Züge, als er hinzufügte:

«Wissen Sie – die Leute sagen ja immer, daß das mein Fehler sei: keine Phantasie!»

Hausboot-Tam

Der alte Trog

Finlay Hyslop ging nur selten bei Marklea fischen, ohne daß er Hausboot-Tam aufgesucht hätte. Wenn er es einmal nicht tat, dann meldete sich Tam ganz bestimmt. Leise schwamm er dann hinter Finlays Boot her und trat triumphierend in Erscheinung – mit einem lauten Lachen oder einem freundlichen Hallo.

Einen Augenblick verweilte er wassertretend und lächelte naiv; vielleicht wechselten sie auch ein paar Worte, dann tauchte der nasse schwarze Schädel wieder unter, und Tam glitt wie ein Seehund durchs Wasser, der Stelle zu, wo sein altes Hausboot in der Sandy Bay vertäut lag.

Hier hatte Tam Douglas sein einsames Leben verbracht, doch freilich war es ein Euphemismus ärgster Art, Tams Unterschlupf ein Hausboot zu nennen.

Dieses Boot war in seinen früheren Tagen ein Kohlenkahn gewesen, der auf dem Forth-and-Clyde-Kanal Kohle von Levenford nach Overton gebracht hatte. Als diese Transportart sich überlebte, war es jahrelang im Schlamm des Leven hinter dem Schloß gelegen. Im Lauf der Zeit kam ein wackeliger Aufbau dazu, und mit einem flüchtigen Anstrich wurde das Schifflein dann zum See gebracht, damit es sich an dem Hausbootrummel beteilige, der zu Beginn des Jahrhunderts so rasch aufflammte und verflackerte.

Als dieser Rummel zu Ende war, wollte niemand mehr von dem alten Trog noch etwas wissen. Blasig von der Sonne, abblätternd im Wind, vom Regen verbeult, lag es verlassen, vergessen und allein in der Einbuchtung, die den Namen Sandy Bay führte. Wind und Wetter hatten seine frühere grelle Häßlichkeit in etwas verwandelt, das nicht unschön war.

Das Boot stand in Harmonie mit seiner Umgebung, es sah aus wie ein sonderbares, unerwünschtes Geschöpf, das endlich einen sicheren Ruheplatz gefunden hat.

Und damals wurde es von Tom Douglas übernommen – das war Tams richtiger Name! Manche behaupteten, Tom hätte es für ein Pfund erstanden; andere sagten, es sei der Preis einer Wette gewesen, ob Tom quer über den See schwimmen könne – denn Tom war schon damals wunderbar als Schwimmer –, während gar nicht so wenige erklärten, Tom sei einfach an Bord des alten Kastens gegangen und habe sich ohne viel Aufhebens in seinen Besitz gesetzt. Aber niemand kümmerte sich darum, und das Ganze war so lange her, daß es gar keine Rolle mehr spielte.

Damals war Tom allerdings noch keine Institution gewesen, sondern einfach ein junger Bursche, der nach Marklea gekommen war, um sich von einer ernsten und wirklich höchst geheimnisvollen Krankheit zu erholen.

War er ein Student? Niemand wußte es. Und was hatte ihm gefehlt? Gehirnhautentzündung, sagten manche. Obwohl der oder jener erklärte, die müsse Tom von Geburt an gehabt haben. Denn ehrlich gesagt: Tom neigte dazu, ein wenig sonderbar zu sein – einfältig, verstehen Sie?

Er war ruhig und nett und freundlich; kein Mensch wußte etwas gegen ihn zu sagen. Er war nur sonderbar, oder wie man in diesen Gegenden sagt, «angestochen».

So konnte man ihn zum Beispiel ertappen, wie er allein unter einem Holunderbaum stand und die Beeren zum Einkochen sammelte – genauso, wie jeder andere Mensch auch, aber er sprach zu dem Baum. Ja, ob Sie es glauben oder nicht – er sprach zu ihm.

Oder man fand ihn in der Dämmerung am Ufer des Sees, wie er dem Plätschern der Wellen auf dem Kiesstrand lauschte und vor sich hinlächelte, als fände er dieses Plätschern seltsam schön. Als ob das etwas Besonderes wäre!

Er kam aus einem Ort namens Kirkraldy. Aber er hatte keine Verwandten dort, soviel man wußte.

«Ich stehe allein», antwortete Tom lächelnd, wenn man ihn befragte.

Er hatte nur wenig Geld gehabt, als er nach Marklea kam. Und das wenige war bald fort. Tam konnte mit Geld nicht umgehen. Trotzdem blieb er.

Er hatte die Gegend liebgewonnen. Die schöne Wasserfläche, der Wald und die Berge waren ihm ins Gemüt gedrungen und hatten seinen schlichten Geist erobert. Der See hielt ihn in seinem Bann.

Darum bezog er das verlassene Hausboot. Und in diesem Boot wurde er allmählich aus Tom Douglas zu dem «verdrehten Hausboot-Tam». Er lebte wie ein Einsiedler, kochte sich sein Essen, wusch sein Geschirr, stopfte sich seine Socken. Sein Haar wurde lang, sein Bart ungepflegt.

Im Laufe der Zeit war er eine allgemein bekannte Figur geworden. Die Vergnügungsdampfer, die schnaufend ihre Touristenladung über den See schleppten, machten einen Umweg, um den Fahrgästen den Hausboot-Tam zu zeigen. Und Tam setzte seinen Stolz darein, daß er für die englischen Touristen eine Sehenswürdigkeit war.

Er stand auf dem Deck seines Bootes und schnitt sich zum Beispiel einen Kohlkopf zum Kochen zurecht. Und wenn der Dampfer in der Nähe war, dann paßte Tom auf, daß ihm ein Kohlblatt «zufällig» über Bord fiel.

Und dann sprang Tom – husch! – kopfüber in allen Kleidern ins Wasser und tauchte wieder auf – seelenruhig, das Kohlblatt im Mund.

Den Touristen machte das großen Spaß, besonders den Frauen, und Tam verdiente damit manches Silberstück. Sonst aber lebte Tam wie ein wildes Geschöpf von Gnaden des Sees.

Er war ein wunderbarer Fischer, und eine Forelle oder eine Schnitte frisch gefangenen Lachses, auf Holzkohlenglut in Tams kleiner Schiffsküche gebraten, war das köstlichste Gericht, das man sich nur vorstellen kann. Finlay kam oft und erklärte, bessere Fische habe er noch nie gegessen.

Im Herbst gab es Nüsse und Brombeeren, Blaubeeren und wilde Stachelbeeren. Tam kannte alle Plätze, wo man sie fand; er kannte auch die eßbaren Wurzeln, kannte alle Kräuter und Gräser.

Der Winter war natürlich die schlechteste Zeit für ihn. Wenn Eis auf dem Wasser trieb und der rauhe, grausame Wind in Stößen über den See wehte, saß Tam zitternd vor Kälte in seinem Boot und hatte oft tagelang fast nichts zu essen.

Er mußte oft furchtbar gelitten haben – mit unzureichender Kleidung und noch weniger Essen, aber niemand hörte jemals eine Klage von ihm. Er war das sanfteste, freundlichste, bescheidenste Geschöpf, und seine kleinen seltsamen Anwandlungen von Eitelkeit machten ihn nur noch liebenswerter.

Er gehörte nun schon dazu, war ein Teil im Weltplan des Schöpfers. Niemand zerbrach sich den Kopf über ihn, und er fiel niemandem zur Last.

Tams Verschwinden

Zu der Zeit, da Finlay Hyslop nach Levenford kam, war Tam nahe an fünfzig. Freilich sah er jünger aus. Die schlichte Härte seines Lebens und die ständige körperliche Bewegung in und an dem reinen Seewasser hatten den Körper des «angestochenen» Tam zu dem eines Athleten gemacht.

Schlank wie eine Birke, muskulös, aufrecht, die Haut zu schöner Bronzefarbe gegerbt, hätte er für eine Statue des Poseidon Modell stehen können. Er hatte einen auffallenden Kopf mit seinem langen, dunklen Haar, der edlen Stirn und den sanften braunen Augen. Aber seine zerlumpte Kleidung, sein ungekämmter Bart und seine alten, mit Bindfaden zugeschnürten Segeltuchschuhe machten ihn absonderlich und komisch. Wenn man Tam nackt sah, war es, als sähe man einen Gott. Angezogen hielt man ihn für einen Landstreicher.

Jener erste Sommer nach Finlays Ankunft war, wie wir im Verlauf dieser Erzählungen schon gehört haben, schön und warm. Aber der Winter, der darauf folgte, brachte bittere Kälte, vielleicht nicht ganz so hart wie der berühmte Winter, in dem der See ganz einfror und man mit Pferd und Wagen über das Eis nach Darroch fuhr, aber das Wetter war doch rauh und kalt. Ganze zwei Wochen lag die Gegend tief verschneit. Und an allen Ecken und Enden wurden die Leute von der rauhen Witterung krank.

Harte Arbeit war das für Finlay bei den schneeverwehten Straßen. Und gerade zu solchen Zeiten gab es viel zu tun. Finlay legte in diesen bitterkalten zwei Wochen den mühsamen Weg nach Marklea täglich zurück.

Am Donnerstag der zweiten Woche trank er gerade hastig in der Küche des «Wappens von Marklea» eine Schale heißen Kaffee, als Mrs. Dow so nebenbei bemerkte:

«Haben Sie heute im Vorbeifahren nicht den angestochenen Tam bei seinem Boot gesehen, Herr Doktor?»

Finlay hielt die dampfende Schale in beiden Händen, die vor Kälte ganz gefühllos waren. Er dachte einen Augenblick nach, dann schüttelte er den Kopf. Sie sprach weiter:

«Gewöhnlich kommt er bei solchem Wetter zu unserer Hintertür und holt sich ein bißchen Suppe oder so etwas. Aber nicht als Almosen, nein. Tam tut das nicht. Er bezahlt auf seine Art. Denn wenn dann Frühling ist, bringt er uns einen Lachs oder ein Dutzend Forellen und nimmt keinen Penny dafür.» Sie machte eine Pause. «Aber jetzt ist er schon zehn Tage nicht hier gewesen.»

«Glauben Sie, daß mit ihm etwas los ist?»

Sie runzelte unsicher die Stirn.

«Ich spreche nur so davon. Vielleicht irre ich mich auch. Aber bei dieser furchtbaren Kälte könnte ich mir schon denken, daß es ihm nicht sehr gut geht. Es wäre eine Schande, wenn der arme Teufel krank wäre und niemanden hätte, der ihn pflegte.»

Finlay trank den Kaffee aus und nahm seine Kutschierhandschuhe. «Gut», sagte er. «Ich will aufpassen, wenn ich vorbeifahre.»

Finlays Entschluß

Eine Stunde später, als Finlay seine Visiten im Dorf erledigt hatte, trat er die Rückkehr nach Levenford an.

Er kutschierte selbst, einen Mietwagen mit einem Gaul aus den Ställen, denn Cameron war mit Jamie und dem Gig auf die Visitenrunde nach Overton gefahren. Und als er nun zur Sandy Bay kam, hielt er an und starrte über die fünfzig Yard Wasser zu Tams Hausboot hin.

Kein Lebenszeichen. Kein Rauch in dem winzigen Blechschornstein. Nichts.

Finlay rief. Es war ein lauter, langer Schrei, der zitternd über die Trostlosigkeit des Schnees und des bleigrauen Wassers zu schweben schien.

Keine Antwort. Nur Stille und Schweigen.

Finlay wurde ungeduldig und fluchte. Am liebsten wäre er weitergefahren, zurück nach Levenford, zu einem warmen Feuer und zum Essen. Aber sein Instinkt und eine Art Beschämung ließen das nicht zu.

Er sprang aus dem Wagen, ging über den schneebedeckten Kies und stieg zum Ufer hinab.

Einige Boote lagen hier, die sonst der Anglerklub von Marklea benutzte und die jetzt über den Winter an diese geschützte Stelle gebracht worden waren.

Er schlug die Ölzeugplache zurück, wählte den leichtesten Kahn, brachte ihn mit einiger Mühe ins Wasser und ruderte zu dem Hausboot hinüber.

Er kletterte an Bord und stieg mit geducktem Kopf in die Kajüte.

Tam lag in dem einzigen Raum auf seiner schmalen Pritsche. Die Luft hier war kalt wie in einem Gefrierhaus. In seinen Vagabundenkleidern, mit einer alten Matte zugedeckt, lag Tam, vor Kälte schlotternd, auf dem Rücken.

«Mann, Mann!» rief Finlay. «Was ist denn los, daß Sie mir nicht antworten?»

Tam blickte verstört auf.

«Ich hab Sie nicht gehört. Ich hab nichts gehört.»

«Wie lange liegen Sie schon so?»

«Eine Woche ungefähr», murmelte Tam, und seine Zähne klapperten.

«Eine Woche!» wiederholte Finlay.

Dann neigte er sich über ihn und sah, daß Tam nicht vor Kälte schauerte. Tam hatte hohes Fieber.

Finlay zermarterte sich das Hirn. Tam war krank, schwer krank; seine elende Kabine taugte nicht einmal für einen Hund, und die Lade, die offen stand, enthielt weder Lebensmittel noch etwas Anregendes. Außerdem war es unmöglich, ihn in diesem Zustand auf der verschneiten Straße zwei Meilen weit zum «Wappen von Marklea» zu fahren.

Plötzlich faßte Finlay seinen Entschluß.

Er kletterte aufs Deck, ruderte an Land und stieg auf seinen Wagen. Er gab dem Gaul die Peitsche, bog auf einen schmalen Seitenweg gegenüber dem Gehölz ein und fuhr hügelaufwärts zur Saughend Farm.

In fünf Minuten war er dort, riß an der Türglocke und verlangte, sofort Mrs. Robb zu sprechen.

Die Witwe Robb

Trotz all seinem Drängen war Lizzie Robb nicht allzu sehr geneigt, dem Wunsch Finlays zu entsprechen.

Saughend Farm war ein großer Besitz – keine von diesen lächerlichen kleinen Parzellen, sondern eine schöne reiche Wirtschaft mit einem stattlichen Hof und großen Ställen, eine ansehnliche Wirtschaft, und Lizzie Robb war die Herrin.

Um ganz ehrlich zu sein: Lizzie Robb hatte, im Bewußtsein ihres Besitzes, eine reichlich gute Meinung von sich, allerdings mit Recht.

Seit ihr Mann, Robin Robb, vor drei Jahren gestorben war, hatte Lizzie die Wirtschaft ganz allein geführt, und dazu noch ganz ausgezeichnet geführt.

Sie war eine Prachtfrau, mit vollem Busen, einer stattlichen, anständigen Gestalt, kohlschwarzen Augen und hübschen Beinen. Auf diesen hübschen Beinen war Lizzie immer unterwegs, voll Leben und Energie; zumindest seit dem Tode ihres Mannes hatte ihre Energie kein Nachlassen gekannt.

In Marklea behauptete man, sie werde zänkisch, und die Alleswisser führten mit verstecktem Kichern einen zwingenden Grund dafür an, was natürlich ein Blödsinn war, denn um die Witwe Robb – oder um ihr Anwesen – hatten sich genug Männer beworben, und ihnen allen war energisch die Tür gewiesen worden.

Jetzt sah es übrigens so aus, als sollte auch dem jungen Arzt die Tür gewiesen werden, denn als er in ein paar hastigen Sätzen den Fall dargelegt und seine Bitte ausgesprochen hatte, zog Lizzie ein schiefes Gesicht.

«Ich weiß wirklich nicht recht», sagte sie. «Wir haben hier auf der Farm viel zu viel zu tun, um uns noch so einen Gesellen aufzuladen. Außerdem brauchen wir in Saughend keine alten Narren.»

Finlay protestierte und führte Argumente an. Endlich ließ sie sich, jedoch höchst widerwillig, überreden.

Sie gab einige scharfe Weisungen. Zwei Knechte fuhren mit Finlay zurück und trugen Tam in die Farm.

«Hierher!» schrie Lizzie, die Tams Lumpen mit sichtlichem Mißfallen musterte. «Tragt ihn hinauf! Und paßt auf, daß ihr meinen guten Teppich nicht schmutzig macht!»

Tam sah sie an wie ein ausgescholtener Schuljunge.

«Verzeihen Sie», stammelte er zähneklappernd. «Morgen gehe ich wieder in mein Boot.»

«Hm», murmelte Lizzie halblaut. «Ich hätte nichts dagegen. Gott befohlen! Diese Tür! Paßt doch auf meine sauberen Tapeten auf!»

Und so zeigte sie bissig den Weg zu einem hübschen Zimmer, in dem ein frisch gemachtes Feuer rauchte und knisterte.

Nachdem sie sich unter Qualen entschlossen hatte, mildtätig zu werden, war sie offenbar entschlossen, dies auf großzügige Art zu sein.

Finlay und die beiden Knechte kleideten Tam aus und brachten ihn zu Bett. Dann untersuchte ihn Finlay, hernach ging er hinunter ins Wohnzimmer, in dem Lizzie auf ihn wartete.

«Ein himmelschreiender Skandal»

«Es ist eine leichte Rippenfellreizung, Mrs. Robb», verkündete er munter. «Und außerdem die Kälte. Nicht so schlimm, wie ich gedacht hatte. In wenigen Tagen sind Sie ihn wieder los. Er hat eine prächtige Konstitution, müssen Sie wissen.»

Sie rümpfte höhnisch die Nase.

«Und bis dahin soll ich alle Arbeit stehenlassen, um ihn zu pflegen – und weiß Gott, wieviel Arbeit ich habe!»

«Es wird nicht lange dauern», versicherte er lächelnd. «Sobald Tam sich besser fühlt, bleibt er ohnedies keinen Augenblick hier. Er ist ein scheuer Fisch. Wenn es nach ihm ginge, würde er auch jetzt nicht für Geld und gute Worte unter einem Dach wohnen.»

«So!» sagte sie streng. Und da dies alles zu sein schien, ging Finlay fort. Am nächsten Nachmittag sprach er wieder in Saughend vor. Lizzie öffnete ihm selbst.

«Sie und Ihre Kälte!» sagte sie im Tonfall entrüsteten Tadels. «Haben Sie denn nicht gewußt, daß der arme Mensch halb verhungert war? Vier Tage lang hat er keinen Bissen gegessen, noch dazu bei dieser schweren Erkältung.»

Finlay machte eine entschuldigende Handbewegung.

«Nun ja, das ist schon so seine Art zu leben, wissen Sie...»

Sie unterbrach ihn schroff.

«Ein himmelschreiender Skandal!» erklärte sie entschieden, «daß ein Mensch so lebt. Ich hatte ja keine Ahnung davon. Nicht die geringste Ahnung. Dabei hat er knapp vor meiner Tür gewohnt. Ich habe den Mann nie beachtet, sonst hätte ich schon nach dem Rechten gesehen.

Seine Kleider – na! Die hab ich verbrannt, sobald ich sie nur sah. Die taugten ja nicht für ein menschliches Wesen – und er ist ein Mensch, wohlgemerkt, und ein anständiger Mensch, wenn ich das beurteilen kann.»

Sie brach ab und maß Finlay mit kriegerischem Blick. Sie sah aus, als hätte sie gerne noch viel mehr gesagt, aber mit Mühe bemeisterte sie sich und ging nun gemessen über die Treppe voran.

Zuerst konnte Finlay den Patienten gar nicht erkennen – denn als er das Zimmer betrat, stand er vor der größten Überraschung seines Lebens. Tam war gewaschen, rasiert und mit einem schönen Flanellnachthemd bekleidet. Trotz seiner Rippenfellentzündung sah er prächtig aus.

«Na also, Tam», konnte Finlay schließlich hervorbringen, «heute sehen Sie ja besser aus.»

«Ich fühle mich auch besser», sagte Tam in seiner schlichten Art. «Sie hat mich herrlich gepflegt. Aber ich meine doch, daß ich morgen in das Boot zurückgehe.»

«Das werden Sie nicht», sagte Lizzie streng von der Schwelle her. «Sie sind noch lange nicht in Ordnung, Sie närrischer Kerl, und Sie wissen's genau.»

Tam war auch wirklich noch nicht gesund; er hatte über achtunddreißig Grad Temperatur, und an der Seite ließ sich noch ein schwaches Rasseln vernehmen.

Als Finlay wieder unten war, sagte er leichthin:

«Nebenbei bemerkt, komme ich morgen nicht nach Marklea, Mrs. Robb. Dann werde ich erst übermorgen herschauen.»

«Entschuldigen Sie», sagte sie, während sie die Arme streitbar unter dem Busen kreuzte, «aber Sie scheinen zu vergessen, daß Sie es mit einem Kranken zu tun haben. Ob Sie nach Marklea fahren oder nicht, Sie werden doch die Güte haben, morgen bestimmt hier vorzusprechen. Wahrscheinlich glauben Sie, Sie können den armen Kerl vernachlässigen, weil er nicht das Geld hat zu zahlen. Aber bezahlen werde ich, und damit Schluß!»

Das Zeug zu einem Farmer

Am nächsten Tag kam Finlay wieder. Tam, neben dem eine große Schale mit Fleischbrühe stand, war auf dem Wege der Besserung.

«Sie ist furchtbar lieb, wissen Sie, Herr Doktor», sagte er sanft. «Aber ich gehe doch lieber morgen zum Boot zurück.»

Lizzie würdigte ihn keines Wortes. Aber als sie dann mit Finlay in der Wohnstube war, sagte sie höchst energisch:

«Er darf in dieses scheußliche Boot nicht zurück, bevor er ganz gesund ist. Er stört mich überhaupt nicht. Er ist ein anständiger, einfacher Mensch –» hier wurde ihr Ton fast träumerisch –, «ein sehr bemerkenswerter Mann eigentlich, der über niemand etwas Schlechtes zu sagen weiß. Und manchmal redet er Sachen – klug, daß man's nicht glauben möchte.

Wissen Sie, Herr Doktor, daß er nicht raucht und noch nie getrunken hat? Wenn man sich vorstellt, daß er da all die Jahre ganz allein lebt!»

Entrüstung schien in ihrer Kehle hochzusteigen. Aber im nächsten Augenblick sprach sie weiter.

«Und was das Aussehen betrifft, kann man nichts Besseres verlangen. Ein hübscher, wohlgebauter, kräftiger Mann, wie ich schon lang keinen gesehen habe.»

Da fing sie Finlays Blick auf und errötete. Dann wurde sie sich dieses Errötens plötzlich bewußt und preßte hart die Lippen zusammen.

«Sie kommen morgen, Herr Doktor», sagte sie förmlich und begleitete ihn zur Tür.

So erschien Finlay wieder am nächsten Vormittag, und am übernächsten und am dritten. Und jedesmal hörte er eine neue Lobpreisung Tams. «Wissen Sie, Herr Doktor ...»

Das Tauwetter setzte ein; der Schnee schmolz, und das Land bedeckte sich mit frischem Grün.

Als Finlay eines Tages kam, fand er Tam außer Bett, in einem guten Tuchanzug, solid, vernünftig und gesund.

«Da haben Sie ja einen großartigen Anzug, Tam», erklärte Finlay.

«Nicht übel», antwortete Tam mit seinem sanften, arglosen Lächeln. «Er hat Mr. Robb gehört. Dem seligen Mr. Robb, wissen Sie.» Er strich sich wohlgefällig über die Aufschläge. «Paßt mir recht gut.»

«Ist es nicht allmählich Zeit», fragte Finlay plötzlich, während er Tam mit seinem schönen Anzug, seiner guten Wäsche und seinen festen Schuhen – ein Bild des Wohlstandes – musterte, «ist es nicht allmählich Zeit, daß Sie wieder in Ihr Boot zurückgehen?»

Tam sah sanft und abwesend vor sich hin.

«Ich hab in letzter Zeit nicht sehr oft an das Boot gedacht», murmelte er. «Es ist sehr hübsch hier auf der Farm.»

In diesem Augenblick platzte Lizzie herein, vergnügt, fröhlicher, als sie seit Monaten gewesen. Sie schaute Tam bewundernd an.

«Sieht er nicht gut aus?» fragte sie mit Besitzermiene. «Er hat mir versprochen, heute nachmittag mit mir einen Spaziergang zu machen. Ich möchte seine Ansicht über die unteren Felder von Saughend hören. Ich bilde mir nämlich ein, aus ihm wird noch ein Farmer, wenn er's richtig anpackt.»

Sie lachte ein kurzes, glückliches Lachen.

«Werden Sie morgen wiederkommen, Herr Doktor?»

«Nein», antwortete Finlay ernst. «Ich habe hier nichts mehr zu tun. Ich komme nicht wieder.»

Aber er kam doch wieder. Einen Monat später. Er war ihr Trauzeuge.

Der danebengegangene Entschluß

Eine rüde Unterbrechung

Obgleich uns die Dichter seit jeher versichern, daß der Mensch der Meister seines Geschickes sei, und die Romanciers uns Helden vorführen, die – haben sie einmal die Zähne zusammengebissen – ingrimmig ihrem Ziel bis zum bitteren Ende nachstreben, wickelt sich das in Wirklichkeit doch ganz anders ab.

Das Leben spielt selbst jenen Gentlemen einen Possen, die so mannhaft die Mahlzähne aufeinanderpressen, und trotz aller gegenteiligen Behauptung muß sich der dumme Kopf fast immer beugen.

Es wäre hübsch, Finlay Hyslop in der besten viktorianischen Tradition darzustellen, als kraftvollen, wortkargen Jüngling, dessen strahlende Vorsätze niemals unausgeführt blieben. Doch Finlay war ein Mensch. Finlay hatte genau so viel einzustecken wie Sie oder ich. Und gar nicht so selten machten ihm die Umstände einen Strich durch seine glühendsten Entschlüsse.

Eines Nachmittags, einige Monate nachdem er nach Levenford gekommen, saß er in seinem Ordinationszimmer und tat nichts. Er war sogar recht froh, nichts zu tun zu haben, denn die vormittägigen Visiten waren anstrengend gewesen, und er hatte spät und reichlich gegessen.

Die Hände in den Taschen und die Beine ausgestreckt, lehnte er in seinem Fauteuil und fühlte, wie sich die einschläfernde Wirkung des Puddings, den Janet gekocht hatte, allmählich seiner bemächtigte.

Die Augen waren ihm gerade zugefallen, sein Kopf sank schon das zweitemal herunter, als die Glocke zur Ordination ungestüm bimmelte und Charlie Bell ins Zimmer polterte. Ohne viel Zeremonien rief Charlie:

«Ich will das Medikament für meine Mutter!»

Er sagte es gar nicht so, sondern er sprach im dicksten Dialekt von Levenford, so daß man ihn kaum verstand. Doch Charlies Phonetik trotzt jeder Transkription, und so muß man mit unendlichem Bedauern darauf verzichten, sie wiederzugeben.

Finlay fuhr auf. Er war verärgert, zum Teil deshalb, weil er gestört worden war, zum Teil, weil er fest geglaubt hatte, die Seitentür der Ordination verriegelt zu haben, vor allem aber wegen der Ungezogenheit Charlie Bells.

Er antwortete kurz:

«Die Ordination ist jetzt geschlossen.»

«Warum lassen Sie dann die Tür offen?» erwiderte Charlie frech.

«Was geht Sie die Tür an? Ich sage Ihnen, daß die Ordination geschlossen ist. Kommen Sie am Abend wieder.»

«Wiederkommen? Ich?» knurrte Charlie geringschätzig. «Ich komme zu niemandem zweimal.»

Finlay starrte Charlie an. Das war ein rauher, stämmiger Bursche von ungefähr fünfundzwanzig Jahren, mit furchterregenden Schultern, blassem, hartem Gesicht, kleinen, höhnischen Augen und kurzgeschorenem, ziegelrotem Schädel.

Ganz hinten auf diesem Schädel saß eine Mütze, die abzunehmen er nicht geruht hatte, und um den gedrungenen Hals war schlampig ein knallig roter Shawl geknüpft.

Charlie sah überhaupt schlampig aus. Von frühester Kindheit an hatte sich Charlie um solche Sachen nicht gekümmert.

Schon als Knabe hatte er immer wieder Unfug getrieben, war geprügelt worden und trieb auch jetzt fröhlich weiter Unfug.

Damals klingelte er an allen Haustüren, schlug Fenster ein, führte eine jugendliche Bande an und wäre oft beim Baden im Fluß Leven beinahe ertrunken.

Wenn sich in der High Street von Levenford ein Fremder zeigte, konnte man überzeugt sein, daß Charlie der erste war, der laut brüllte: «He, schaut, was der für einen Hut hat!» Ein anderes Mal waren es dann die Schuhe oder das Gesicht – wie es sich gerade traf.

Er leistete Hervorragendes in jedem Sport – vom Fußball, den er mit einer Blechdose im Rinnsal spielte, bis zum Boxen – vor allem im Boxen!

Die Ausschließung aus der Schule war, als sie endlich erfolgte, die wahre Seligkeit. Dann kam Charlie in die Schiffswerft, wo er Bolzen erhitzte und aufs Laufband warf, wobei er nicht vergaß, gelegentlich einen in die Jacke eines Kameraden fallen zu lassen – eine brennende Tasche war ein prächtiger Spaß!

Das war natürlich schon lange vorbei. Jetzt war Charlie selbst schon Monteur und anerkannter Führer der Schar, die sich an der Kaiecke umhertrieb, Eigentümer einer Hündin namens Nelli – ein stattlicher Bursche, von seinen Kumpanen Cha genannt, fester und härter als die Bolzen, die er in den eisernen Rumpf der Schiffe hämmerte. Jetzt geriet Cha unter Finlays unverwandtem Blick in Hitze und reckte kampflustig den Kopf vor.

«Schauen Sie mich nur an! Schauen Sie nur weiter! Aber hören Sie, was ich Ihnen sage. Ich will, daß Sie mir die Arznei für meine Mutter machen.»

«Sie ist schon fertig», sagte Finlay schroff, während er über seine Schulter zu dem Regal wies. «Aber jetzt kriegen Sie sie nicht. Es ist gegen die Vorschrift. Sie müssen zur richtigen Zeit kommen.»

«Ist das faktisch so?» fragte Cha keuchend.

«Ja», sagte Finlay hitzig. «Das ist faktisch so. Und wenn Sie wieder kommen, seien Sie weniger ungezogen. Sie könnten zum Beispiel die Mütze abnehmen . . .»

«Du heiliger Strohsack», lachte Cha frech. «Und angenommen, ich tu's nicht?»

Finlay stand auf. Er war knallrot geworden.

Die Dichter versichern uns von jeher . . .

...– heißt es hier im Buche –, daß der Mensch der Meister seines Geschickes sei.

Manche Menschen trauen zwar den Dichtern nicht. (Davon leben die Versicherungsgesellschaften.) Doch es stimmt, was hier in den Dichtermund gelegt wird. Nur fällt eben kein Meister vom Himmel. Jeder beginnt also einmal als Lehrling seines Geschickes. Als Lehrbuch für dieses Fach ist u. a. das berühmte «Kleine Pfandbrief-Einmaleins» zu empfehlen. An jedem Bankschalter zu haben.

Langsam ging er auf Cha zu.

«In diesem Fall werden wir's Ihnen vielleicht beibringen», antwortete er, und seine Stimme zitterte vor Zorn.

«Ach, halten Sie den Mund», antwortete Cha gelassen. Doch jetzt lachte er nicht mehr, sondern verzog sein stumpfes Gesicht zu einer kriegerisch-höhnischen Grimasse.

«Glauben Sie, Sie können mir irgend etwas beibringen?»

«O ja!» schrie Finlay.

Er ballte die Fäuste und ging auf Cha los.

Nach allen Regeln der Belletristik hätte es jetzt einen großartigen Kampf geben müssen – ein prächtiges Ringen, in dem Finlay, der Held, den Schurken in der sechsten Runde schließlich knockout schlug. Was wirklich geschah, war allerdings ganz anders. Es kam überhaupt nur zu einem einzigen Hieb – zu einem traurigen, einsamen Kinnhaken.

Dann – zwei Minuten später – erwachte Finlay in sitzender Stellung, den Rücken an die Wand gelehnt, verwirrt und mit leichtem Brechreiz, und Blut rieselte ihm dumm aus dem Mundwinkel.

Indes ging Cha, die Arzneiflasche für seine Mutter in der Tasche und die Kappe noch frecher auf dem roten Schädel, mitten auf der Church Street und pfiff sich ein freundliches Liedchen.

Seine erste Lektion

Finlay saß lange Zeit so da, dann raffte er sich schließlich mit brummendem Kopf unsicher auf.

Seine Laune war düster und bitter wie Galle.

Die Erinnerung an Chas Unverschämtheit brannte in ihm, er wütete über seine eigene hoffnungslose Unterlegenheit. Er war jung und stark und dürstete danach, Chas häßliche Fratze zu zerhämmern; und doch – er stöhnte in qualvoller Demütigung.

Als er zur Wasserleitung ging und sich das Gesicht wusch, nahm er sich fest vor, die Sache durchzustehen. Cha konnte boxen – das stand fest –, während er selber keine Ahnung vom Boxen hatte. Er hatte eigentlich nie daran gedacht und war noch nie in eine solche Situation gekommen wie heute. Und so war er wie ein Lamm geradewegs in diesen furchtbaren Kinnhaken Chas hineinspaziert.

Cha! Oh, wie er ihn haßte – diesen frechen Lümmel! Etwas mußte geschehen – unbedingt mußte etwas geschehen! Er konnte diese Schmähung nicht auf sich sitzenlassen.

Und so fluchte er vorerst einmal ganz fürchterlich, worauf ihm wohler war.

Dann trocknete er sich das Gesicht und setzte sich mit gerunzelter Stirn an den Schreibtisch, um nachzudenken.

Das Ergebnis dieser tiefen Meditation war eine Zusammenkunft Finlays mit dem Sergeant A. F. Galt.

Arthur Galt diente in der Kaserne. Eigentlich hatte der würdige Sergeant, solange sich die meisten Leute zurückerinnern konnten, immer in der Kaserne gedient, ohne auch nur einen Tag älter auszusehen.

Ein großer, baumstarker Mann war das, mit ausgetrocknetem Gesicht, gewachstem Schnurrbart, eng anliegenden Hosen und dem Brustkorb eines Preistaubers. Er vereinigte die Obliegenheiten eines Rekrutierungssergeanten und eines Sportlehrers für die Freiwilligen.

Körperliche Tüchtigkeit war sein Fetisch; er hatte Muskeln am ganzen Körper, Muskeln, die auf Kommando an den unerwartetsten Stellen hervortraten wie Billardkugeln.

Und er hatte Medaillen – Medaillen für Ringen, für Fechten, für Boxen, ja das Gerücht wollte wissen, Archie sei seinerzeit Champion der Armee-Schwergewichtler gewesen.

Ob dieses Gerücht zutraf oder nicht, spielt keine Rolle – die Tatsache blieb jedenfalls unbestritten, daß Archie boxen konnte.

An jenem ersten Nachmittag in der großen, zugigen Trainingshalle verdrosch er Finlay reichlich und schmerzhaft – freilich nicht so, wie Cha ihn verdroschen hatte, sondern mit ruhigen, überlegten Hieben, die überall absuchend niederprasselten und herabhagelten, mit schönen, abgezirkelten Hieben, von denen jeder, wäre der würdige Sergeant gesonnen gewesen, sich gehenzulassen, ausgereicht hätte, Finlay in kläglicher Bewußtlosigkeit niederzustrecken. Und am Ende legte Galt traurig seine gewaltigen Handschuhe ab.

«Es hat keinen Sinn, Sir», bemerkte er in breitem Schottisch, denn weder Afrika noch Indien noch der ganze Sudan hatten diesen Dialekt bezwingen können.

«Bleiben Sie lieber bei Ihrer Doktorei! Sie haben nicht einmal eine blasse Ahnung vom Boxen.»

«Ich kann's ja lernen», keuchte Finlay.

Der Schweiß strömte ihm übers Gesicht, der vorletzte Kinnhaken hatte ihn hingeschmissen, und er war noch nicht zu Atem gekommen. «Ich muß es lernen. Ich habe einen Grund ...»

«Hm», knurrte Archie, während er sich zweifelnd den gewachsten Schnurrbart zwirbelte.

«Es ist doch meine erste Lektion», beharrte Finlay verbissen, während er nach Luft schnappte. «Ich werde mir Mühe geben. Ich will's nach besten Kräften versuchen. Ich werde täglich kommen.»

Der Schatten eines Grinsens zog über Archies gelassenes Gesicht und verschwand sogleich wieder.

«Sie haben keine Angst», sagte er gleichmütig, «und das ist schon etwas.»

So begann die Kampagne.

Finlay gab den Spaziergang nach Lea Brae auf, den er gewöhnlich unternahm. Statt dessen begab er sich in die Trainingshalle, die er nach Einbruch der Dunkelheit ganz still durch die Hintertür betrat, worauf er rasch einen Sweater und Shorts anlegte.

Dann lieferte er sich dem Sergeanten aus und wurde in die Geheimnisse des Boxens eingeweiht; er lernte alles, was Arthur Galt ihm beibringen konnte.

Er hatte furchtbare Hiebe einzustecken. Je mehr er lernte, desto heftiger verprügelte ihn Archie. Er entdeckte, wie schwächlich er eigentlich war – er, Finlay Hyslop, der seit jeher solchen Stolz in seine robuste Gesundheit gesetzt hatte.

Er unterzog sich einem grausamen Training. Er stand sehr zeitig auf, machte vor dem Frühstück einen Dauerlauf und badete kalt. Unbarmherzig strich er Janets köstliche Kuchen von seinem Speisezettel.

Verbissen und bösartig setzte er sich in den Kopf, stahlhart zu werden.

Cameron witterte natürlich etwas. Sein Blick, scharfsichtig und spöttisch, verweilte oft auf Finlay, wenn dieser bei Tisch ein Gericht vorbeigehen ließ oder am Morgen mit einer leichten Schwellung des Ohrs zum Frühstück kam.

Doch obgleich er ein- oder zweimal beinahe lächelte, sagte er trotzdem nichts. Cameron hatte die Gabe zu schweigen.

Nach einem Monat boxte Finlay schon gut, nach drei Monaten waren seine Fortschritte wirklich verblüffend.

Ende Mai kam er mit einem Ausfall, und nachdem er eines Abends sechs Dreiminutenrunden mit Archie geboxt hatte, landete er einen furchtbaren Uppercut, daß der Sergeant taumelte.

«Das genügt jetzt», sagte Archie entschieden, während er sich die Handschuhe auszog. «Ich werde mich nicht von einem Burschen versohlen lassen, der halb so alt ist wie ich.»

«Was reden Sie da?» fragte Finlay erstaunt, die behandschuhten Fäuste in die Hüften gestemmt.

Archie nahm einen Schluck aus der Wasserflasche, den er dann, wie es die Tradition seines Sportes verlangt, aus dem Mundwinkel wieder ausspuckte. Dann gestattete er sich den Spaß eines Lächelns.

«Ich meine es schon so, Sir. Ich habe Ihnen beigebracht, was ich kann.» Er grinste über das ganze Gesicht. «Es ist höchste Zeit, daß Sie sich einen Altersgenossen zum Verdreschen suchen.»

«Ja, kann ich denn schon was?»

«Können? Mensch, Sie können verflucht viel! Die letzten beiden Wochen ist das vorwärtsgegangen wie bei einer Feuersbrunst. Aber ich habe ja gleich gesagt, daß Sie das Zeug zu einem wackeren Boxer haben.»

Er machte eine Pause, dann sprach er mit plötzlicher Neugier weiter:

«Jetzt, da Sie so viel können, als mir möglich war, Ihnen beizubringen, werden Sie mir vielleicht etwas erzählen wollen. Was war denn der Grund, von dem Sie damals gesprochen haben, wenn die Frage nicht unbescheiden ist?»

Finlay stand eine Minute schweigend da, dann berichtete er dem Sergeanten von Cha. Und wieder zog dieses breite Grinsen über das trockene Gesicht Galts.

«Charlie Bell», erklärte er, ... «den kenne ich gut, den stiernackigen Rowdy. Er ist ein Lümmel, wie es nur jemals einen gegeben hat. Aber Sie sind ihm jetzt gewachsen. Sie werden ihm eine Lektion erteilen, die er schon lange nötig hat.»

«Glauben Sie das wirklich, Archie?»

«Aber! Ich bin überzeugt davon. Ich will nicht sagen, daß es nicht ein heißer Kampf sein wird. Doch möchte ich als Soldat nicht in Cha Bells Haut stecken, wenn Sie ihn in Arbeit nehmen.»

Rachepläne

An jenem Abend ging Finlay heim, Entschlossenheit im Blick. In den Wochen der Vorbereitung war es ihm irgendwie gelungen, die Angelegenheit aus seinem Denken zu verdrängen, doch nun, da er sich für den Kampf fähig und bereit wußte, wallte die schwarze Wut gegen Cha mit erneuter Heftigkeit in ihm auf.

Die Erinnerung an jene Szene in der Ordination war ihm bitterer denn je. Auch der Gedanke an die wenigen Male, da er dem Lümmel Cha später begegnet war, an das schamlose Anstarren, mit dem Cha seinen kühlen Blick beantwortet hatte, an das höhnische Gelächter, das ihm dann auf der Straße nachgeklungen, packte ihn mit neuer Heftigkeit und brachte ihn fast aus den Grenzen seiner Duldefähigkeit.

Als er nun den Fahrweg zum Arden House hinanschritt, dachte er boshaft: «Er wird mir bezahlen. Ich hole mir den Kerl vor. Nicht einen Tag warte ich. Ich habe lange genug gelitten. Jetzt nehme ich endlich Revanche.»

In dieser Stimmung trat er in die Halle, und da fand er seltsamerweise auf der Schiefertafel, die eigens zu diesem Zweck dort hing, eine Berufung zu Mrs. Bell in das kleine Haus am Kai.

Seltsam in diesem Zusammenhang, aber nicht ungewöhnlich, denn Mrs. Bell war einigermaßen hypochondrisch, und Finlay mußte etwa einmal im Monat zu ihr kommen und sie wegen dieser oder jener unklaren Schmerzen oder unbestimmten Symptome beruhigen.

Es war ihm sehr recht. Morgen wollte er die alte Frau besuchen – das war ein Samstag –, ihr ein Rezept schreiben und dann harmlos sagen, Cha solle das Medikament nachmittags aus der Ordination holen.

Die gleiche Situation, die gleiche Zeit, der gleiche Ort, aber welch verschiedenes Resultat! Finlay streckte den Unterkiefer vor. «Ich will ihm die Arznei geben», dachte er böse. «Das soll eine Dosis werden, die er nicht mehr vergißt.»

Der nächste Tag kam, und Finlay begab sich, sobald er seine Morgenordination beendet hatte, nach dem Haus Nr. 3 am Kai. Das war ein windschiefes, altertümliches Giebelhaus gleich am Fluß hinter dem Gasthaus «Elefant und Schloß» und stand in der ungleichmäßigen Zeile ein wenig hervor, als wäre es von seinen Nachbarhäusern herausgequetscht worden.

Mrs. Bell öffnete ihm, das dicke, runde Gesicht zu angstvollen Runzeln verzogen.

«Oh, Herr Doktor, Herr Doktor», sagte sie vorwurfsvoll. «Ich wollte Sie schon gestern abend hier haben, nicht erst heute vormittag. Warum sind Sie nicht gekommen, als ich Sie holen ließ? Ich bin in der Nacht ganz krank geworden vor Angst.»

«Machen Sie sich keine Sorgen, Mrs. Bell», beruhigte er sie. «Wir werden Sie bald wieder gesund kriegen.»

«Aber es handelt sich gar nicht um mich», sagte sie kläglich. «Es ist Cha!»

«Eine kleine Vergeltung!»

«Cha!» Finlay starrte sie an, und sein Gesichtsausdruck veränderte sich, dann folgte er sehr nachdenklich Mrs. Bell über die schmale Holztreppe und trat in eine kleine getünchte Mansarde.

Dort lag in einem Holzbett, mit einem nicht sehr sauberen Taghemd und dem berühmten Shawl bekleidet, Cha, eine Sportzeitung an der einen Seite und ein Päckchen «Woodbines» an der anderen.

Er begrüßte Finlay höhnisch.

«Was wollen Sie denn? Der Mann, der Scherben und alte Fetzen kauft, kommt doch erst Dienstag.»

«Sei ruhig, Cha, ich bitte dich», beschwichtigte Mrs. Bell. «Und zeig dem Herrn Doktor deinen Arm.» Nun wandte sie sich an Finlay. «Er hat sich bei der Arbeit gekratzt – das war am Ende der vorigen Woche. Aber dann fing es an zu schwären, und jetzt – oh, du lieber Gott – jetzt ist es furchtbar!»

«Mein Arm ist ganz in Ordnung», erklärte Cha grob. «Ich brauche keinen Bader!»

«Oh Cha! Oh, Cha!» stöhnte Mrs. Bell. «Kannst du denn nicht so schauerliche Reden lassen?»

Finlay stand mit starrem Gesicht da und bemühte sich, seinen Zorn zu meistern. Endlich sagte er mühsam:

«Wie wär's, wenn Sie mir den Arm zeigen wollten?»

«Ach, zum Teufel!» protestierte Cha. Trotzdem streckte er unter der Flickendecke den Arm hervor, schwerfällig, als wäre der Arm aus Blei.

Finlay warf einen Blick darauf, dann weiteten sich seine Augen vor

Überraschung. Eine enorme Schwellung erstreckte sich vom Handgelenk bis zum Ellbogen – eine bösartig verfärbte Geschwulst –, die Diagnose unterlag nicht dem geringsten Zweifel. Cha hatte akute Sepsis.

Bemüht, möglichst sachlich und nur Arzt zu sein, begann Finlay die Untersuchung. Er maß Chas Temperatur, und Cha fragte, als er das Thermometer verwegen im Mund hielt:

«Wofür halten Sie mich denn? Für einen Strauß?»

Doch trotz aller gespielten Kühle Chas zeigte das Thermometer 38,7.

«Haben Sie Kopfschmerzen?»

«Nein», log Cha. «Und glauben Sie nur ja nicht, daß Sie mir welche machen können.»

Eine Pause trat ein, dann sah Finlay zu Mrs. Bell hin.

«Ich muß ihm Chloroform geben und den Arm aufschneiden», erklärte er kühl.

«Davon ist gar keine Rede», sagte Cha. «Chloroform kommt für mich nicht in Frage. Wenn Sie mich schon überhaupt zermetzgern wollen, können Sie's auch so tun.»

«Aber die Schmerzen ...»

«Ach, hol's der Teufel!» warf Cha geringschätzig ein. «Sie wissen selber sehr gut, daß es Ihnen Spaß macht, mir weh zu tun. Also los, und passen Sie auf, ob Sie einen einzigen Laut von mir hören. Jetzt haben Sie die Chance für eine kleine Vergeltung!»

Ein unangenehmes Geschäft

Das Blut stieg Finlay zu Kopf.

«Das ist nicht wahr, und Sie wissen es selbst sehr gut. Aber warten Sie nur. Ich kriege Sie schon gesund, und dann gebe ich Ihnen eine Lektion, die Sie nicht mehr vergessen.»

Er drehte sich schroff um, öffnete seine Tasche und begann die Instrumente vorzubereiten. Chas Antwort war, daß er mit satirischen Variationen einen Schmachtfetzen pfiff.

Natürlich verging ihm das Pfeifen bald, obgleich er gewiß gern weitergepfiffen hätte. Es war ein unangenehmes Geschäft, diese Geschwulst ohne Anästhesierung zu öffnen.

Chas stämmige Gestalt wurde ganz steif, und sein Gesicht nahm eine schmutziggraue Färbung an, während Finlay zwei rasche, tiefe Schnitte machte und dann den Eiterherd suchte. – Es war wenig Eiter vorhanden – ein schlechtes Zeichen –, nur eine dunkle, übel aussehende Flüssigkeit, die nun abtröpfelte. Dann verband Finlay, nachdem er mit fast qualvoller Genauigkeit den Eiter gesucht hatte, die Wunde mit Jodoformgaze.

Als alles zu Ende war, zog Cha einen Zigarettenstummel hinter dem Ohr hervor und zündete ihn an. Seinem bandagierten Arm schenkte er kaum einen Blick.

«Da haben Sie ein schönes Haché daraus gemacht, das muß ich schon sagen», rief er kritisch. «Aber das war ja zu erwarten.» Dann wurde er, die Zigarette in der Hand, prompt ohnmächtig.

Natürlich kam er bald wieder zu sich, doch fühlte er sich keineswegs besser. Als Finlay am Nachmittag wieder vorsprach, fand er den Patienten mit starkem Fieber. Die Infektion war in die Blutbahn gedrungen. Cha delirierte; seine Temperatur betrug 39,6, sein Puls war 140, er war gefährlich krank. Mrs. Bell widersetzte sich energisch einer Überführung ins Spital.

«Das will er bestimmt nicht! Das will er bestimmt nicht!» wiederholte sie händeringend immer aufs neue. «Er ist ein guter Sohn, trotz seiner Wildheit. Ich möchte nichts gegen seinen Willen tun, wenn's ihm jetzt schlecht geht.»

So fiel die ganze Verantwortung auf Finlay.

Eine Woche kämpfte er um Chas Leben. Er verabscheute Chas – trotzdem hatte er das Gefühl, er müsse ihn um jeden Preis retten.

Er kam dreimal täglich in das Haus am Kai, verband mit unendlicher Sorgfalt den Arm, sandte eigens nach Glasgow, um ein neues Antitoxin zu beschaffen, ja – er ging sogar zu Paxton in der High Street, um die Diätkost zu bestellen, die Cha dringend brauchte. Keine Liebesmühe, gewiß nicht; mangels eines passenderen Wortes könnte man es Hassesmühe nennen.

Endlich, nach einer furchtbaren Woche, hatte Cha – am achten Tag – die Krisis. Als Finlay bis in die tiefe Nacht an Chas Bett saß, gewann er die Gewißheit, daß Cha genesen werde. Und wirklich – gegen Mitternacht regte sich der Patient und öffnete die tiefliegenden Augen, die sich aus dem eingefallenen, unrasierten Gesicht starr auf den Arzt richteten. Cha schaute und schaute, dann bewegte er die blassen Lippen und sagte höhnisch: «Sie sehen – ich komme davon, trotz Ihrer Bemühungen.»

Dann sank er in Schlaf.

Während der Rekonvaleszenz war Cha noch bösartiger. Je mehr er zu Kräften kam, desto unverschämter wurde er.

«Sie haben wohl gehofft, Sie können mir den Arm abschneiden, um mir's heimzuzahlen?» oder: «Sie hätten mich gewiß um die Ecke gebracht, hätten Sie nicht die Hose voll gehabt.»

Freilich – Finlay ließ sich das nicht stoisch gefallen. Oh, gewiß nicht! Seit Cha außer Gefahr war, legte Finlay seine ärztliche Würde ab und tat sich keinerlei Zwang an. Hart auf hart ging es daher, und die beiden – der junge Monteur und der junge Arzt – warfen einander die derbsten Ausdrücke an den Kopf, bis Mrs. Bell sich die Hände an die Ohren preßte und entsetzt aus dem Zimmer lief.

Als Cha schließlich außer Bett war und für einen Monat in das Erholungsheim von Ardbeg fahren konnte, zog ihn Finlay bedeutsam zur Seite.

«Ihre Behandlung ist jetzt abgeschlossen. Es geht Ihnen besser. Jetzt fahren Sie an die See, um zu Kräften zu kommen. Nun, wenn Sie wieder hier und in guter Verfassung sind, kommen Sie zu mir in die Ordination. Dort werden Sie Prügel kriegen wie noch nie im Leben.»

«Schön!» sagte Cha und nickte trotzig. «Das paßt mir ausgezeichnet.»

Die vier Wochen vergingen langsam. Äußerst langsam.

Finlay zählte die Tage. Er haßte Cha so sehr, daß er ihn vermißte. Ja, Cha ging ihm wirklich ab.

Das Leben war eigentlich langweilig ohne Chas geringschätziges Grinsen und ohne seine frechen, höhnischen Bemerkungen. Und schließlich, am letzten Samstag des Monats, kehrte Cha zurück und kam in die Ordination gepoltert, bronzebraun und kraftstrotzend, so stark, stämmig und spöttisch wie nur je zuvor.

Er trat auf Finlay zu. Sie maßen einander. Beide schwiegen.

Doch was dann geschah, war furchtbar – so furchtbar, daß man es kaum niederschreiben kann. Finlay musterte Cha. Und Cha Finlay. Albern grinsten sie einander an.

Dann schüttelten sie einander, wie auf ein Kommando, freudig die Hand.

Mary-schau-aufs-Kind

Die Reillys

Mary-schau-aufs-Kind.

So hatte Finlay sie getauft, doch eigentlich hieß sie Mary Reilly. Wenn er sie auf seiner Runde an der Ecke des College Court stehen sah, den riesenhaften Säugling in den mageren Armen, rief er munter:

«Wie geht's, Mary-schau-aufs-Kind?»

Ihre Augen lächelten ihn an, diese großen ernsten Augen, die für das kleine Gesicht viel zu groß schienen. Dann zog sie den zerrissenen Shawl fester, mit dem das Baby an ihren kleinen, schmächtigen Körper gebunden war, und antwortete sehr fröhlich: «Gut!»

Die Familie Reilly lebte im College Court, einer kleinen Sackgasse, die von der College Street abzweigt, wenn man von der High Street zur Bankend Road geht.

Obwohl der Name so schön klingt und dem Uneingeweihten eine Vision von einem Kloster oder einer nahen Kathedrale heraufbeschwört, war die College Street das schlimmste Elendsviertel von Levenford. Weil sie so schmal und gewunden ist, nennt man sie den «Schlauch». Und der College Court ist der übelste Winkel dieser üblen Straße – ein Kaninchenbau von Miethäusern mit einem einzigen dumpfen, lichtlosen Zugang.

In einem dieser Häuser – genauer gesagt, in einem einzigen Zimmer dieser schmutzigen Bauten – hatte die Familie Reilly ihr Obdach.

Es war eine große Familie. Man könnte sogar so weit gehen, zu sagen, die Familie Reilly sei im Verhältnis zum Rauminhalt ihrer Behausung enorm groß gewesen.

Um genau zu sein – sie bestand aus der Mutter, dem Vater und neun Kindern. Von diesen war die fünfzehnjährige Mary das älteste und Josey mit seinen sechs Monaten das jüngste; doch dieser Unterschied in den Jahren zeigte sich nicht so deutlich, wenn die beiden beisammen waren – und das waren sie immer –, denn Mary sah so klein aus und der Säugling so groß!

Paddys unstillbarer Durst

Die Reillys waren, wie schon ihr Name sagte, Einwanderer, die angeführt vom «wackeren Paddy», wie der Vater bei seinen Kumpanen hieß, aus der Grafschaft Wexford nach Levenford gekommen waren, um ihr Glück zu suchen.

Paddy war kein schlechter Mensch – ein großer, starker Kerl, der wie ein Nigger schwitzte, wenn er in der Werft arbeitete. Aber Paddys Kehle konnte ebensoviel leisten wie seine Poren.

Paddy hatte Durst, einen kräftigen Durst, mit dem seine Verdienstmöglichkeiten leider nicht Schritt halten konnten. Infolgedessen saß Paddy am Löhnungstag betrunken und glückselig in der Flitters Bar. Dann kam er ohne einen Penny von seinem Lohn heim und sang irische Weisen, bis ihm warme sentimentale Tränen über die Wange rannen.

Auch Teresa, Paddys Weib, weinte oft bei solchen Gelegenheiten, zumal dann, wenn sie das Glück gehabt hatte, von Paddy ins Gasthaus mitgenommen zu werden. Doch ob dies der Fall war oder nicht, niemals machte sie ihrem leichtfertigen, nichtsnutzen Gemahl Vorwürfe. «Ach hol's der Teufel – ein Mann muß von Zeit zu Zeit einen Schluck zu trinken haben.»

Eine träge, rückgratlose, äußerst gutmütige und schlampige Person war sie, die gute Teresa Reilly, die mit geöffneter Bluse, das Haar über den halben Rücken hangend, den ganzen lieben langen Tag schnatterte und klatschte.

Eine Schale Tee nach der anderen trank sie dann. «Gott sei gepriesen, aber ich bin ganz ausgedörrt; ich muß eine Schale Tee trinken.» Und so verschwatzte sie die Stunden, bis sie mit einem grandiosen Erschrekken und einem Blick auf die verbeulte Weckuhr rief:

«Alle Heiligen im Himmel! Schauen Sie, wie spät's schon ist! Mary, schau auf das Kind; ich muß für Vater was zu essen holen.»

Natürlich schaute Mary ohnedies schon auf das Kind, und meist briet Mary auch den Speck für ihres Vaters Abendessen. Denn Mary tat fast alle Arbeit im Haushalt Reilly. Sie besorgte die Botengänge; sie bereitete die Mahlzeiten; sie machte die Kinder für die Schule fertig – das war ihr Tagewerk.

Doch vor allem und über allem schaute sie aufs Kind. Denn Mary liebte dieses Kind, nein, sie liebte es nicht – sie betete es an.

Als dieses Kind zur Welt kam, lernte Finlay Mary kennen.

Gewöhnlich erblickten Teresas Kinder das Licht der Welt wie die kleinen Kaninchen, ohne irgendeine Hilfe, oder schlimmstenfalls unter Assistenz Mrs. Nivens, der Quasi-Hebamme, die ernst dabeistand und die schwitzende Teresa grimmig ermahnte, fest zu drücken. Aber bei Josey, dem Jüngsten, lag die Sache ein wenig anders.

Erstens war Josey ein großes, starkes Kind. Und zweitens kam Josey «den falschen Weg». So wenigstens drückte sich Mrs. Niven fachkundig aus, obwohl Finlay, als er auf ihr Verlangen kam, die Sache noch dunkler machte, indem er es «einen Riß» nannte.

Vielleicht war es eine Ahnung seiner Wichtigkeit, die Josey bewog, auf so ungewohnte und seltsame Art in die Welt zu treten. Was aber der Grund gewesen sein mag, er allein genoß von all den Kindern der Familie Reilly die Auszeichnung, daß ein Arzt bei seiner Geburt assistierte.

Wie gesagt, Finlay Hyslop kam. Und Mary war es, die ihn vom Arden House holte.

Cameron war in Rothesay auf Urlaub, und Finlay hatte sich die letzte Woche halbtotgerackert. Eine Enteritisepidemie war ausgebrochen; drei Nächte hintereinander hatte man ihn zu Entbindungen geholt, und nun gab es zur Krönung des Ganzen schon wieder eine.

«Der Fall steht nicht in meinen Vormerkungen», erklärte er ärgerlich.

Das war wirklich schon zuviel! Gleich jedem Arzt, der etwas auf sich hält, haßte Finlay eine Entbindung, die ihm unversehens aufgehalst wurde. Fälle, in denen höchstwahrscheinlich Eklampsie und Blutungen dazukamen, diese üblen Zustände, denen man bei rechtzeitiger Untersuchung so leicht vorbeugen kann.

«Mrs. Niven sagt, Sie müssen kommen», keuchte Mary.

«Mrs. Niven!» brach er los. «Und was in aller Welt versteht denn Mrs. Niven?»

«Überhaupt nichts», stimmte sie zu und richtete ihre großen ernsten Augen auf ihn. «Aber Sie verstehen viel. Sie verstehen furchtbar viel. Sie müssen kommen und meiner Mutter helfen. Ich zahle es Ihnen, sobald ich arbeiten gehe. Ich zahle Ihnen alles. Ich schwöre es.»

Und um ihre flehentliche Bitte zu unterstützen, legte sie ihm die magere Hand auf den Arm.

«Eine richtige kleine Mutter»

Finlay war wütend. Aber er mußte wirklich mitkommen. Irgend etwas an diesem schmutzigen kleinen Kind zwang ihn, gegen seinen ausdrücklichen Willen.

Er ließ das Mittagessen auf dem Tisch stehen und folgte ihr nach College Court.

Vom ersten Augenblick spürte Finlay, auf welche Tonart Marys Gemüt gestimmt war. Doch je mehr er sie kennenlernte, desto mehr staunte er. Sie pflegte ihre Mutter durch eine lange, schlimme Zeit – denn Mrs. Niven gehörte nicht zu denen, die dort bleiben, wo das Geld rar ist. Und auch das Baby betreute sie.

Ihre Tüchtigkeit war wirklich verblüffend. In ihr vermengte sich das elementare Wissen der Slumkinder – ein sachlich schamloses Kennen der Geheimnisse des Lebens – mit einer Unschuld, die erhaben war.

Diese großen Madonnenaugen in dem kleinen häßlichen Gesicht besaßen die Weisheit und die Lauterkeit der Jahrhunderte. Doch mehr als das – in ihnen war ein bodenloser Born der Liebe.

Finlay besprach das oft mit dem Pfarrer von St. Patrik. Sie waren die besten Freunde, Pater Scanlan und er, denn Finlays Zugehörigkeit zur reformierten Kirche hinderte ihn nicht, den jungen irischen Priester gern zu haben und zu respektieren. Sie spielten auf dem Levenforder Golfplatz miteinander, und nachher, im Klubhaus beim Tee, kam das Gespräch oft auf Mary Reilly.

«Sie ist eine Mutter», sagte Scanlan in seinem breiten Tonfall. «Eine richtige kleine Mutter. Das ist die Macht, die ihr Leben ausfüllt. Gewiß» – und sein Blick erfüllte sich mit religiösem Eifer – «gewiß haben ihre Leute recht daran getan, sie Mary zu taufen.»

Finlay hatte als nüchterner Presbyterianer dafür natürlich nichts übrig. Er hatte dieses sonderbare Kind wirklich liebgewonnen, das in seiner häßlichen Umgebung funkelte wie ein kostbarer Stein, der unbemerkt in der Gosse liegt.

Als Josey sechs Monate alt war, machte Finlay eines Tages vor dem Eingang zum College Court halt. Mary war da wie gewöhnlich und schaute aufs Kind und betreute mit zart wiegenden Bewegungen ihres Körpers den übergroßen Säugling mit seinem pappigen Gesicht.

«Übrigens, Mary», erklärte Finlay unvermittelt, «ich möchte dir ein Geschenk machen. Du warst ein so prächtiges kleines Ding – du weißt schon, weil du mir so brav assistiert hast. Also los, sag mir, was du haben möchtest.»

Ihre Augen lächelten ernst zu ihm empor. Kein Protest, kein Zimperlichtun, keine Bitte um Schokolade.

«Einen Shawl für das Kind könnte ich brauchen. Und ein Paar Schuhe für mich.»

Marys Sommerferien

Er besah sich den zerrissenen Fetzen von Plaid und ihre grauenvollen Schuhe, die geborsten waren und zerrissen bis zum Oberleder. Ohne ein Wort zu sagen, ging er hin und kaufte ihr einen warmen Shawl und neue, starke Schuhe. Zwei ganze Tage stolzierte Mary im College Court mit dem großartigen neuen Shawl und den großartigen neuen Schuhen, die bei jedem Schritt, den sie tat, so herrlich knarrten.

Dann kam der dritte Tag – das war ein Montag –, da fand sie Finlay an der gewohnten Stelle mit dem alten Shawl und den zerrissenen Schuhen.

«Was soll das heißen, Mary?» fragte er streng.

«Die sind verpfändet», erklärte sie schlicht.

«Verpfändet?»

«Ja.»

Plötzlicher Zorn stieg in ihm auf.

«Du großer Gott! Hat deine Mutter?...»

«Nein, nein», fiel sie ihm ruhig ins Wort. «Ich hab's getan. Ich selber. Josey muß doch seine Milch haben, nicht wahr? Vater war am Samstagabend im Wirtshaus. So hab ich die Sachen hingetragen.»

Diese wenigen Worte, ohne jeden Vorwurf gesprochen, enthüllten ein Bild, das keiner weiteren Erläuterung bedurfte.

Es war immer das gleiche. Alles, was er ihr schenkte, ging diesen beschwerlichen Weg.

Geld hatte natürlich gar keinen Sinn; das wanderte sofort in die gemeinsame Kasse.

Im nächsten Sommer vermittelte er mit Camerons Hilfe einen vierzehntägigen Aufenthalt Marys in dem Erholungsheim in Ardbeg an der Küste. Sie war nicht kräftig, und die Luftveränderung sollte sie für den Winter stärken.

Alles war abgemacht – die Zeugnisse waren geschrieben, die Formulare ausgestellt, und dann gab ihr Finlay, der gerade sehr viel zu tun hatte, gedankenlos das Geld für die Fahrkarte, statt sie selber zu kaufen.

Vierzehn Tage vergingen, und oft dachte Finlay an Mary, die sich am Strand sonnte.

Am Ende der Zeit ging er zu den Reillys, um sich mit einem Gefühl vollendeter Genugtuung zu erkundigen, wie ihr der Urlaub gefallen habe.

Mary war nicht zu Hause – Mrs. Reilly öffnete ihm die Tür, und sie fuhr zusammen, als sie ihn zu Gesicht bekam.

«Gut, gut», antwortete sie nervös auf die Frage nach Marys Befinden. «Ja, ja, dem Kind hat es riesig gefallen.»

«Und sieht sie besser aus?»

«Freilich, Herr Doktor, freilich. Besser kann man sich's gar nicht erwarten.»

«Das freut mich aufrichtig», sagte Finlay herzlich. «Ich werde ja erfahren, wie sie sich dort verhalten hat. Ich habe dem Arzt in Ardbeg geschrieben, er möge mir einen Bericht schicken.»

Ihre Aufgabe

Mrs. Reillys Mund öffnete sich weit. Sie starrte in Finlays Gesicht, dann warf sie plötzlich die Arme hoch und hob ihre Stimme zu blitzschnellem Gejammer.

«Oh, Herr Doktor, lieber Herr Doktor, der Vater war gewiß nicht schuld, nein. Er ging ja fort, die Fahrkarte kaufen, mit den besten Absichten der Welt... Aber der Teufel hat ihn dann versucht, und so ist er vom Wirtshaus heimgekommen ohne einen Penny. Dann lag er da und schnarchte, und wir suchten in seinen Taschen, und es war keine Fahrkarte da. Oh, lieber Herr, seien Sie nicht böse auf uns – um des Himmels willen – wir sind arme Leute!»

Mary war keinen Schritt vom College Court fortgewesen.

Da schwor sich Finlay, irgend etwas zu unternehmen.

Er wandte sich an Scanlan, der mit großer Freude bereit war, mitzuwirken. Er belästigte Cameron, bis Cameron ärgerlich wurde.

Er schrieb an Charlie Craig, der sein Studienkollege gewesen war und dessen Vater im Bezirk Earnhead die Home Farm hatte. Das war eine schöne, große Milchwirtschaft in den Ochil Hills, und hier spielte sich alles in großem Maßstabe ab.

Dann begann die Offensive. Der wackere Paddy wurde von Scanlan beim Kragen gepackt und so lange bearbeitet, bis er einverstanden war und Besserung gelobte.

Teresa, zuerst eingeschüchtert durch einen Vortrag über die Qualen der Hölle, wurde dann durch Wohltaten wieder aufgerichtet. Die Kinder, die in die Schule gingen, wurden durch das Hilfswerk St. Vincent de Paul gesäubert, desinfiziert und bekleidet.

Und schließlich stellte Finlay Mary selber.

Sie hatte gewittert, daß etwas im Zuge war, und war ihm ausgewichen; sie hatte auch ihren gewohnten Platz am Beginn des College Court aufgegeben und führte Josey nun auf langen Pilgerfahrten zum Green – in einem wackeligen, rostigen Kinderwagen, der dem Haushalt Reilly erhalten geblieben war, weil kein Pfandleiher im ganzen Distrikt davon etwas wissen wollte.

«Du kommst fort, Mary», teilte er ihr mit. «Du kommst aufs Land. Du kommst auf eine Farm, die schönste Farm in ganz Schottland, und wirst dort Kuhmagd sein – verstehst du – eine große, dicke, fette Kuhmagd, die täglich viele Liter Milch trinkt.» Sie schaute zu ihm auf, dann senkte sich ihr Blick zu dem verbeulten Kinderwagen.

«Nein», sagte sie sinnend. «Ich kann nicht fort.»

Er nickte lebhaft.

«O ja, du gehst fort, Mary. Ich habe jetzt genug von all dem Unfug. Du arbeitest dich ja tot für deine liebe Familie. In letzter Zeit siehst du sehr schlecht aus. Hörst du?»

«Ja, ich höre, Herr Doktor.»

Ihr Blick war noch immer gesenkt. Josey, der jetzt achtzehn Monate alt war, lächelte sie an und spielte guck guck hinter einer alten Ansichtskarte, die ihm jemand auf dem Green gegeben hatte.

«Aber ich kann nicht fort. Sie sehen doch, daß ich auf das Kind schauen muß.»

«Zur Abwechslung kann einmal jemand anderer auf das Kind schauen. Wenn das so weitergeht, wird bald Josey auf dich schauen müssen – du wirst ja immer weniger. Er ist fast schon so groß wie du – und dabei bist du wirklich schon siebzehn Jahre alt!»

Ein Honorar

Nachdenklich strich sie sich über einen Riß in ihrem komisch kurz gewordenen Rock. Ihre Schuhe waren ärger denn je, und man sah, daß sie Bindfaden statt der Strumpfbänder benutzte.

Ihr Gesicht war blaß und müde von der Anstrengung, das schwere, phlegmatische Kind in dem übel zugerichteten Kinderwagen zu schieben. Eine große Welle des Mitleids brandete über Finlay.

«Du gehst fort, meine Liebe, du gehst unbedingt fort, und wenn ich dich selbst hintragen müßte.»

Und so ging Mary wirklich. Allerdings vergoß sie bittere Tränen, ehe sie sich dazu zwingen konnte, von Josey Abschied zu nehmen.

Endlich, schon in Reisekleidung, als Jamie mit dem Gig draußen wartete, wandte sie sich ungestüm an ihre Mutter.

«Hörst du, Teresa Reilly! Wenn diesem Kind irgend etwas passiert, dann ... dann ... Oh, du ahnst nicht, was ich dir dann antue.» Dann senkte sie den Kopf, und unter abermaligen bitteren Tränen lief sie geradewegs aus dem Zimmer.

Finlay hörte brieflich von ihr – durch ihre eigenen Briefe, kindlich, unorthographisch, von einer tiefen Aufrichtigkeit des Herzens und unvermeidlich mit dem unterstrichenen Postskriptum: Bitte, behalten Sie das Kind im Auge, und durch Briefe, eigentlich Berichte, von Charlie Craig selbst.

Es ging ihr gut; nach einer Zeit stummen Elends hatte sie sich eingelebt, und sobald die erste Fremdheit vorbei war, das Landleben liebgewonnen. Alle hatten sie gern.

Sie nahm auch zu, denn sie aß wie ein Pony, und ihre Wangen bekamen gesunde Farbe.

Für Finlay waren diese monatlich einlangenden Bulletins eine Quelle ungeheuren Stolzes, mit einer wahren Besitzermiene zeigte er sie im Klubhaus dem Pater. Und jedesmal rührte das Postskriptum Scanlans irisches Herz.

«Hab ich's Ihnen nicht gesagt?» erklärte er immer wieder. «Diese Mary ist wirklich die vollendete Mutter.»

Die Monate verstrichen, bis, kaum bemerkt, ein Jahr um war. Dann kam eines schönen Tages Mary selbst zurück, da sie vierzehn Tage Urlaub bekommen hatte.

Sie brachte Geschenke mit – Butter, frische Eier, zwei schöne Hühner und eine herrliche neue Ausstattung für Josey.

Sie war stärker, gesünder, nett und hübsch angezogen, aber trotz allem noch die alte Mary-schau-aufs-Kind, die so oft und so lang beim Beginn des College Court gestanden hatte. Ihr Lächeln war ebenso ruhig wie früher, ihr Wesen ebenso verschlossen, und in ihren Augen lag der alte Ausdruck eines sonderbaren, versonnenen Staunens.

Sie stürzte sich auf Josey, sie verschlang ihn geradezu. Während ihres ganzen Urlaubs ließ sie ihn einfach nicht aus den Augen.

Als Finlay zum zwanzigstenmal den beiden begegnete, versuchte er, Mary zu necken.

«Wozu das alles, liebe Mary? Eines Tages werden Sie ja doch einen eigenen Josey haben.»

Sie blickte das Kind an, und das Kind sie. Dann sagte sie mit ihrem flüchtigen Lächeln:

«Der wäre doch nicht derselbe Josey wie dieser Josey ...»

Bevor sie nach Earnhead zurückfuhr, besuchte sie Finlay in Arden House.

«Übrigens schulde ich Ihnen ein Honorar, Herr Doktor. Erinnern

Sie sich nicht, wie ich damals kam – als Josey geboren wurde? Damals habe ich Ihnen versprochen zu zahlen, wenn ich einmal Arbeit habe.»

Joseys Krankheit

Er mußte sie aus der Ordination hinauswerfen, um sie zu überzeugen, daß er ihr Geld nicht einmal sehen wollte. Am nächsten Tag fuhr sie nach Earnhead.

Der Sommer verging ruhig. Josey hatte seinen dritten Geburtstag und gedieh außerordentlich gut. Das gleiche galt übrigens von den Reillys.

Paddy hatte dank irgendeinem Wunder sein Gelübde nur zehnmal gebrochen, und da er es am nächsten Tag, dem Tag der Gewissensbisse, immer wieder erneute, ergab sich ein erheblicher Gewinn für die Familie Reilly.

Sie waren vom College Court in die Leven Street übergesiedelt. Hier hatten sie vier anständige Zimmer und eine Küche, in der sie sich meist aufhielten.

Paddy trug eine tugendhafte Miene zur Schau, sprach davon, Geld in die Sparkasse legen zu wollen, und war mit seinem früheren Ich nicht mehr zu vergleichen. Das war auch wohl die Ursache, warum er seine Frau und Josey auf den Jahrmarkt führte.

Der Jahrmarkt von Levenford ist berühmt, so unterhaltsam wie ein wahrer Karneval – mit Schaukeln, Karussellen und allerlei anderen Belustigungen.

Der Paddy von einst wäre allein gegangen oder mit seinen Kumpanen, um seine enorme Kunstfertigkeit im Läuten der Glocken, im Zerschmettern der Kokosnüsse oder beim Kraftmesser zur Schau zu stellen. Doch jetzt sagte er, eingezwängt in seinen sauberen Zelluloidkragen, zu Teresa:

«Komm mit auf den Jahrmarkt.»

Sie sah ihn an, Sehnsucht im Blick.

«Was machen wir aber mit Josey?» Er antwortete: «Ah, den Kleinen nehmen wir auch mit.»

So nahmen sie Josey auf den Jahrmarkt mit, und vor lauter Güte fütterten sie ihn dort mit Bonbons und setzten ihn fröhlich auf die wirbelnden Karusselle.

Es war eine herrliche Unterhaltung. Aber ach, der Nachtwind weht kühl. Am nächsten Tag hatte Josey Lungenentzündung.

Als Finlay dies feststellte, brach im Hause Reilly eine Panik aus.

Teresa ging hin und her, rang hilflos die Hände und ächzte:

«Wie soll ich ihr das beibringen? Wie soll ich ihr das beibringen?»

Finlay sagte:

«Wir müssen den Kleinen ins Spital schaffen.»

«Nein, nein! Das würde sie mir nie verzeihen. Wir müssen es ihr sagen. Wir müssen es ihr sagen.»

Und so telegrafierten sie ihr. Am selben Abend war Mary da.

Es gab weder Vorwürfe noch Klagen. Marys Gesicht war ruhig, als sie ihre wenigen Habseligkeiten auspackte und den Dienst als Joseys Pflegerin antrat.

Als Finlay kam, erklärte sie schlicht: «Ich bin gekommen, aufs Kind zu schauen.» Und wie sie auf das Kind schaute! Finlay konnte sich nicht erinnern, eine bessere Krankenschwester gesehen zu haben. Sie vermochte bei Josey alles zu erreichen; sie brachte es fertig, daß er aß, wenn er fieberte, und seine Arznei nahm, wenn er unruhig war. Indem sie ihm leise vorsang, vermochte sie es sogar, ihn zum Schlafen zu bewegen.

Es war ein virulenter Krankheitserreger, und Josey war ernstlich krank. Mary wußte das, und wenn sie sein mattes Atmen beobachtete oder den Schleim von seinem Mund wischte, zeigte sich in ihren Augen oft ein Ausdruck der Angst.

Das Schlimmste war der Husten. Wenn Josey hustete, legte ihm Mary, ohne der Gefahr der Ansteckung zu achten, den Arm um die Schultern und stützte das Kind, bis der Krampf vorbei war.

Sie verschwendete sich an ihn – Tag und Nacht –, und ihre aufopferungsvolle Hingabe war so groß, daß Finlay Einspruch erheben mußte.

«Sie werden selber krank werden, wenn Sie so weitermachen, Mary. Soll ich Ihnen nicht jemanden als Hilfe beschaffen?»

Doch obwohl sie ihm in allen anderen Dingen gehorchte, gehorchte sie ihm hierin nicht.

Endlich war durch eine rasche Lysis der gefährliche Punkt überschritten, und Finlay sagte, daß Josey genesen werde.

Sie erhob sich ein wenig taumelnd von ihrem Platz am Krankenbett und preßte die Hand an ihren Kopf.

«Ich freue mich – ich freue mich furchtbar, Herr Doktor», flüsterte sie und lächelte Finlay matt an. «Ich hätte nicht mehr lange durchhalten können. Ich weiß nicht, aber ich fühle mich selbst gar nicht wohl.»

Und sie brach vor Finlays Füßen zusammen.

Sie hatte den Krankheitskeim von dem Kind übernommen. Doch er griff nicht ihre Lunge an. Das wäre schlimm gewesen. Aber was geschah, war schlimmer. Es war eine pneumokokkale Meningitis, die rapide Form einer furchtbaren Krankheit. Mary kam nicht wieder zum Bewußtsein, und in zwei Tagen war sie tot.

In ihrem matten Delirium, knapp vor dem Ende, murmelte sie immer wieder und wieder: «Schau aufs Kind, Mary, schau aufs Kind!»

Unter diesem Namen lebt sie in Finlays Erinnerung weiter.

Die Geranien blühen wieder

Camerons rote Geranien

Seltsam – aber die ersten Anzeichen, daß Alex Deans nicht ganz richtig im Kopf war, zeigten sich im Garten des Arden House.

Alex war ein Mietgärtner; seine Tafel «Alexander Deans, Samenhandlung und Gärtnerei» stand gut sichtbar rechts von der Bahnlinie, wenn man von Ardfillan in den Bahnhof von Levenford einfuhr.

Und Alex kam, pünktlich wie ein Uhrwerk, um Camerons Garten sauber und hübsch zu halten, wie er es übrigens auch mit einem ganzen Dutzend anderer Gärten in der Stadt tat.

An diesem Tag war er gerade im vorderen Beet beschäftigt, als Cameron knirschenden Schrittes über den Kiespfad daherkam.

«Guten Morgen, Alex!» rief der Arzt über die Schulter zurück. Dann blieb er plötzlich stehen und rief: «Um Gottes willen, Unglücksmensch! Was machen Sie denn da?»

Alex pflanzte Calceolarien in das große runde Beet, Unmengen runder gelber Calceolarien.

«Wissen Sie denn nicht, daß ich dieses schwabbelige gelbe Zeug nicht leiden kann?» schrie Cameron. «Wo sind meine roten Geranien? Die hübschen ‹Scarlet Wonders›?»

Diese roten Geranien waren schon eine Tradition im Arden House, wo der Garten nämlich nach einem feierlichen Ritual blühte und die langsame Reihenfolge der Monate jahrein, jahraus immer die gleiche Prozession von Lieblingspflanzen zeitigte, Pflanzen, deren man sich erinnerte, auf die man sich freute, die man liebte.

Und ganz besonders liebte Cameron seine roten Geranien, dieser lebhafte scharlachrote Fleck auf dem gestutzten Rasen vor dem Arden House gehörte schon zum Levenforder Sommer, und die Leute blieben ganz unverhohlen auf der Straße stehen, um die Blumen zu bewundern, was Cameron unfehlbar und immer wieder in naives Entzücken versetzte.

«Ich frage Sie», brüllte Cameron wieder, «wo sind meine roten Geranien?»

Alex richtete sich auf – eine kleine, recht kurz geratene Gestalt in Hemdärmeln, mit wettergegerbtem Gesicht und großen Händen, die jetzt eine Kruste aus trockener Erde hatten.

Ohne den Arzt anzusehen, den Blick noch immer albern auf den Boden gerichtet, bemerkte er:

«Gelb ist eine schöne Farbe. Sie können sich gar nicht vorstellen, wie schön! Man muß dabei an Eidotter denken!» Und er kicherte kurz auf.

Cameron war entsetzt.

Deans, dieser nette kleine Kerl, anständig, respektvoll, verläßlich wie Felsgrund, arbeitete nun schon volle fünfzehn Jahre hier im Garten.

«Betrunken!» dachte Cameron, aber das schien doch nicht ganz zu stimmen. Da er Eile hatte, nahm er sich auch nicht die Zeit, weiter auf die Sache einzugehen. Er sagte nur sehr ruhig:

«Die Calceolarien da müssen heraus, Alex! Und die Geranien kommen schleunigst her!» dann verließ er den Garten.

Und dennoch – als er von seiner Visite zurückkam, war Alex fort, und das vordere Beet auf der Rasenfläche quoll über von gelben Calceolarien.

So hatte es begonnen. Doch bald wisperte man in der ganzen Stadt einander zu, wie sonderbar Alex Deans geworden sei.

Er war eines Sonntags in Hemdärmeln und mit Hosenträgern die High Street hinabgegangen.

Am Nachmittag vorher hatte er Bailie Paxton um ein Zündholz gebeten und dann, ohne seiner kalten Pfeife zu achten, mit kindischem Entzücken zugesehen, wie die helle Flamme herabbrannte. Er, der sonst so beherrscht gewesen, konnte jetzt verbockt und zornig streiten und einer Kleinigkeit wegen handgreiflich werden.

Auch seine Ausdrucksweise hatte eine Wandlung zum Schlechteren durchgemacht. Nachbarn hörten ihn fluchen und seine Schwester Annie beschimpfen, die ihm den Haushalt führte, und als sie ihm eines Tages zum Mittagessen einen Teller mit guter schottischer Suppe hinstellte, die er über alles gern aß, nahm er voll Wut den Teller und schleuderte ihn durchs Fenster. Der Teller fiel vor Bella Nivens Füße, und man kann sich darauf verlassen, daß sie für die Verbreitung dieser Neuigkeit weidlich sorgte.

Die Klimax kam sechs Wochen später, als Annie Deans einen Brief Dr. Snoddys aus Knoxhill ins Arden House brachte.

Das Schreiben war an Cameron gerichtet und besagte in Kürze:

«Kommen Sie sofort. Ich brauche ein Zertifikat für einen gefährlichen Irren.»

Es war der Nachmittag des ersten September – ein grauer, nasser Tag, ein Wetter, das Cameron ein Hundewetter zu nennen pflegte und das er heute andeutungsweise mit einem noch schlimmeren Ausdruck bedacht hatte, denn er befand sich in der Gewalt seines alten Erbfeindes, des Asthmas.

Er lag nicht im Bett, sondern saß in seinem Arbeitszimmer im Fauteuil, einen Shawl um die Beine, eine halbfertige Geige auf den Knien und einen Balsam zum Inhalieren neben sich auf dem Tisch. Finlay saß in dem Lehnstuhl gegenüber und berichtete von den Vormittagsvisiten, die er allein erledigt hatte.

«Oh weh! O weh!» sagte Cameron, nachdem er das Schreiben aus

Janets Händen entgegengenommen, seine Brille nach einigem Suchen auf seiner Stirn gefunden und die kategorische Botschaft gelesen hatte. «Armer Alex. Mir tut das aufrichtig leid.» Und er wollte schon seine Beine aus dem Shawl wickeln.

Doch Janet, die ihn von der Tür her beobachtet hatte, bemerkte düster: «Heute setzen Sie den Fuß nicht aus dem Haus!»

Er sah sie über den Brillenrand hinweg an, dann fügte er sich mit einem matten Seufzer.

«Gut, gut, Janet. Vielleicht haben Sie wirklich recht. Sagen Sie Annie, daß Dr. Hyslop gleich kommen wird.»

Schlimmer als schlimm

Als die Haushälterin aus dem Zimmer war, reichte Cameron seinem Assistenten den Brief. Finlay las ihn zweimal.

«Das ist jedenfalls eindeutig.»

«Naja, Snoddy», sagte Cameron nachdenklich. «Sie wissen doch, daß das Gesetz zwei voneinander unabhängige ärztliche Gutachten erfordert, ehe jemand als irrsinnig erklärt werden kann. Glauben Sie nur, das ist der einzige Grund, warum Snoddy nach mir geschickt hat. Er ist ein Mensch, der niemanden anerkennt, außer sich selbst.»

Er seufzte wieder und schnitt eine Grimasse zum Kaminfeuer hin.

«Sie werden zugeben müssen, Finlay, daß ich von meinem Nächsten nur sehr selten schlecht spreche – aber diesen Kerl frißt seine Einbildung auf.»

«Wie kommt Deans zu einem solchen Menschen?» fragte Finlay beinahe gereizt und stand auf.

«Nun, wissen Sie», erklärte Cameron. «Alex arbeitet auch dort, und außerdem wohnt er ein paar Schritte von Snoddys Haus.» Mit einer komischen Gebärde nahm er die Balsamflasche zur Hand.

«Und schließlich kann man doch kein Monopol haben. Aber weil es mir gerade einfällt – passen Sie mit Snoddy gut auf; er ist empfindlich.»

Draußen wartete Jamie mit dem Wagen. Er legte die wasserdichte Decke um Finlay, und dann rollten sie miteinander durch das nebeldunkle Tröpfeln.

«Ein Sauwetter!» sagte schließlich Jamie, der schon alle Redensarten seines Herrn angenommen hatte.

«Das ist es», antwortete Finlay und preßte sich das Kinn an die Brust, um sich vor dem Nebel zu schützen.

«Ich bin wirklich sehr traurig wegen des armen Alex Deans!» rief Jamie plötzlich, während er düster den Blick geradeaus gerichtet hielt. «Wir beide sind sehr befreundet.»

Eine Pause.

«Und Annie», fuhr Jamie hölzern fort. «Auch sie und ich sind recht gut miteinander.»

Das erinnerte Finlay an einen Klatsch, den er gehört hatte. Recht gut! Natürlich – Annie und Jamie gingen doch schon fünf Jahre miteinander aus –

«Pardon, Jamie», sagte Finlay konventionell. «Aber vielleicht ist es nicht so schlimm, wie Sie glauben.»

«Schlimm!» murmelte Jamie. «'s ist schlimmer als schlimm. Er ist wirklich ganz verrückt, der arme Teufel. Ich weiß nicht, wie das werden soll. Wenn man ihn nach Barnshough ins Irrenhaus bringt – gerade nach Barnshough! –, du lieber Gott, dann ist alles aus.»

Schweigen.

Ein eingebildeter Kerl

Sie hatten jetzt die High Street hinter sich und fuhren auf der Straße, die vom Leven zur Eisenbahn führt.

Eine Zeile alter Häuser tauchte plötzlich aus dem Nebel auf. Der Wagen hielt vor dem letzten Haus, einem Gebäude mit einem Garten von etwas mehr als zwei Morgen, der von dem Haus bis zum Ufer reichte, ein Grundstück, das der unselige Alex mit viel Mühe an sich gebracht und bepflanzt hatte.

Im vorderen Wohnzimmer wartete Dr. Snoddy mit der rasch steigenden Gereiztheit eines seiner Wichtigkeit bewußten Mannes, der es, wenn schon gewartet werden mußte, vorzieht, daß die anderen warten.

Vor dem Kamin aufgepflanzt, die Hände unter den Rockschößen, wärmte er sich am Feuer und hätschelte zänkisch seine Gekränktheit.

Sobald Hyslop eintrat, rief Dr. Snoddy:

«Sie brauchen lange, Herr, verflucht lange. Wenn Sie mein Assistent wären, brächte ich Ihnen schon Flinkheit bei.»

Finlay war nahe daran, festzustellen, daß er nicht Snoddys Assistent sei, doch dann gedachte er der Ermahnung Camerons und hielt den Mund.

Snoddy schwenkte seinen goldgefaßten Kneifer.

«Cameron kann nicht kommen?»

«Nein.»

«Zusammenbruch, wie?»

«Ich glaube nicht.»

«Aha! Ihre Behandlung hat das Übel behoben.»

Finlay gab keine Antwort. Und die beiden maßen einander.

Snoddy sah einen großen, derbknochigen jungen Burschen mit schlichten grauen Augen, einfach gekleidet, ohne alle Manieren, und mit einem vom Nebel ziemlich verschmierten Gesicht.

Finlay sah einen kleinen, ältlichen, pompösen Mann mit sandfarbenem Haar, wulstigen Lippen und zornbereiten Augenbrauen, einen außerordentlich gut angezogenen Mann, sehr geziert, sehr anmaßend, und die hohe, in eine kleine Glatze übergehende Stirn umwittert vom Glanz der eigenen Überlegenheit.

Ohne Zweifel hatte Snoddy eine ungeheuerlich hohe Meinung von sich selbst. Er war kein Levenforder – er kam, wie er unbestimmt anzudeuten liebte, aus dem Grenzgebiet, doch hatte er eine Levenforderin geheiratet, eine Frau, ein wenig älter als er, die Witwe Peter Innes', des Schiffsmaklers.

Seit seiner Heirat mit Mrs. Innes war Snoddys angeborene Einbildung zur Arroganz angeschwollen.

Er verkehrte mit dem Landadel, er hielt sich eine elegante Equipage; seine Praxis nahm zwar an Umfang ab, stieg aber in höhere Kreise auf; es schien, als verschmähte er es, in ein Haus zu kommen, in dem er nicht von einem dienstbaren Geist angemeldet wurde. Er war nicht eben vorbildlich, aber so war er nun einmal. Und jetzt sagte er, nachdem er seine herablassende Musterung des jungen Hyslop beendet hatte:

«Schön, ich werde Sie nicht lange aufhalten. Sie wissen ja, was ich brauche. Ich habe den armen Teufel untersucht. Total verrückt. Sie werden keine Schwierigkeiten haben. Schreiben Sie mir also das Zertifikat. Ich habe keine Zeit.»

Finlays sechster Sinn

Finlay verbiß sich die scharfe Entgegnung, die ihm schon auf der Zunge lag. «Ich gehe jetzt zu ihm.»

Während er die Treppe hinaufstieg, hörte er Snoddy ihm nachrufen:

«Beeilen Sie sich! Ja? Ich bin ein sehr beschäftigter Mann und habe abends eine Einladung zum Dinner.»

Alex Deans lag im Bett, wohl damit er an Ort und Stelle bleibe. Seine Schwester saß neben ihm, und ihre geröteten Augen zeigten, daß sie geweint hatte.

Sobald Finlay eintrat, stand sie wortlos auf und stellte sich ans Fußende des Bettes.

Ihr Schweigen war so hoffnungslos, und die ganze Atmosphäre dieses Zimmers so düster und tragisch, daß Finlay ein plötzliches Gefühl der Kälte, ja fast der Furcht hatte.

Er sah Alex an und erkannte ihn anfangs beinahe nicht. Die Veränderung sprang aber nicht in die Augen – das war schon Alex, o ja, aber ein veränderter, gleichsam verwischter Alex, dessen Züge sich auf eine seltsame und kaum bestimmbare Art vergröbert hatten.

Sein Gesicht schien angeschwollen, die Nasenflügel verdickt, die Lippen breiter. Die Haut war wächsern, und nur ein schwacher rötlicher Fleck zog sich quer über die Nase.

Das ganze Äußere des Kranken machte den Eindruck von Leblosigkeit, Schwerfälligkeit, Apathie. Finlay redete ihn an. Alex murmelte irgendeine absurde Antwort, aber so lallend, daß man nichts verstand. Finlay fragte Annie:

«Wie lange ist er schon so?»

Sie antwortete dumpf:

«Zwei Tage – oder beinahe so lang. Doch vorher ... vorher hat er getobt.»

«Was verstehen Sie darunter?»

«Ach nichts ...» Sie zögerte, dann sprach sie zutiefst widerstrebend weiter. «Er fiel über mich her – ganz von Sinnen war er ... sonst nichts ... und er ist doch immer so gut zu mir gewesen!»

Der Mann im Bett bewegte sich unruhig.

«Ich bring euch alle um!» murmelte er. «Ihr habt Gift auf die Pflanzen geschüttet. Jamie, gib mir die Schaufel her. Ich muß graben – graben – graben – nach Würmern graben!»

Schweigen trat nach diesen närrischen Worten ein. Es waren die Worte eines Irren! Vielleicht! Und doch war Finlay noch nicht ganz überzeugt.

Mag sein, daß Snoddy in ihm den Teufel des Widerspruchs geweckt und Finlay in seinem Entschluß bestärkt hatte, sich keine fertige Ansicht aufzwängen zu lassen. Doch eigentlich lag der Grund tiefer.

In seinem Innersten regte sich leise ein sechster Sinn, ein warnendes Gefühl, ein Gefühl des Auf-der-Hut-Seins, eine absonderliche, unergründliche Ahnung. Er hob die Hand des Kranken in die Höhe. Diese Hand war trocken und rauh, die Finger zeigten an den Spitzen eine leichte Verdickung.

Er maß die Temperatur – sie war unternormal. Er drückte das ödematös angeschwollene Gesicht – die Schwellung war fest, unelastisch und gab bei Druck nicht nach.

Finlay dachte hastig; er witterte die offenbare Lösung des Problems, er tastete in dunkle, ferne Winkel des Wissens.

Und ganz plötzlich lag alles in hellem Licht. Das überflutete ihn in einer Sturzflut unaussprechlichen Entzückens.

Er hatte es! Er hatte es! Vor Freude hätte er schreien mögen. Myxödem – das war's! Deans war gar nicht irrsinnig. Es war ein klarer Fall thyreoidaler Unterfunktion.

Die Krankheitsgeschichte und jedes einzelne Symptom – das alles fügte sich ineinander – exakt und schön wie ein Zusammenlegspiel. Das Versagen des Gedächtnisses, das langsame Denken, das stetige Sinken des Intellekts, die Ausbrüche von Reizbarkeit oder gemeingefährlicher Gewalttätigkeit, die schwerfällige Sprache, die trockene Haut, die Schwellung der Fingerspitzen, das aufgedunsene, unelastische Gesicht.

Oh! Das Triumphgefühl angesichts dieses lückenlosen Bildes war göttlich!

Neumodischer Blödsinn

Finlay konnte sich nur mühsam beherrschen, als er nun aufstand. Während er betont langsam den Sessel wieder an die Wand stellte, sagte Annie betrübt:

«Herr Doktor, dort auf dem Tisch finden Sie Feder und Tinte – neben dem Papier.»

«Das hat Zeit, Annie», antwortete Finlay. «Ich bin augenblicklich gar nicht in der Stimmung zu schreiben.»

Er lächelte ihr flüchtig zu und stieg die Treppe hinab. Er trat in die Wohnstube. Dort sagte er in absichtlich zurückhaltendem Ton:

«Entschuldigen Sie, Dr. Snoddy, aber ich muß es ablehnen, das Zertifikat zu schreiben.»

Snoddy starrte ihn verdattert an. Er sperrte den Mund auf; die Augen quollen ihm hervor; sein glattes rosiges Gesicht bedeckte sich langsam mit dunkelroten Flecken. Er stieß atemlos hervor:

«Sind Sie denn ebenfalls verrückt geworden?»

«Hoffentlich nicht.»

«Warum in des Teufels Namen wollen Sie dann die Bestätigung nicht schreiben?»

«Weil ich Deans nicht für irrsinnig halte. Ich betrachte seine Krankheit als einen klaren Fall von Myxödem.»

Snoddy sah drein, als wäre er einem Schlaganfall nahe. Dann dämmerte ihm die Situation auf.

«Herrgott im Himmel! Wollen Sie Ihre Ansicht gegen meine setzen? Ich habe den Mann doch untersucht. Ich habe das Zertifikat ausgestellt – ich! Ich persönlich! Er ist ein Irrer – ein gemeingefährlicher Narr!»

Finlay sprach auch weiterhin leise:

«Ich bin anderer Ansicht. Nach meiner Meinung ist Deans nur deshalb geistig krank, weil er physisch krank ist. Es wäre kriminell, ihn ins Irrenhaus zu stecken, ehe wir eine Behandlung der Thyreoidea versucht hätten.»

«Kriminell!» brach Snoddy los. «Sie unverschämter grüner Junge! Sie mit Ihrer Thyreoidea! Unterstehen Sie sich wirklich, mir vor Augen zu treten und mich belehren zu wollen?»

«Ich bin nicht hier, um Sie zu belehren, Doktor Snoddy», sagte Finlay.

Er war ziemlich blaß. Trotz Camerons Ermahnung fühlte er, wie er immer mehr und mehr in Hitze geriet, aber seine Stimme war fest.

«Ich erkläre nur, daß ich mich weigere, ein Zertifikat auszustellen, und lege meine Gründe dafür dar. Doch da es sich nicht um einen meiner Patienten handelt und ich hier nichts mehr zu tun habe, verabschiede ich mich. Gute Nacht!»

Er öffnete die Tür, während Snoddy ihm nachschrie:

«Sie mit Ihrem neumodischen Blödsinn! Ich werd es Ihnen zeigen! Ich kriege schon ein anderes Zertifikat für Deans! Ich blamiere Sie vor der ganzen Stadt!»

Mit verbissener Miene fuhr Finlay heim.

Sobald sie vor dem Tor des Arden House angelangt waren, warf er Jamie die Zügel zu, sprang aus dem Wagen und ging sogleich zu Cameron. Der alte Arzt war nicht allein. Dan Gillespie, der Schriftsteller, saß bei ihm – er war zu einem kurzen Besuch gekommen. Doch Finlay kümmerte sich nicht um ihn und platzte heraus: «Jetzt ist's doch geschehen.»

«Sie meinen, daß Sie das Zeugnis ausgestellt haben?»

«Nein! Ich habe mich mit Snoddy zerstritten – verteufelt heftig zerstritten.» Cameron runzelte die Stirn. «Hören Sie – die Sache war so», sagte Finlay hastig. Und er begann einen eingehenden Bericht.

Finlays Kampf

Je weiter Finlay mit seiner Erzählung kam, desto mehr entspannte sich Camerons unzufriedene Miene. Sein Blick wich nicht von Finlays Gesicht; gelegentlich nickte er zustimmend; seine Augen gewannen Glanz; schließlich sagte er nachdrücklich:

«Gut gemacht, mein Junge! Wirklich gut gemacht. Es scheint eine blendende Diagnose zu sein.»

Gillespie, in dessen langem, hagerem Gesicht sich Neugier malte, stellte die Frage:

«Was ist eigentlich diese Thyreoidea?»

«Eine einfache Drüse, Dan», erklärte Cameron lächelnd. «Sie liegt unter dem Adamsapfel. Wenn sie anständig funktioniert, merkt man gar nichts von ihrem Vorhandensein. Aber sobald sie versagt...» Er schnalzte vielsagend mit den Fingern.

Eine Pause trat ein.

«Es gibt da wohl kein Mittel?» fragte Gillespie.

«O ja, wir haben eines», sagte Cameron langsam. «Extrakte der Drüse, innerlich eingenommen. Und so wollen wir Alex Deans behandeln.»

«Aber Snoddy –», wandte Gillespie ein.

«Ich werde meinen Jungen da gegen tausend Snoddys decken», sagte Cameron zornig. «Ich habe nichts übrig für den genannten Gentleman. Nein, nein! Aber ich dränge mich nicht auf. Ich habe keineswegs die Absicht, auch nur Deans Haus zu betreten. Aber ich will jetzt den Fall Hyslop zuschanzen. Und, meiner Treu, ich werde dazu sehen, daß es bei diesem Kampf anständig zugeht.»

Er warf die Decke von den Knien.

«Janet!» schrie er. «Janet! Holen Sie Annie Deans, so schnell unser Wagen sie nur herbringen kann.»

So kam es also, daß Snoddy den Fall niederlegte und Hyslop ihn übernahm. Cameron, der jede Andeutung eines Skandals verabscheute, hätte die ganze Sache gerne geheimgehalten. Aber Snoddy posaunte hoch erhobenen Kopfes die Beleidigung, die ihm widerfahren, in alle Welt hinaus.

Annie Deans habe ihm die Tür gewiesen, weil er gehandelt, wie es seine heilige Pflicht gewesen sei.

Dieser Neuling Hyslop sei ja nichts anderes als ein Quacksalber. Er werde den armen Deans um die Ecke bringen, noch ehe man ihm das Handwerk legen könne. Die Sache grenze bedenklich an Mord.

Der Fall wurde zu einem leidenschaftlich erörterten Thema des Stadtklatsches. Und viele waren der Meinung, man habe Snoddy unrecht getan. Und wirklich, als die Zeit verging, vertiefte sich die Mißstimmung gegen Finlay – eine latente, erbitterte Feindseligkeit.

Er äußerte sich gar nicht über den Fall – und das reizte die Stadt; man behauptete schon ganz unverhohlen, Finlay habe etwas zu verbergen. Warum ließ er denn niemanden in das Haus des Kranken, und warum hielt er Alex völlig isoliert?

Wenn er seine Visiten machte, wurden ihm Schimpfworte nachgeschrien. Er lernte den tückischen Groll einer kleinen Gemeinschaft kennen. Doch trotz allem bewahrte er seinen klaren Kopf. Und verbissen bewahrte er auch sein Schweigen.

Die Geranien blühen wieder

Selbst zu Cameron sagte er nichts. Er tat so, als bemerkte er den forschenden Blick nicht, der sich von Zeit zu Zeit auf ihn richtete. Er hatte die Verantwortung. Er wollte sie auch allein tragen.

Und dann bat er Cameron an einem kühlen Novembertag – es war ein Mittwoch –, ob er am Nachmittag eine Stunde frei haben könne. Cameron nickte.

«Was haben Sie denn vor?»

Finlay antwortete mit einer Trockenheit, die der Camerons nicht nachstand:

«Ich möchte einen Spaziergang machen, wissen Sie. Einen Spaziergang durch die Stadt mit meinem Freund.» Ohne weitere Worte stand er vom Frühstückstisch auf.

Am Nachmittag, als Cameron sich mit seinem Okuliermesser im Garten zu schaffen machte, öffnete sich das Gittertor, und zwei Gestalten tauchten auf. Er beobachtete, wie sie näher kamen. «So», sagte Finlay schlicht. «Hier haben Sie Ihren Gärtner wieder.»

Es war Alex – der alte Alex –, mager und gesund, mit dem gut bekannten, scheuen Lächeln. In seinen Augen lag der Ausdruck eines Menschen, der Schweres mitgemacht hat, doch lag darin auch die alte Verläßlichkeit, die alte Ehrenhaftigkeit.

«Wie geht's, Alter?» fragte Cameron mechanisch.

«Gut», sagte Alex verlegen. «Gut, bis auf die Hand.»

«Alex hat gerade fünfhundert verschiedenen Personen die Hand drükken müssen», erklärte Finlay vergnügt. «Wir gingen nämlich durch die Stadt, wissen Sie.»

Jamie hatte sich der Gruppe zugesellt, und lebhaftes Entzücken brach durch seinen angeborenen Ernst.

«Fünfhundert?!» rief er, und sein Gesicht zuckte vor Aufregung und

Freude. «Eher fünftausend! Ich bin den beiden von der Railway Road nachgegangen – über die High Street, am Cross vorbei, die Church Street hinab. Sie hätten die Leute alle sehen sollen, Herr Doktor, und die Gesichter! Mein Gott, am Cross hat man ihnen beinahe zugejubelt, und an der Ecke der College Street liefen sie mit Volldampf in Snoddy hinein. O du mein Herr und Gott – er wäre beinahe mausetot umgefallen!»

Und er brach in ein schallendes Gelächter aus.

«Schauen Sie, daß Sie fortkommen, Jamie», sagte Cameron streng, kämpfte aber selbst mit dem Lachen. «Fort mit Ihnen, und führen Sie Alex zu Janet. Sie soll ihm seinen Tee geben.»

Als sich die beiden entfernt hatten, nahm er Finlay am Arm.

«Jetzt sind wir so weit!» dachte Finlay. Das war der Augenblick, der große Augenblick, da Cameron ihn gewiß belobte.

Doch während sie nun zum Haus hinschritten, sagte Cameron nichts anders als:

«Gott sei Dank – nächsten Sommer habe ich wieder meine Geranien!»

Doch in seiner Stimme klang ein ungewohnt freundlicher Ton.

Ein medizinisches Rätsel

Camerons heimliche Belustigung

Finlay machte große Fortschritte, vielleicht sogar zu große Fortschritte. Er war jetzt in der Stadt nicht mehr als Camerons neuer Assistenzarzt bekannt, sondern unter seinem richtigen Namen.

Wenn das Gig mit den gelben Rädern vorbeisauste, sagten die Leute: «Dort fährt der junge Dr. Hyslop», und das bedeutete in Levenford schon einen Schritt vorwärts.

Und er schloß Bekanntschaften – mit Jackson vom «Advertiser», der Lokalzeitung, mit Peter Weir, dem Sohn des Bürgermeisters, mit «Doggy» Lindsay, dem Sohn eines reichen Fabrikanten, einem Nichtstuer.

Man sprach sogar von seiner Aufnahme in den Philosophical Club. Und der Fall Alex Deans, vor allem aber der erstaunliche Triumph über Snoddy, war ihm, wie man so zu sagen pflegt, ziemlich stark zu Kopf gestiegen.

Vielleicht ging ihm alles zu glatt, und er hatte zu viel Glück.

Es gab Momente, in denen ihm Cameron, angesichts der munteren Selbstsicherheit seines jungen Kollegen, einen trockenen Blick zuwarf, sich nachdenklich über den Unterkiefer strich, seinen Ausdruck der Belustigung maskierte und nichts sagte.

An einem schönen, frischen Herbsttag, der schon manchmal einen kalten Hauch hatte, arbeitete Finlay in dem kleinen Raum neben der Ordination an einem Test.

Diesen Raum, der bisher nur als das «kleine Hinterzimmer» bekannt gewesen war, hatte Finlay in einem Anfall wissenschaftlichen Eifers das Laboratorium getauft. Als Cameron an diesem Nachmittag erklärte, er müsse eine Visite in Newton machen, hatte Finlay bemerkt:

«Schon recht. Ich werde im Laboratorium die Tests erledigen.»

Nun stand er da, die Pfeife zwischen den Zähnen, und beobachtete, wie die blaue Flüssigkeit in der Eprouvette über dem Bunsenbrenner zu wallen begann und langsam ziegelrot wurde – ja, Zucker, meiner Treu! Genau so, wie er vermutet hatte.

Er wurde durch das Öffnen der Tür unterbrochen. Janet stand vor ihm.

Ein dringender Fall

«Der junge Duncan möchte Dr. Cameron sprechen», meldete sie schroff. «Der junge Duncan, der Fuhrmann, der vor drei Jahren geheiratet hat und dem das kleine Haus in Knoxhill gehört.»

Finlay schaute verärgert auf; Janet war – hol sie der Teufel – doch viel zu kurz angebunden in ihrer Manier. Dann tat er so, als interessierte er sich ungeheuer für seine Eprouvette.

«Dr. Cameron ist nach Newton gefahren.»

«Das hab ich ihm selbst gesagt», erklärte Janet kühl. «Und er hat gesagt, dann müsse er mit Ihnen vorliebnehmen.

Eine Pause, in der Janet mit ihrer abscheulichen Neigung zu lächeln kämpfte.

«Er ist in einer furchtbaren Verfassung, der arme Kerl; er hat den Kopf ganz verloren. Sie müssen gleich hingehen. Die Duncans waren von jeher anständige Leute, eine sehr angesehene Familie in Levenford. Leeby Duncan, seine Tante, ging mit mir in die Sonntagsschule...»

Finlay runzelte die Stirn.

«Meinetwegen kann es auch sein Onkel gewesen sein. Sehen Sie denn nicht, daß ich mitten in einem wissenschaftlichen Versuch bin? Was will er denn?»

«Er sagt, sein Kind liege im Sterben.»

Und wirklich – Will Duncan war in einem Zustand außerordentlicher Erregung. Er stand in der Hall, hutlos und ohne Mantel, einen Shawl unordentlich um den Hals gebunden, und schlotterte geradezu vor Angst.

Ja, es handle sich um das Kind, erklärte er. Krank? Oh, furchtbar krank!

Die Kleine könne nicht atmen; sie habe ein schauerliches Pfeifen in den Lungen, und das sei so plötzlich gekommen, daß seine Frau nicht mehr aus noch ein wisse, denn Mrs. Niven, die doch etwas verstehe, habe gesagt, es sei Kongestion.

Finlay zog wieder ein finsteres Gesicht. Er hatte für Mrs. Niven nichts übrig.

Halb Hebamme, halb Pflegerin, fett, watschelnd, aufdringlich und durch und durch unbrauchbar, die «weise Frau» des Bezirkes, verschanzt hinter einem lärmenden Ruf der Tüchtigkeit – ja, das war Bella Niven, und jeder Arzt in der Stadt haßte sie wie die Pest.

«Ich bin fertig», sagte Finlay. «Gehen Sie zurück und sagen Sie, daß ich komme.»

Cameron hatte den Wagen, und so mußte Finlay für die zwei Meilen nach Knoxhill mit dem Fahrrad vorliebnehmen. Freilich machte ihm dies nichts aus; im Gegenteil, er liebte diese körperliche Anstrengung, aber er fand es nicht sehr ruhmvoll, die High Street entlang zu strampeln, die Tasche flatternd an der Lenkstange – um so weniger, als «Doggy» Lindsay und Jackson im Gassenfenster des Gasthofes «Elefant und Schloß» saßen, ihn vorbeifahren sahen und ihm – in Verkennung des der kleinen Tasche zugedachten Zweckes – spöttisch zuwinkten.

Lomond View hieß das Haus – ein hübscher kleiner Bau hinter einer Eibe mit scharlachroten Beeren. Obwohl Finlay rasch gekommen war, war der junge Duncan noch rascher gewesen. Er stand schon an der Tür, keuchend vom Laufen, und erklärte verzweifelt:

«Ich habe gerade mit Mrs. Niven gesprochen, Herr Doktor. Der Kleinen geht's nicht besser, nicht ein bißchen besser.»

Finlay stieg in das obere Stockwerk, und sobald er den verdunkelten Raum betrat, hörte er schon das Atmen des Kindes, eine schrille, halb pfeifende Respiration, die ihn erschreckte.

«Du lieber Gott!» dachte er. «Das ist wirklich etwas Böses.» Zu der Mutter, die völlig gebrochen vor dem frisch eingeheizten Kamin stand, sagte er freundlich:

«Wollen Sie, bitte, die Vorhänge zurückziehen, daß ich ein bißchen Licht habe?»

Bella Niven, die ihren furchterregenden Busen an das Bettende lehnte, zog eine geringschätzige Miene.

«Ich hab angeordnet, daß die Vorhänge zugezogen werden. Wissen Sie denn nicht, daß das Licht das Kind ängstigt?»

«Ich bin keine Katze», gab Finlay zurück. «Ich kann im Finstern nicht sehen.»

Mrs. Niven sagte nichts, doch sie verzog abermals das Gesicht, und diese Miene sagte mehr, als Worte es können.

Die junge Mrs. Duncan steuerte nun nervös einen mittleren Kurs zwischen ihren beiden Ratgebern. Mit zitternder Hand zog sie die Vorhänge halb zurück.

Finlay trat an das Bett. Das Kind war wirklich höchst unruhig. Die Wangen der Kleinen waren gerötet; sie wälzte sich hin und her und wand sich, wimmerte herzzerreißend, verkrallte sich im Bettzeug, in ihrem eigenen Gesicht, in allem. Und die ganze Zeit ging ihr Atem schrill und laut, daß man Angst bekam.

Nun maß er die Temperatur – die war normal. Dann untersuchte er mit dem Stethoskop die Brust der Kleinen – eine schwierige Aufgabe, denn das Kind wollte um keinen Preis stillhalten. Es wand und krümmte sich im Halbdunkel wie ein flinker Lachs in einem Wasserloch.

Trotzdem blieb die Tatsache dieser sonderbaren Atmung bestehen, dieses unheimlichen Pfeifens – ein trockener Ton, nicht gerade wie bei einer Pneumonie und nicht gerade wie bei einer Pleuritis, irgend etwas, das der Weisheit Finlays spottete – etwas Böses, Unbekanntes!

Finlay war beunruhigt, ernsthaft beunruhigt. Er stand einer höchst rätselhaften Krankheit gegenüber. Er fragte sich, ob es wohl Pneumothorax sei, ein seltener Zustand, von dem er zwar gelesen hatte, der ihm aber noch nie untergekommen war. Ja, es konnte möglicherweise Pneumothorax sein, oder vielleicht auch ein akutes Lungenödem – aber dazu war das Pfeifen zu trocken, zu schrill. Mit Kindern dieses Alters hatte man's eben furchtbar schwer – es war wirklich zum Teufelholen! Wenn sie wenigstens sprechen könnten, ihre Symptome schildern!

Unvermittelt richtete er sich auf. Er war ratlos.

Als er – sehr langsam – sein Stethoskop weglegte, warf Mrs. Niven mit zugekniffenen Augen geringschätzig ein:

«Wozu das ganze Geklopfe und Abhorchen? Das Kind hat Kongestion der Lunge!» Unwillkürlich fühlte sich Finlay eingeschüchtert. Dennoch musterte er die verabscheuungswürdige Mrs. Niven mit einem streitbaren Blick.

«Es ist nicht Kongestion.» Er sagte das eigentlich hauptsächlich, um ihr zu widersprechen.

«Sie meinen wohl, es sei noch was Schlimmeres», behauptete sie sogleich.

«Gott steh uns bei!» wimmerte Mrs. Duncan verzweifelt.

Finlay wandte sich nun der geängstigten jungen Mutter zu, aber ehe er noch ein einziges Wort der Beruhigung sprechen konnte, ging die Niven schon wieder auf ihn los.

«Sie sagen, es sei nicht Kongestion. Also, was ist es nach Ihrer Ansicht dann?» fragte sie aggressiv.

Finlay zermarterte sich das Hirn.

«Ich habe meine eigene Ansicht», sagte er schließlich. «Es ist die Lunge!»

«Die Lunge!» brummte Mrs. Niven und blickte himmelwärts. «Die Lunge, hat er gesagt! Als ob ich das nicht schon gewußt hätte, sobald ich nur zur Tür hereinkam! Und was sollen wir jetzt also machen – wenn Sie schon einmal zu dem Schluß gelangt sind, daß es die Lunge ist? Soll ich jetzt hier dabeistehen und zuschauen, wie das liebe kleine Ding sich ins kühle Grab pfeift, oder soll ich sie am Rücken und an der Brust mit Leinsamen einreiben, wie ich es schon vor einer Stunde getan hätte, wenn's nach meinem Kopf gegangen wäre?»

«Sie werden nichts tun, bevor ich es Ihnen sage», rief Finlay wütend.

«Was also ...»

«Nichts tun Sie», fiel er ihr ins Wort und nahm Mrs. Duncan am Arm. «Ich muß einen zweiten Arzt zuziehen. Es ist ein schwieriger Fall. Bleiben Sie nur ruhig. Machen Sie sich keine Sorge. In einer halben Stunde bin ich mit Dr. Cameron wieder da.»

«Das ist das Vernünftigste, was er bis jetzt gesprochen hat», sagte Mrs. Niven vertraulich zur Zimmerdecke.

Schweißperlen standen auf Finlays Stirn, als er durch die Tür ging. «Mein Gott!» dachte er inbrünstig, «ich bin ja so froh, daß ich aus diesem Zimmer fort bin.» Aber leise verfolgte ihn das unheimliche Pfeifen, während er nun die Treppe hinabstieg.

Über die Lenkstange gebeugt, sauste er durch das aufsteigende Dunkel, ohne daran zu denken, welchen Eindruck er auf «Doggy» oder auf die Stadt machen werde. Für die Fahrt zum Arden House brauchte er halb so lange wie für die Hinfahrt.

Cameron saß bei einem prasselnden Kaminfeuer im Speisezimmer beim Tee und ließ sich mit der Miene eines Menschen, dem die Welt nichts anhaben kann, seine heißen Haferkuchen schmecken.

«Setzen Sie sich, Finlay», rief er gastfreundlich. «Sie kommen gerade recht – die Kuchen sind noch warm.»

Finlay lächelte gezwungen, doch mißlang das kläglich.

«Danke, es geht nicht. Ich komme nicht zum Tee. Ich habe da einen Fall – einen üblen Fall. Das kleine Mädel der Mrs. Duncan in Knoxhill.» «Aha!»

Cameron warf ihm einen raschen, sonderbaren Blick zu, dann sah er wieder fort.

«Ein hübsches, lebhaftes Kind. Ich hab ihm selber vor achtzehn Monaten auf die Welt verholfen. Da hat uns Janet wieder was Prächtiges vorgesetzt. Sobald es dem Winter zugeht, esse ich diese warmen Haferkuchen mit Käse furchtbar gern zum Tee. Versuchen Sie's, Mann, das paßt sehr gut zusammen.»

Finlay bewegte sich unruhig.

«Ich sage Ihnen schon – ich mache mir Sorgen wegen dieses Falles.»

«Aber, aber! Das sieht Ihnen doch gar nicht ähnlich – gar nicht. Sie gehören gewiß nicht zu den Leuten, die sich von etwas einschüchtern lassen! Wirklich – all mein Lebtag hab ich noch nie jemanden gesehen, der so leicht mit allem fertig wird. Erinnern Sie sich nur daran, wie Sie dem armen Snoddy eine Nase gedreht haben. Doch meiner Treu, das mit der kleinen Duncan kann doch nicht Ihr Ernst sein. Setzen Sie sich schön her und nehmen Sie ein Stück Käse!»

Unter diesem feinen Spott errötete Finlay tief.

«Zum Teufel mit Ihrem Käse!» platzte er los. «Sehen Sie denn nicht, daß ich Sie zu Rat ziehen will?»

Camerons Lippen zuckten. Mit verschlagener Miene schnitt er noch ein kleines Stückchen Käse ab und knabberte es von der Messerklinge.

«Na schön! Na schön!» sagte er. «Was ist denn mit der Kleinen eigentlich los?»

«Pfeifen in der Lunge.»

Cameron zog die Augenbrauen hoch.

«Davon hab ich noch nie was gehört.»

«Dann hören Sie es jetzt», sagte Finlay mürrisch. «Ich weiß mir keinen Rat. Vielleicht ist's Pneumothorax – man kann hören, wie die Luft pfeifend in die Pleuralhöhlung dringt.»

«Pneumothorax!» wiederholte Cameron, als gefiele ihm der Klang dieses Wortes. «Ein hübscher Name.» Er klopfte sich nun die Krumen vom Anzug und stand auf. «Hm. Sehen wir's uns an!»

Eine Haarnadel

Der Wagen brachte sie zur Lomond View. Für Finlays überreizte Nerven war es, als wäre er den ganzen Tag zwischen der Ordination und diesem Haus hin und her gefahren. Seine würdige Miene war verschwunden. Er folgte Cameron über die Stiege wie ein junger Hund, den sein Herr gerufen hat.

«Na also!» bemerkte Cameron freundlich an der Schwelle des Krankenzimmers. «Was ist denn hier los?» Schon sein Erscheinen beruhigte die Atmosphäre.

«Ich habe das Kind eingerieben, Herr Doktor», flüsterte Mrs. Niven, mit einem giftigen Blick auf Finlay.

Cameron nahm keine Notiz von ihr. Er beobachtete das Kind längere Zeit und lauschte mit gespitztem Ohr der pfeifenden Atmung.

Er sprach nun einschmeichelnd zu der Kleinen. Dann hob er sie mit sanftem, sicherem Griff aus dem Bett und legte – ein Stethoskop verschmähend – sein Ohr an ihre Brust.

Sein Kopf bewegte sich aufwärts, abwärts, dann wieder aufwärts. Er schien beinahe zu lächeln – oder war das nur das Spiel von Licht und Schatten auf seinem faltigen Gesicht? Jedenfalls legte er das Kind wieder ins Bett zurück.

Dann stand er einen Augenblick da und liebkoste mit dem langen, knochigen Zeigefinger seinen Unterkiefer, ehe er sich an Mrs. Duncan wandte.

«Meine Liebe», bemerkte er schlicht, «haben Sie etwas wie eine Haarnadel im Haus?»

«Eine Haarnadel?» stammelte sie und wußte nicht recht, ob er verrückt geworden war oder ob sie vor lauter Angst den Verstand verloren hatte.

«Sehr richtig!» beruhigte er sie. Und als sie ihm mit ungeschickter Hand die Haarnadel reichte, dankte er ihr. «Und jetzt, mein Mädel», fuhr er fort, während er ihr auf die Schulter klopfte, «jetzt lassen Sie uns vielleicht für eine Minute allein; wir haben etwas zu besprechen, mein Kollege und ich.»

Halb verängstigt, halb neugierig ließ sich die kleine Mrs. Duncan sanft aus dem Zimmer schieben.

«Und Sie, Mrs. Niven», sagte Cameron nun in ganz anderem Tonfall. «Sie gehen auch!»

«Ich kann genausogut hierbleiben», antwortete sie trotzig. «Vielleicht brauchen Sie Assistenz? Hier bin ich und hier bleibe ich!»

Eine Wunderkur

Cameron verzog die Stirn zu einer bösen Grimasse, finster wie ein Richter beim Todesurteil.

«Hinaus mit Ihnen!» zischte er. «Hinaus, Sie alte Vettel! Wenn Sie nicht gleich verschwinden... so wahr mich Gott erschaffen hat, kriegen Sie meinen Stiefel in Ihre fetten Hinterbacken!»

Das war sogar der kühnen Mrs. Niven zuviel. Sie zuckte zusammen und war im nächsten Augenblick verschwunden.

Cameron lächelte seinem Assistenten zu:

«Ist es nicht erstaunlich, was man alles durch Güte und durch aufdringliche Unaufdringlichkeit erreichen kann?» Dann fragte er sehr vertraulich: «Nebenbei bemerkt, Finlay, wissen Sie, was ein ‹Quieker› ist?»

«Ein Quieker?» echote Finlay verblüfft.

«Sie haben mich richtig verstanden – ein Quieker.»

Ratlos starrte Finlay ihn an.

«Nun also», erklärte Cameron sonnig, «wenn Sie's nicht wissen, will ich's Ihnen sagen. Ein Quieker ist ein kleiner Gegenstand, der aussieht wie ein Knopf, und er quiekt und pfeift, wenn man hineinbläst. Ein Kinderspielzeug, wissen Sie; man kriegt es in Kramläden auf dem Land und bei Jahrmarktsbuden. Und da wir schon von Kindern sprechen – haben Sie noch nie bemerkt, wie schlimm ein Kind so mit achtzehn Monaten sein kann? Sie stecken sich allerlei Gegenstände in den Mund und in die Ohren und – na ja – manchmal auch in die Nasenlöcher.»

Noch während er sprach, beugte er sich über das Bett, die Haarnadel in der Hand. Rasch und zart glitt das runde Ende der Nadel in das linke Nasenloch des Kindes und kam dann wieder heraus. Und in diesem Augenblick hörte das Pfeifen auf.

«Du großer Gott!» keuchte Finlay.

«Hier haben Sie Ihren Pneumothorax!» bemerkte Cameron sanft und hielt ihm den Quieker auf der Handfläche hin.

Das Baby grinste Cameron freundlich an und begann, zu einer Kugel zusammengerollt, am Daumen zu lutschen.

Finlay wurde knallrot. Beschämt murmelte er ein Eingeständnis seiner Idiotie. Dann streckte er die Hand aus und wollte das Spielzeug nehmen. Aber Cameron steckte es rasch in die Westentasche.

«Nein, nein, Finlay, mein Junge», sagte er freundlich. «Das Zeug nehme ich in Verwahrung. Und wenn ich je wieder sehe, daß Sie Rosinen im Kopf haben, zeige ich Ihnen den Quieker!»

Über diese Wunderkur wurde viel gesprochen. Bob Duncan schrieb die überraschend schnelle Heilung der Geschicklichkeit Camerons zu, während Mrs. Niven darauf schwor, ihre Einreibung mit Leinsamen habe diesen Erfolg erzielt. Doch die kleine Mrs. Duncan hat die verworrene Idee, ihre Haarnadel habe ein Wunder bewirkt.

Pantomime

Ein sensationelles Ereignis

Gewöhnlich sah Levenford kaum etwas vom Theater. Beim Jahrmarkt gab es neben den Schaukeln und Karussells meist auch noch eine Zeltbühne, wo man in einer Atmosphäre von Naphtaqualm und Orangenschalen für zwei Pence «Ein Mädchen auf Abwegen» oder den «Mord in der Roten Scheune» sehen konnte.

Am anderen Pol standen die Konzerte in der Mechanics Hall. Dort gaben an Donnerstagabenden der Wintersaison erlesene Damen und Herren einem gleichermaßen erlesenen Publikum Lieder und Vorträge zum besten.

«Mr. Archibald Small bringt nun ...»

Worauf Mr. Archibald Small mit knarrenden Schuhen in einem geliehenen Frack errötend aufs Podium trat und eine Arie sang.

Zwischen diesen beiden Extremen gab es in Levenford keinen Platz für das Drama, und der sittenstrenge Sinn der Puritaner war zufriedengestellt.

Man stelle sich also die Aufregung vor, als Anfang Dezember bekanntwurde, daß in der Stadthalle eine Pantomime aufgeführt werden sollte.

Eine Pantomime! Für die Kinder natürlich. Dennoch erweckte das in den nüchternsten Herzen einen Schauer des Interesses und brachte ausgesprochenen Betrieb in die amouröse Jugend der Stadt.

Selbst «Doggy» Lindsay, der Sohn des angesehensten Fabrikanten, verhehlte sein Interesse an der Pantomime nicht – natürlich ein überlegenes Interesse, ein ziemlich blasiertes Interesse, denn Doggy war der Mittelpunkt eines kleinen auserlesenen Kreises von Stutzern, der in der Stadt in Kleidung und Betragen den Ton angab.

Dieser Doggy war ein Jüngling mit einem Gesicht von teigiger Farbe und mit einer Neigung zu Pusteln, mit einem lauten, leeren Lachen und einer furchtbaren Herzlichkeit des Gehabens, die sich in einer enervierenden Tendenz äußerte, seine Vertrauten auf den Rücken zu klopfen und einen jeden polternd mit «Mein Alter» anzureden.

«Brandy mit Soda, mein Alter!» Das war nämlich Doggys üblicher Gruß, wenn er mit Kennermiene in der Hall des Gasthofes «Elefant und Schloß» stand.

Er trug farbenfrohe Hemden, funkelnde Manschettenknöpfe und in der Saison einen schnittigen Zylinder, gewaltige Taschen und einen Kragen, der unvermeidlich bis zu Doggys vorstehenden Ohren reichte.

Er affektierte eine Vorliebe für männliche Pfeifen mit furchtbaren Krümmungen und klapperte, wenn er dahinschritt, mit einem schweren Spazierstock. Seine Kenntnis der Frauen galt als enzyklopädisch. Und einmal hatte er auch eine Bulldogge gehalten.

In Wirklichkeit gab es in Doggy kein Gramm Laster. Er litt an einem reichen Vater, einer freigebigen, nachsichtigen Mutter und einer schwachen Konstitution. Man füge noch den albernen Wunsch des Kleinstadtjünglings hinzu, als der teuflischste aller Höllenhunde zu erscheinen, und man hat Doggy, wie er leibte und lebte.

Ein hirnloser Laffe

Die Pantomime kam, ein fünftklassiges Ensemble aus Manchester, das hierher in die nördlichen Wildnisse in der Erwartung gekommen war, den Eingeborenen Aschenbrödel vorzuführen. Aber die Eingeborenen erwiesen sich weniger zugänglich, als man erwartet hatte.

In Paisley hatte es nicht Blumensträuße, sondern Tomaten auf die Mitglieder der Tournee geregnet, und in Greenock gab es eine Sintflut fauler Eier. Und so kam es, daß die Gaukler, als sie nach Levenford kamen, schon recht demoralisiert waren.

Der Komiker sah ein wenig hergenommen aus, der Chor hatte das Reißen, und Mr. Samuel, der Prinzipal, erwog insgeheim schon, was für eine dringende geschäftliche Angelegenheit ihn plötzlich nach Manchester zurückrufen könnte.

Zwei Tage nach der Antrittsvorstellung in der Stadthalle begegnete Finlay dem jungen Doggy Lindsay in der High Street. «Hallo, mein Alter», rief Doggy.

Er suchte den Umgang mit Finlay, da dieser in den okkulten Geheimnissen des Körpers Bescheid wußte. Doggys Gemüt war primitiv, und seine Erotik drückte sich in dem Interesse am Anatomieatlas aus.

«Hallo, mein Alter! Schon in der Panto gewesen?»

«Nein», sagte Finlay. «Ist sie gut?»

«Gut!» Doggy warf den Kopf zurück und lachte grölend. «Mein Gott, sie ist grauenhaft! Sie ist elend, sie ist furchtbar, sie ist ein Mist! Aber trotz all dem, Finlay, mein Alter, ist sie die Höhe!»

Er lachte abermals grölend auf, dann nahm er Finlays Arm und fragte: «Haben Sie Dandini gesehen?»

«Nein! Nein! Ich sage Ihnen ja, daß ich nicht in der Stadthalle war.»

«Sie müssen Dandini sehen, Finlay», flehte Doggy, Tränen des Lachens im Auge. «Bei Gott, Sie müssen! Ein altes Droschkenpferd im Trikot. Sie wissen, was ich meine. Mindestens fünfzig Jahre alt und tanzt wie eine Tonne voll Ziegel. Dabei eine Stimme, die man überhaupt nicht hört – ach, der Himmel stehe mir bei, der bloße Gedanke an sie macht mich hysterisch.»

Er brach ab, ganz verkrampft vor Erheiterung, dann aber bemeisterte er sich, trocknete sich die Augen und erklärte:

«Sie müssen sie sehen, mein Alter. Bei meiner Seele, Sie müssen. Das ist ein Fest, das man nicht versäumen darf. Ich habe für jeden Abend Cerclesitze. Gehen Sie doch heute mit. Peter Weir kommt auch und Jackson vom ‹Advertiser›!»

Finlay musterte Doggy mit gemischten Gefühlen, manchmal hatte er den Jungen wirklich recht gerne, manchmal verabscheute er ihn beinahe.

Es lag ihm schon eine Ablehnung dieser Einladung auf der Zunge, doch irgendein unbestimmtes Interesse – man kann es auch Neugier nennen, wenn man will – lockte ihn.

Er sagte ziemlich kurz:

«Vielleicht schaue ich mal hinein, wenn ich Zeit habe. Reservieren Sie jedenfalls einen Platz für mich.» Nachdem er dann Doggys überschwengliches Angebot eines Brandys mit Soda abgelehnt hatte, ging er weiter zu seinen Patienten.

Am Abend «schaute» er wirklich «hinein», nachdem er vorerst Cameron wegen der «Standesgemäßheit» dieses Amüsements sondiert hatte. Cameron musterte ihn mit leichtem Spott und billigte den Plan.

«Gehen Sie nur, wenn's Ihnen Spaß macht, und ich erledige den Rest der Ordination. Es wird nichts schaden, wenn Sie den jungen Lindsay abhalten, Unfug zu treiben. Er ist ein hirnloser Laffe, aber ich möchte darauf wetten, daß ein guter Kern in ihm steckt.»

Ihre tragischen Augen

Die Pantomime hatte kaum erst begonnen, als Finlay leise seinen Platz einnahm, doch schon war das Publikum, das hauptsächlich aus jungen Lehrlingen von der Schiffswerft bestand, dabei, seinen Ulk zu treiben.

Es war wirklich eine armselige Aufführung, und die akute Nervosität der Darsteller machte sie ganz grauenhaft. Und dann natürlich Dandini!

Dandini, Page Nummer zwei. Dandini – Dandini, der Spiegel der Mode, das Echo des Hofes, der blendende Trabant des Fürsten.

Finlay schaute auf sein Programm, Letty le Brun hieß sie. Was für ein Name! Und was für eine Frau!

Sie war ein großes, ausgemergeltes Geschöpf mit verwüsteter Gestalt – ein hohlbusiges, eingefallenes Gespenst mit roten Flecken auf den Bakkenknochen und in einem merkbar ausgestopften Trikot.

Sie ging ohne Schwung und tanzte in einer Art Lethargie. Sie hatte kein einziges Lied zu singen, und wenn der Chor den Refrain aufnahm, bewegte sie nur die Lippen. Finlay hätte darauf schwören mögen, daß sie überhaupt nicht sang. Aber ihre Augen faszinierten ihn, große blaue Augen – sie mußten einst schön gewesen sein, waren aber jetzt erfüllt von Jammer – gemischt mit Verachtung.

Jedesmal, wenn man sie verlachte – und das geschah oft –, zuckten diese tragischen Augen in dem ruhigen, stoischen Gesicht.

Es wurde schlimmer, je weiter die Aufführung ging – Pfeifen, Miauen und schließlich Rufe. Doggy war in Ekstase, er kniff Finlay in den Arm und wälzte sich hilflos auf seinem Sitz.

«Ist sie nicht die Höhe? Ist sie nicht zum Brüllen? Ist sie nicht das komischste Ding seit Großmamas Zeiten?» Es war so, als wäre sie ein neuer Star und er der Impresario, der sie entdeckt hatte.

Aber Finlay lächelte nicht. Tief in seinem Gemüt schmerzte ihn etwas, als sähe er die Erniedrigung einer Seele.

Endlich fiel zum letztenmal der Vorhang, unter einem donnernden, höhnischen Applaus. Und Finlay hätte vor Erleichterung schreien können. Aber Doggy hatte noch nicht genug – noch lange nicht genug, wie er seinen Gefährten versicherte. «Wir gehen jetzt hinter die Bühne», verkündete er zwinkernd.

Etwas Raffiniertes war noch in Vorbereitung, eine üppigere Satire als das primitive Schauspiel eines Bombardements mit Eiern.

Hinter der Szene

Finlay wollte Einspruch erheben, aber sie waren schon unterwegs – Doggy, Jackson und der junge Weir. So folgte er ihnen durch die zugigen Steinkorridore des Rathauses, über knarrende Treppen in die Garderobe Letty le Bruns.

Das war natürlich ein gemeinsamer Umkleideraum, notdürftig abgeteilt, mit zerrissenen Tapeten und schwitzenden Wänden, aber die meisten Mitglieder des Ensembles hatten sich schon wegbegeben – gewiß reichlich froh, endlich in ihr Quartier zu kommen.

Aber Letty war da. Sie saß an einem mit Gegenständen überhäuften Tisch und machte sich langsam das Kleid zu.

Aus der Nähe entdeckte man erst so recht, wie verwüstet ihre Gestalt war. Sie hatte sich die Fettschminke vom Gesicht gewaschen, aber zwei hellrote Flecke lagen noch auf den Backenknochen, und dunkle Schatten breiteten sich unter den großen blauen Augen. Sie musterte sie stumm.

«Nun, Jungens?» sagte sie schließlich, nicht ohne eine gewisse Würde. «Was wollt ihr?»

Doggy trat vor, mit merklich gespielter Galanterie – oh, er war ein Witzbold, dieser Doggy Lindsay!

«Miss le Brun», sagte er fast süßlich. «Wir waren heute von Ihrer Leistung sehr beeindruckt und sind gekommen, Ihnen zu gratulieren und Sie zu fragen, ob Sie uns die Ehre erweisen wollen, mit uns zu soupieren.»

Schweigen, während im Hintergrund der junge Weir mit einem Anfall von Lachen kämpfte.

«Ich kann heute abend nicht ausgehen, Jungens. Ich bin zu müde.»

«Oh! Aber, Miss le Brun ...», beharrte Doggy. «Ein kleines Souper. Eine Schauspielerin von ihrer Erfahrung wird doch gewiß nicht zu müde sein.»

Sie umfaßte sie alle mit jenem traurigen, fast ruhigen Blick. «Sie weiß, daß er sie verhöhnt», dachte Finlay mit plötzlichem Schmerz. «Und sie nimmt es auf wie eine Königin.»

«Vielleicht komme ich morgen abend, wenn Sie mich einladen.»

Doggy strahlte.

«Grandios! Grandios!» blökte er und nannte Lokal und Stunde.

Dann überbrückte er die nun folgende Pause in seinem üblichen brillanten Stil und funkelte sie mit seiner goldenen Zigarettendose an.

Aber sie schüttelte den Kopf.

«Jetzt nicht, danke.» Ihre Lippen formten ein kurzes Lächeln. «Ich habe Raucherhusten.»

Wieder eine recht peinliche Pause. Es wurde ja doch nicht so komisch, wie sie erwartet hatten. Aber Doggy war der Situation gewachsen.

«Nun schön, Miss le Brun, wir sagen also jetzt au revoir. Wir erwarten Sie morgen abend. Und nochmals unsere Gratulationen zu Ihrer wunderbaren Leistung.»

Sie lächelte wieder ruhig, während sie fortgingen.

Sechs Monate

Am nächsten Morgen warf Cameron einen Brief, der gerade gekommen war, über den Frühstückstisch zu Finlay hinüber.

«Da!» kündete er trocken an. «Vielleicht übernehmen Sie den Fall, da Sie sich ja so fürs Theater interessieren.»

Es war ein Brief, in dem der Arzt gebeten wurde, Letty le Brun in ihrer Wohnung aufzusuchen.

So kam es, daß Finlay am Vormittag in das Haus Nr. 7 der Church Street ging.

Er ging früh hin, getrieben von einer seltsamen Neugier und einer seltsamen Scham.

Etwas von diesem Gefühl mußte sich in seinem Gesicht gezeigt haben, als er das Zimmer betrat, denn Letty lächelte ihm zu – fast beruhigend.

«Schauen Sie nicht so verlegen drein», sagte sie mit ihrem gewohnten Gleichmut. «Ich wollte, daß Sie kämen. Ich brachte in Erfahrung, wer Sie sind, als Sie fortgegangen waren. Sie waren der einzige, der nicht versucht hat, sich über mich lustig zu machen ...»

Sie lag im Bett, von ein paar Dingen umgeben, die offensichtlich ihr Eigentum waren – ein Foto in einem gehämmerten Silberrahmen, eine Kristallflasche mit Kölnischwasser, eine kleine Schweizer Reiseuhr, die jetzt traurig verbeult, einst aber hübsch gewesen war.

Überhaupt lag über dem gewöhnlichen Zimmer eine sonderbare Vornehmheit, die nur sie dem Raum mitgeteilt haben konnte. Finlay fühlte dies sehr deutlich, und sein Ton war seltsam zurückhaltend, als er fragte, was er für sie tun könne.

Sie bedeutete ihm, Platz zu nehmen, und legte sich für einen Augenblick in die Kissen zurück, ehe sie antwortete:

«Ich möchte, daß Sie mir sagen, wie lange ich noch zu leben habe.»

Sein Gesicht war eine Studie. Vielleicht belustigte es sie sogar ein wenig, denn sie lächelte matt, bevor sie weitersprach:

«Ich habe Schwindsucht – pardon, Sie hören es wohl lieber, wenn ich Tuberkulose sage. Ich möchte, daß Sie meine Lungen untersuchen und mir sagen, wie lange ich es noch mitmachen muß.»

Er hätte sich für seine Dummheit verwünschen können. War er denn blind gewesen, daß er das nicht gesehen hatte? Alles war da – die hektische Rötung, die Abmagerung, die beschleunigte Atmung – alles.

Jetzt lag auch kein Geheimnis mehr in jener sonderbaren, tragischen Lässigkeit ihres Auftretens am Abend vorher.

Er stand hastig auf und nahm, ohne ein Wort zu sagen, sein Stethoskop.

Er wendete lange Zeit an die Untersuchung, obgleich es einer eingehenden Auskultation gar nicht bedurfte, so gewaltig waren die Läsionen.

Ihre rechte Lunge war völlig zerstört, die linke durchsetzt mit aktiven Herden der Krankheit. Als er zu Ende war, schwieg er.

«Nur los!» ermutigte sie ihn. «Haben Sie keine Angst, es mir zu sagen.»

Endlich erklärte er, zutiefst verwirrt:

«Sie haben vielleicht noch sechs Monate.»

«Sie sind sehr gütig», sagte sie, während sie sein Gesicht studierte. «Sie meinen nämlich sechs Wochen.»

Er antwortete nicht. Ihn packte tiefes Mitleid.

Nun sah er sie an und versuchte, dieses eingefallene Gesicht zu rekonstruieren. Sie war gar nicht alt. Die Krankheit hatte sie alt gemacht, nicht die Jahre.

Ihre Augen waren wirklich außerordentlich schön; sie mußte eine liebenswerte Frau gewesen sein – ganz offenbar eine Frau mit Geschmack. Und jetzt mußte sie in dieser zehntrangigen Pantomime Grimassen schneiden und war eine Zielscheibe des Spottes für jeden Provinzlümmel!

Das Souper

Ungewollt und ungeschickt formten sich seine Gedanken zu Worten.

«Sie sollten sich um diese Einladung heute nicht kümmern. Sie sind doch sichtlich nicht fähig hinzugehen.»

«Oh, aber ich gehe doch. Es ist so lange her, seit ich zu Soupers eingeladen wurde. Und es wird wohl noch länger dauern, bis es wieder der Fall ist.»

«Aber verstehen Sie denn nicht ...» unterbrach er.

«Ich verstehe», antwortete sie. «Aber wenn es den Jungen Vergnügen macht, sollen sie doch ihren kleinen Spaß haben. Das Leben ist schon so – bloß ein kleiner Spaß.»

Sie lag da und starrte durch das Fenster ins Weite.

Dann zog sie, als käme sie zu sich, ihre Börse unter dem Kissen hervor und bat Finlay, sein Honorar zu nennen.

Finlay errötete heftig; ihre Notlage war so offenkundig. Aber er war taktvoll, trotz aller Ungeschliffenheit.

Er hatte die Kultur, ihr das Honorar zu sagen – und nahm es schweigend entgegen.

Beim Fortgehen sagte sie:

«Also, ich hoffe, Sie abends zu sehen.»

Den ganzen Tag konnte er den Gedanken an sie nicht loswerden.

Er ertappte sich dabei, daß er den Abend herbeiwünschte. Er wollte sie wiedersehen, wollte ihr helfen, wenn es möglich war, wollte das verwirrende Rätsel lösen, das sie aufgab. Und doch hatte er in gewissem Sinne auch Angst vor dem Abend. Er fürchtete, sie durch Doggys unerträgliche Possen verletzt zu sehen.

Endlich wurde es elf Uhr, die für das Abendessen festgesetzte Zeit. Der Treffpunkt war ein kleines Restaurant, das unlängst in der Church Street von einem Mann namens William Scott eröffnet worden war, ein recht anständiges Lokal, hauptsächlich von Geschäftsreisenden besucht und mit einem gewissen Geschmack eingerichtet.

Natürlich schloß dieses Lokal lange vor elf, aber Doggy, der alle und alles kannte, hatte Scott dazu bewogen, in dem kleinen Raum bei flakkerndem Kaminfeuer ein wirklich gutes Essen servieren zu lassen.

Es war ein sehr hübsches Extrazimmer, mit einem guten Teppich und einem Flügel, der in der Ecke bei den roten Samtvorhängen stand und, wenn man tanzte, in die große Halle hinausgerollt wurde.

Einstige Herrlichkeit

Finlay kam früh, aber es dauerte nicht lange, und die anderen erschienen, zuerst Doggy mit höchst gewichtiger Miene, als wollte er ankündigen, daß er ein Mitglied der königlichen Familie begleite.

«Dandini!» rief er mit einer Reverenz. «Dandini tritt auf!»

Jackson und der junge Weir waren offenbar darauf dressiert worden, ihre Stichworte von Doggy in Empfang zu nehmen, denn sie bahnten mit übertriebener Ehrerbietung Letty den Weg, als sie nun zum Kamin ging.

Sie trug ein sehr einfaches dunkelblaues Kleid und sah, vielleicht deshalb, weil sie den ganzen Nachmittag gerastet hatte, besser aus – zumindest war ihr Gesicht nicht so eingefallen.

Man setzte sich sofort zu Tisch. Es gab ausgezeichnete Tomatensuppe, danach kaltes Huhn und eine gute Zunge in Aspik.

Dann entkorkte Doggy mit Kennermiene eine Champagnerflasche und griff großartig nach Lettys Glas.

«Sie trinken doch natürlich Champagner?» fragte er und zwinkerte Weir zu.

Sie mußte dieses Zwinkern gesehen haben, doch sie beachtete es nicht. Sie erwiderte schlicht:

«Ich habe Veuve Cliquot gern getrunken. Aber jetzt habe ich schon lange keinen mehr gehabt.»

«Aber, aber, Miss le Brun», bemerkte Doggy. «Das kann doch nicht Ihr Ernst sein. Ihr Stars der Pantomime laßt euch gewiß nichts abgehen, meine ich.»

In völligem Gleichmut antwortete sie:

«Wir bekommen auf Tournee schauerliche Kost. Ich habe schon seit Wochen nicht anständig gegessen. Darum macht mir das heute solche Freude.» Sie trank ein wenig Champagner. «Er ist sehr gut.»

«Aha, Miss le Brun», höhnte Doggy. «Man sieht gleich, daß Sie Kennerin sind. Sie waren wohl schon bei vielen Soupers. Also los! Erzählen Sie uns doch von diesen mitternächtigen Gesellschaften, die man Ihnen zu Ehren gab!»

«Ja, man hat mich zu Soupers geführt. Oft zu Romano und auch zu Gatti und ins Café Royal.»

Doggy grinste. Endlich wurde es das Richtige; sie biß an. In einer Minute wollte er sie zum Reden gebracht haben.

Mit einem Grinsen füllte er ihr das Glas nach.

«War das, als Sie in London auftraten?»

«Ja, in London.»

«Natürlich haben Sie da in – nun, in größeren Pantomimen mitgewirkt als in dieser, Miss le Brun? Eine Künstlerin von Ihrem Genie...»

Finlay knirschte mit den Zähnen über Doggys Unerzogenheit, aber ehe er noch eingreifen konnte, sagte sie kopfschüttelnd:

«Nein, das ist mein erster Versuch in der Pantomime –» sie warf Finlay einen Blick zu – «und mein letzter.»

«War Ihre Spezialität die Große Oper?» fragte Doggy mit heimtückischer Beharrlichkeit.

Diesmal nickte sie ruhig.

«Ja, die Große Oper.»

Das Blatt wendet sich

Das war zu viel, oh, viel zu viel! Die Große Oper! Die Jünglinge brachen beinahe zusammen. Der junge Weir stieß ein grölendes Lachen aus; selbst der gelassene Jackson grinste. Aber Doggy erstickte sein Lachen, aus Angst, den Spaß zu verderben.

«Verzeihen Sie ihnen, bitte, Miss le Brun. Das bißchen Champagner scheint schon gewirkt zu haben. Sie sprachen von der Oper, Miss le Brun.» Sie sah ihn mit traurigen, aber ruhigen Augen an.

«Nennen Sie mich doch nicht mehr mit diesem lächerlichen Namen. Der gilt nur für die Pantomime.

Mein wirklicher Name ist Grey – Letty Grey –, ein ziemlich häufiger Name in Australien, woher ich komme, aber es ist der Name, unter dem ich auftrat.»

Ein sonderbares kurzes Schweigen folgte.

Dann ließ Jackson, der auf sein journalistisches Gedächtnis stolz war und die Geschichte aller Berühmtheiten im Kopf hatte, ein langes, spöttisches Pfeifen hören.

«Letty Grey! Sie wollen uns doch nicht weismachen, daß Sie Letty Grey sind!»

«Sie brauchen mir ja nicht zu glauben, wenn Sie nicht wollen.»

«Aber Letty Grey war doch berühmt. Sie kam aus Australien und sang in Covent Garden. Sie sang die Isolde, die Aida, in der ‹Bohème›. Sie feierte Triumphe in ‹Madame Butterfly›. Vor zehn Jahren war Letty Grey der Liebling Londons.»

«Und jetzt ist sie hier.»

Jackson starrte sie ungläubig an.

«Ich glaube Ihnen nicht», erklärte er kurzweg. «Letty Grey konnte singen. Sie können aber nicht für einen Penny singen.»

Sie leerte ihr Glas. Der Champagner, der ihr im Kopf wirbelte, verlieh ihren Augen einen ungewohnten Glanz, und ihre Wangen waren tief gerötet.

«Sie haben mich nie singen hören», sagte sie, und jetzt klang eine sonderbare Geringschätzung in ihrer Stimme. «Ich habe jahrelang nicht gesungen.»

Sie blickte wieder zu Finlay hin.

«Er könnte Ihnen sagen, warum. Aber jetzt habe ich Lust zu singen. Ja, ich glaube, ich werde jetzt singen. Ich will den Herren vorsingen, um mein Abendessen zu bezahlen.»

Nun glich sie einer Königin, die zu einer Gruppe von Dorflümmeln spricht.

Doggy und Weir starrten sie mit offenem Mund an, während sie aufstand und zu dem Piano ging.

Ihr letzter Gesang

Sie öffnete das Klavier und ließ ihre Finger über die Tasten gleiten.

Dann machte sie eine Pause, eine lange, dramatische Pause. Sie warf den Kopf zurück, atmete tief und begann zu singen. Sie sang in deutscher Sprache – ein Lied von Schubert. Ihre Stimme, die einen Augenblick unsicher war wie ein lange nicht benütztes Instrument, schwoll in dem kleinen Raum mit einer geradezu göttlichen Reinheit an.

Immer heller, immer heller klang diese Stimme, erhob sie alle, verzauberte die Luft mit ihrer himmlischen Harmonie.

Tödliches Schweigen trat ein, als das Lied zu Ende war.

Jackson starrte vor sich hin, als hätte er ein Gespenst gesehen, und in den Augen des jungen Weir war ein Ausdruck von Angst und bitterer Scham.

Aber sie wußte nichts mehr von ihnen. Rasch atmend, neigte sie sich ein wenig vor und verharrte so mit jenem abwesenden, verträumten Gesichtsausdruck.

Dann sang sie wieder, als wäre es für sie allein, den «Liebestod» der Isolde.

Als sie zu Ende war, saßen die anderen noch immer da wie versteinert. Doch endlich kam Leben in Doggy.

«Großer Gott!» flüsterte er demütig. «Das war herrlich.»

Sie wandte sich zu ihnen um und sagte mit ihrem halben Lächeln: «Jetzt lassen Sie mich ‹Allan Water› singen.»

Finlay, der sie beobachtet hatte, der gesehen hatte, wie ihr Atem flog, sprang auf.

«Nein, nein!» rief er. «Um Gottes willen nein – singen Sie nicht mehr!»

Aber sie hatte schon begonnen. Die rührenden Worte des alten schottischen Volksliedes erklangen mit einem unvorstellbaren Pathos.

«An dem Strand von Allan Water,
Als der holde Lenz vorbei . . .»

In Finlays Augen standen Tränen; Doggy hatte den Kopf auf die Hände gelegt. Doch während sie verzaubert lauschten, brach diese Stimme, die im zweiten Vers zu einer letzten göttlichen Note angestiegen war, plötzlich ab und erstarb.

Letty Grey schwankte auf ihrem Sitz, ein leichter scharlachroter Schaum trat auf ihre Lippen.

Sie sah sie mit halberloschenem Blick an, sie neigte sich hilflos zur Seite.

Finlay fing sie auf, ehe sie stürzte. Während die anderen lärmend vom Tisch aufsprangen, keuchte Jackson:

«Was ist geschehen?»

«Ein Blutsturz», sagte Finlay kurz. «Bringt kaltes Wasser, rasch!»

Er trug sie auf das Sofa in der anderen Ecke des Raumes.

Doggy stand schlotternd da.

«Ich bin schuld! Ich bin schuld! O Gott! Was kann ich für sie tun?»

«Holen Sie einen Wagen, Sie Dummkopf», sagte Finlay. «Wir müssen sie ins Spital bringen.»

Als sie sie ins Cottage Hospital gebracht hatten, war sie wieder bei Bewußtsein. Ja, sie erholte sich sogar in den nächsten Tagen, ehe sie dann langsam zu verfallen begann.

Alles in allem lebte sie noch drei Wochen.

Sie war völlig ruhig. Sie hatte keine Schmerzen. Sie hatte, was sie wollte und brauchte.

Dafür sorgte Doggy. Er bezahlte alles. Er brachte ihr jeden Tag Blumen – ganze Mengen von Blumen, die jenes schwache, flüchtige Lächeln auf ihre eingefallenen Züge zauberten.

Er war bei ihr, als sie starb, und als er an jenem kalten Januarnachmittag das Spital verließ, stand eine seltsame neue Festigkeit in seinem Gesicht geschrieben.

Letty Grey wurde im Friedhof von Levenford begraben.

Jede Woche wandert Doggy dorthin, mit seinem großen Stock und seiner Pfeife. Er hat seinen Schmiß verloren, sein albernes Lachen, und ein wenig auch seine Vorliebe für Brandy mit Soda.

Aber dafür hat er jetzt etwas von einem Mann.

Finlays Roßkur

Der Schandfleck der Gegend

Wenn sich Finlay nach einem langen Tag der Wagenfahrten nach körperlicher Bewegung sehnte, ging er abends oft zum Lea Brae.

Zu jener Zeit hatten die arrivierten Bürger noch nicht begonnen, ihre schachtelförmigen Villen auf jener Anhöhe zu bauen, die sich weit nach Westen zum Firth hin erstreckt, und sie war ein beliebtes Ziel für Spaziergänge, zu dem man von Levenford aus über einen sanften Hang hinaufgelangte.

Von der Höhe bot sich ein herrlicher Ausblick. An stillen Sommerabenden, wenn die Sonne hinter den Bergen unterging und die breite Wasserfläche der Bucht vor einem lag, an deren fernem Horizont die Rauchfahne eines Dampfers aufstieg, war es ein Ort, der einem die Seele aufwühlte.

Und doch war Finlays Freude daran durch Sam und seinen Rollstuhl verdorben.

Da kam Sam herangerollt, mit rotem Gesicht, platzend vor Fett, in seine Kissen zurückgelehnt wie ein Lord, während der arme Peter Lennie keuchend dahinter ging und den Karren schob.

Wenn dann auf der Höhe Peter schnaufend den Schweiß von der Stirn wischte, nahm Sam majestätisch die Hände von dem kleinen metallenen Lenkrad, zog einen Priem aus seiner Tasche, biß ein riesiges Stück ab und starrte, mit Mundbewegungen wie ein gewaltiger wiederkäuender Ochse, feierlich – nicht auf die Gegend, sondern auf den steil abwärts führenden Hang, als wollte er sagen: «Hier, meine Freunde! Hier ist die Stelle, an der jene furchtbare Sache passierte!»

Das alles lag fünf lange Jahre zurück.

Damals war Peter Lennie ein munterer junger Geselle von siebenundzwanzig Jahren, sehr bescheiden und gefällig, und besaß in der College Street einen kleinen Kaufladen, dem er nicht ohne eine gewisse schüchterne Kühnheit den Namen «Lennies Warenhaus» gegeben hatte.

In Romanen ist es Tradition, daß sanfte kleine Männer große herrschsüchtige Frauen haben, aber in Wirklichkeit trifft das nur selten zu. Und Retta Lennie war ebenso klein, zart und fügsam wie ihr Gatte.

Infolgedessen wurden sie im Geschäft oft übers Ohr gehauen. Aber trotzdem ging es ihnen recht gut; die Zukunft lag angenehm vor ihnen, und sie lebten mit ihren beiden Kindern behaglich in einem villenartigen Haus in Barloan, einem hübschen Wohnviertel, in dem zu leben der Ehrgeiz aller Kaufleute von Levenford war.

Nun verbarg sich in Peter Lennie, dem unscheinbaren kleinen Kaufmann, der die Kunden selbst bediente, ein unvermutetes Sehnen nach dem Abenteuer. Wenn er am Sonntagmorgen nachdenklich an der Seite Rettas im Bett lag, gab es Augenblicke, in denen er mit nachdenklich gefurchter Stirn zur Decke hinaufschaute und plötzlich, während Retta ihn mit bewundernden Blicken maß, erklärte:

«Indien!» Es konnte auch China sein. «Das ist ein Land, das wir uns einmal anschauen müßten!»

Vielleicht war diese romantische Kühnheit der Grund für den Ankauf des Tandems, denn obgleich gerade zu jener Zeit die Mode des «zweisitzigen Fahrrads» ihren Höhepunkt erreicht hatte, hätte Peter normalerweise niemals so vorschnell gehandelt.

Doch das Tandem kaufte er, ein funkelnd neues Vehikel, eine bösartig aussehende, gummibereifte Maschine, die einen Haufen Geld kostete und, als sie ausgepackt wurde, der kleinen Retta den ungläubigen Schrei entlockte:

«Oh, Peter!»

«Steig auf», bemerkte er und versuchte, lässig zu sprechen. «Siehst du – hier! Es ist ganz einfach.»

Es war jedoch nicht so ganz einfach. So ergab sich zum Beispiel die Schwierigkeit mit Rettas Pumphosen. Sie war eine züchtige Frau, die kleine Retta, und es kostete ihren Gatten eine Woche triftiger Argumente und heftigen Zuredens, ehe er sie in diesem modischen, aber offensichtlich unanständigen Kleidungsstück ans helle Tageslicht locken konnte.

Peter selbst trug eine Sportjacke, deren Gürtel recht unternehmungslustig geöffnet war, so daß er, selbst wenn er das Tandem nur schob, furchtbar schneidig aussah. Als nun Peter und Retta von Kopf bis Fuß eingekleidet waren, wandten sie sich der Aufgabe zu, die Maschine zu meistern.

Sie übten in der Dämmerung, voll Scheu, in den stillen Gassen von Barloan, und sie fielen sehr oft auf das komischste um.

Oh, das war ein großer Spaß! Retta wirkte in ihren Hosen außerordentlich anziehend, und Peter hatte große Freude daran, sie aufzuheben, wenn sie kichernd und mit geröteten Wangen anmutig im Staub strampelte.

Es war wie in den Zeiten ihrer ersten Bekanntschaft, als er begonnen hatte, ihr den Hof zu machen. Und als sie endlich trotz allen Gesetzen der Schwerkraft rund um den Barloan Toll gefahren waren, ohne ein einziges Mal ins Wanken zu geraten, stimmten sie darin überein, daß das Leben noch nie zuvor so aufregend gewesen sei wie jetzt.

Peter zückte bedeutsam eine neu gekaufte Straßenkarte und erklärte, am Sonntag würden sie ihre erste wirkliche Tour unternehmen.

Jener Sonntag brach schön an; der Himmel war klar und der Boden trocken. Sie fuhren los. Peter makellos über die vordere Lenkstange gebeugt und Retta mannhaft hinter ihm her tretend. Sie fuhren die High Street hinab, stolz auf die bewundernden, ja sogar neidischen Blicke der Passanten.

Kling-kling-kling; kling-kling-kling ging ihre kleine Glocke. Es war ein großer Augenblick. Kling-kling-kling. Sie bogen – «ruhig, Retta, nur ruhig!» – nach links über die Brücke, mühten sich gebückt die Steigung von Knoxhill hinan, dann fuhren sie über den Rücken des Lea Brae.

Jetzt ging's den Brae hinab, schneller und immer schneller. Der Wind pfiff ihnen um die Ohren. Niemals hatte es einen schnelleren Flug gegeben!

Es war großartig, es war herrlich, aber, o Himmel, es war furchtbar rasch! Viel, viel rascher, als sie vermutet hatten.

Nach dem ersten augenblicklichen Entzücken wurde Retta blaß.

«Bremsen, Peter, bremsen!» schrie sie.

Nervös drückte er auf die Bremse; das Tandem erschauerte, und Retta wäre beinahe über die Schultern ihres Mannes hinweggeflogen.

Da verlor er völlig den Kopf. Er ließ die Bremse ganz los und versuchte, seine Füße aus den Pedalen zu befreien.

Die Maschine nahm jetzt das Gebiß zwischen die Zähne und schoß hügelabwärts wie eine verrückt gewordene Rakete.

Am Fuß des Brae stand Sam Forrest.

Sam war am Gestade von Lea gewesen und hatte nach Strandgut Ausschau gehalten. Das war die eine seiner beiden Beschäftigungen. Die andere bestand darin, daß er mit emsigem Eifer den Eckplatz in der Flitters Bar besetzt hielt.

Eigentlich war Sam so selten irgendwo anders als in dieser Schankstube, daß er nie in ernste Gefahr kam zu fallen.

Die nackte Wahrheit ist, daß Sam ein Tagedieb war, ein großer, dikker Lümmel und Tunichtgut, mit einer Frau, die als Wäscherin arbeitete, und einem ganzen Haus voll lärmender Kinder, die vom Waschen nichts wußten.

Mit einer zugleich faszinierten und nachdenklichen Miene sah Sam das Fahrrad nahen.

Es kam so rasch, daß er eine Sekunde lang nicht wußte, ob er richtig sah. Am Abend vorher, am Samstag, hatte er eine schwere Sitzung gehabt, und sein Kopf war noch immer ein wenig umnebelt.

Abwärts, abwärts, abwärts sauste das Tandem.

Peter machte mit schreckerstarrtem Gesicht einen letzten Versuch, die Maschine zu meistern.

Die aber stieß an den Randstein, schoß quer über die Straße und krachte geradewegs in Sam.

Sie traf ihn mitten ins Hinterteil, als er gerade anfangen wollte zu laufen. Man hörte ein verzweifeltes Gebrüll Sams, ein lautes Klirren der Bestandteile des Fahrrades, die voneinander Abschied nahmen, und dann trat langes Schweigen ein.

Endlich krabbelten Retta und Peter aus dem Straßengraben heraus. Ungläubig sahen sie einander an, als wollten sie sagen: «Das ist doch nicht möglich! Wir können doch gar nicht am Leben sein?»

Verdattert und matt grinste Peter Retta an, und Retta, die sich einer Ohnmacht nahe fühlte, erwiderte mühsam dieses Lächeln. Doch plötzlich erinnerten sie sich.

Was war mit Sam? Ach, der arme Sam lag stöhnend im Staub.

Sie stürzten zu ihm hin.

«Sind Sie verletzt?» rief Peter.

«Ich bin tot», ächzte er. «Ihr habt mich umgebracht, ihr verfluchten Mörder!»

Verhängnisvolle Worte

Furchtbares Schweigen, zu dem Sams Stöhnen den Takt schlug.

Nervös versuchte Peter, den Gestürzten, der doppelt so schwer war wie er, aufzurichten.

«Lassen Sie mich! Lassen Sie mich!» plärrte Sam. «Sie reißen mich ja in Stücke!»

Retta wurde noch viel bleicher.

«Stehen Sie auf, Sam, bitte!» Sie kannte ihn gut, hatte sie ihm doch erst vor einer Woche den Kredit verweigert.

Aber Sam stand nicht auf. Der geringste Versuch, ihn hoch zu bringen, rief bei ihm die schrecklichsten Zuckungen hervor, und seine massigen Büffelbeine schienen ihn nicht besser tragen zu können, als wenn sie aus Puddingmasse gewesen wären.

Nun waren Retta und Peter am Ende ihrer Weisheit; sie sahen Sam als verstümmelten Leichnam und sich selber totenblaß auf der Anklagebank, während sich der Richter streng das schwarze Barett aufsetzte.

Immerhin kam in diesem Augenblick Hilfe in Gestalt von Raffertys leichtem Lieferwagen.

Rafferty, der Butter- und Eiermann, dem der Sonntag, sobald einmal die Frühmesse vorbei war, gleich jedem anderen Tag galt, war in Ardfillan gewesen, um Eier einzusammeln. Und mit seiner Hilfe wurde Sam zwischen die Eierkörbe bugsiert und nach Hause gebracht.

Ein paar Eier wurden bei dieser Prozedur zerdrückt, aber für Peter und Retta war das gleichgültig. Sie wollten alles bezahlen, beteuerten sie leidenschaftlich. O ja, sie wollten zahlen – das alles spielte ja keine Rolle, sofern nur Sam glücklich heimkomme.

Endlich war Sam zu Hause und im Bett, umgeben von seiner neugierigen Nachkommenschaft, gestützt von den schrillen Lamentationen seiner Frau.

«Einen Arzt!» winselte sie. «Wir werden einen Arzt brauchen!»

«Ja, ja», stammelte Peter. «Ich hole einen Arzt.»

Woran hatte er denn eigentlich gedacht? Natürlich mußte ein Arzt her!

Er jagte die schmutzige Treppe hinab und eilte wie ein Wirbelwind nach dem nächsten Arzt. Damals hatte Dr. Snoddy die reiche Mrs. Innes noch nicht geheiratet und war noch nicht in das vornehme Knoxhill übergesiedelt.

Seine Ordination befand sich noch immer – ganz und gar nicht distinguiert – in der High Street. Und Snoddy war es, der zu Sam berufen wurde.

Sam lag auf dem Rücken, den Mund offen und die Augen zu.

Kein Märtyrer hatte je solche Qualen erduldet wie Sam während der Untersuchung.

Sein Stöhnen lockte eine ganze Schar Menschen vors Haus, denn man glaubte, Sam verdresche wieder einmal sein Weib; doch als dann die Wahrheit bekannt wurde, war das Mitgefühl mit Sam enorm.

Der Doktor wußte sich keinen Rat, war aber sehr erschüttert von Sams Zustand – es war nicht möglich, einen Knochenbruch oder eine innere Verletzung festzustellen, aber dennoch stimmte etwas nicht, so offenbar waren die Qualen des Patienten.

Snoddy war ein kleiner, trockener, pompöser Mann mit einem ungeheuer stark entwickelten Gefühl für die eigene Würde, und schließlich verkündete er mit viel zur Schau getragenem Wissen:

«Es ist das Rückgrat.»

Sam wiederholte diese Worte mit einem dumpfen Stöhnen. Und Entsetzen schauerte durch Peters Mark.

«Hören Sie», flüsterte er dem Arzt zu. «Wir tragen die Schuld daran; wir übernehmen auch die volle Verantwortung. Er soll alles haben, was er braucht. Nichts ist zu gut für ihn. Nichts!»

Sams Rollstuhl

Das war der Beginn. Der Kranke brauchte Nahrung, gute, kräftige Nahrung. Und Nahrung wurde beigestellt. Stärkungsmittel! Peter achtete darauf, daß der Brandy von der besten Sorte war. Ein anständiges Bett – Retta schickte ihnen das Bett persönlich ins Haus. Bettzeug, Handtücher, Kasserollen, Marmeladen, Tee, Nachthemden, Zucker – es war ein unablässiger Strom, der sich in das Haus des Kranken ergoß. Später auch Tabak – zur Beruhigung der gepeinigten Nerven. Und auch ein wenig Bargeld, da Mrs. Forrest an Sams Krankenbett weilen mußte und daher nicht imstande war, so wie früher, waschen zu gehen.

«Trag das zu Sam hinüber», wurde zur Parole des Tages.

Snoddy erschien natürlich regelmäßig wie ein Uhrwerk bei dem Patienten.

Und schließlich kam der Tag, an dem er Peter zur Seite zog und das inhaltsschwere Wort «Lähmung» aussprach. Sams Leben war gerettet, aber seine Beine konnte er nicht mehr verwenden.

«Nicht mehr?» stammelte Peter. «Ich verstehe Sie nicht.»

Snoddy lachte sein pompöses kurzes Lachen.

«Sehen Sie dem armen Kerl einmal zu, wenn er zu gehen versucht – dann werden Sie's schon verstehen.»

Das war ein niederschmetternder Schlag für Peter und Retta. Sie sprachen darüber bis tief in die Nacht – immer wieder und immer wieder. Aber es gab keinen Ausweg.

Retta weinte ein wenig, und Peter selbst war den Tränen nahe, aber sie mußten sich darein schicken; sie hatten es verschuldet, folglich mußten sie jetzt die Kosten tragen – und Sam, der arme Sam, sein Los war natürlich weit, weit schlimmer als das ihre.

Ein Rollstuhl wurde gekauft – Peter schwitzte, als er die Rechnung sah –, und Sam und sein Rollstuhl nahmen nun ihren Platz im Bild von Levenford ein.

Auf ebenen Strecken konnte Sams ältester Junge – er war vierzehn – den Stuhl ziemlich leicht schieben, und «hinunter zum Warenhaus» wurde eine Lieblingsexkursion Sams.

Da saß er vor dem Laden, wärmte sich in der Sonne und schickte nach Tabak hinein oder nach einer Pastete oder Dörrpflaumen oder nach dem, worauf er gerade Lust hatte. Jetzt war von Kreditverweigerung freilich keine Rede mehr; Sams Kredit hatte keine Grenzen, und außerdem bekam er ja von Peter sein wöchentliches Taschengeld.

Als sich das erste Staunen über den Rollstuhl gelegt hatte, vergaß die Stadt die ganze Angelegenheit.

Kaum jemand bemerkte es, als Peter und Retta das schmucke kleine Haus in Barloan verließen und in die Räume oberhalb des Ladens übersiedelten, als das kleine Mädchen die Musiklektionen aufgab und der Junge plötzlich aus der Mittelschule austrat, um in Gillespies Kontor einen Posten anzunehmen.

Das Grau, das sich in Peters Haar stahl, und die immer tiefer werdende Sorgenfalte auf Rettas Stirn erweckten wenig Interesse und noch weniger Anteil.

Denn, wie Sam es mit einem pathetischen Wiegen des Kopfes auszudrücken pflegte: «Sie haben wenigstens ihre Beine.»

Und das war auch der Satz, den Sam an jenem verhängnisvollen Sommerabend, dem Abend des ersten Juli, zu Finlay sagte.

Es war ein schöner, heller Abend und die Aussicht ganz besonders herrlich. Finlay stand auf dem Hügel und trachtete, in dem Anblick Beruhigung zu finden.

Heute hatte ihm seine Ordination Sorgen gemacht, der Tag war voll Schwierigkeiten gewesen, und Finlays Stimmung war, alles in allem, abscheulich.

Doch dann drang die beruhigende Stille der Landschaft in seine Seele. Er zündete sich seine Pfeife an und fühlte sich endlich in Frieden. Und in diesem Augenblick kam Sam in seinem Rollstuhl zur Höhe herauf.

Finlay fluchte. Die Geschichte von Sam und Peter war ihm schon lange bekannt, und der Anblick des dicken, aufgedunsenen Kerls, der sich wie ein Schmarotzer in den hageren, hungrigen Lennie verbissen hatte, verdroß ihn maßlos.

Er sah die beiden näher kommen. Gereizt beobachtete er Peters körperliche Anstrengung, und als sie nun auf der Höhe angelangt waren, machte er eine ironische Bemerkung, wie schwer es sei, leblose Körper bergauf zu befördern.

«Er kann sich nicht beklagen», seufzte Sam. «Er hat wenigstens seine Beine.»

Und da blickte Finlay unwillkürlich auf Sams Beine, wie sie behaglich in dem langen Rollstuhl lagen.

Sie waren wunderbarerweise bemerkenswert kräftig. Und fett wie der ganze Sam, und sie spannten Sams blaue Sergehose.

«Seltsam», dachte Finlay, «daß man gar keine Atrophie bemerken kann, keine Verkümmerung dieser so lange nicht gebrauchten Extremitäten. Höchst seltsam!»

Er starrte Sams Beine an, während ihm Erkenntnis aufdämmerte, und dann musterte er unverwandt den ahnungslosen Sam. «Mein Gott!» dachte er plötzlich. «Wenn er, wenn er all diese Jahre . . .»

Und als er so auf der Höhe des Brae neben dem Rollstuhl stand, hob er plötzlich mit einem teuflischen Impuls den Fuß und gab dem Stuhl einen gewaltigen Tritt.

Ganz unvermittelt schoß der Rollstuhl bergab.

Peter stand mit offenem Mund da und starrte dem hüpfenden Stuhl nach, versteinert angesichts dieser Wiederholung des entsetzlichen Vorfalls von damals; dann stieß er ein nervöses Kreischen aus.

Brüllend wie ein Stier, versuchte Sam den Stuhl zum Stehen zu bringen. Aber der Rollstuhl hatte keine Bremsen.

Er jagte die Straße hinab, schoß mit rasender Geschwindigkeit in die Hecke, überschlug sich und warf Sam in ein Bett von Brennesseln.

Zwei Sekunden war Sam in dem grünen Meer der stechenden Nesseln verborgen, dann geschah das Wunder, und er erhob sich.

Fluchend vor Wut rappelte er sich hoch und lief zu Finlay hinauf.

«Zum Teufel!» brüllte er und drohte mit den Fäusten. «Zum Teufel, warum haben Sie das getan?»

«Um zu sehen, ob Sie gehen können», erwiderte Finlay und schlug als erster zu.

Peter und Retta haben jetzt ihr Haus in Barloan wieder bezogen. Der Rollstuhl ist verkauft, und Sam geht seiner alten Beschäftigung nach – er ist Eckpfeiler in der Schankstube am Kai. Doch sooft er Finlay gewahrt, flucht er und spuckt aus.

Die Frau eines Heroen

Neds blendende Karriere

Durch viele Tage hatte Levenford von nichts anderem gesprochen als von dem Match. Natürlich – in dieser Gegend sind sie ja alle Fußballnarren. Sie haben eben die Tradition, wissen Sie.

In den guten alten Zeiten, in denen Mittelstürmer Backenbart trugen und die Knickerbocker des Goalkeepers unterhalb des Knies zugeknöpft waren, hatte die Levenforder Mannschaft aus lauter Champions bestanden.

Daß sie seit jenen homerischen Triumphen abgestiegen war – abgestiegen auf einen Platz in der zweiten Klasse –, hatte nichts zu sagen. Levenford war nach wie vor Levenford. Und nun hatte diese Mannschaft in der ersten Runde des schottischen Cups die Glasgow Rovers zu bestehen.

Die Glasgow Rovers – eine Spitzenmannschaft der ersten Klasse – das Meisterteam des Landes.

In den Schiffswerften, in den Straßen, den Läden – überall, vom vornehmen Club bis zur kleinen Schenke, hatte diese Sensation die Leute toll gemacht.

Völlig Fremde hielten einander auf der Straße an.

«Können wir's wohl schaffen?» keuchte der eine. Und der andere erwiderte, zutiefst aufgewühlt: «Nun – immerhin haben wir Ned!»

Damit war Ned Sutherland gemeint – Sutherland, das Idol, der Wunderspieler, das Vorbild! Sutherland, auf den sich Bailie Paxtons feierlicher Ausspruch bezog: «Er hat mehr Verstand im Hintern als die ganze Mannschaft in den Köpfen.»

Der gute alte Sutherland! Hurra für Ned!

Ned war nicht jung; sein Alter, geheimgehalten wie das einer Frau, war ungewiß. Aber die Sachverständigen erklärten, Ned müsse vierzig sein, denn Ned sei, wie sie sehr klug argumentierten, nun schon mindestens zwanzig Jahre professioneller Fußballspieler. Freilich nicht in Levenford, o Gott bewahre!

Neds blendende Karriere hatte ihn fernhin von der Kleinstadt entführt – zuerst nach Glasgow, wo sechzigtausend Menschen bei seinem Debüt vor Entzücken tobten, und dann nach Newcastle, von dort nach Leeds, dann hinab nach Birmingham – ja, Ned war überall gewesen und freilich nie lange geblieben, doch hatte er immer im Mittelpunkt der Aufmerksamkeit gestanden und war, wohin immer er auch kam, von der Menge angebetet worden.

Und dann, vor einem Jahr, war er nach einem kurzen Intervall, in dem alle großen Clubs – mit unglaublicher Dummheit – seine Postenlosigkeit nicht zur Kenntnis nahmen, großartig nach Levenford zurückgekehrt, solange er, wie er sagte, noch in seiner Blüte stand, um dem Club seinen alten Platz zurückzuerobern.

Der Nachteil der Größe

Es läßt sich nicht leugnen, daß es allerlei Gerede über Ned gab, niederen Klatsch, der der Nachteil der Größe ist.

So munkelte man zum Beispiel, Ned trinke gerne, Newcastle habe sich gefreut, ihn sich vom Halse geschafft zu haben, und Leeds sei über sein Scheiden nicht betrübt gewesen.

Sie waren schmachvoll, skandalös und ungerecht – diese Lügen, die ihm auf dem Fuße folgten.

Was machte es schon aus, wenn Ned gerne ein Gläschen trank? Er spielte dann ja nur um so besser!

Was machte das schon aus, wenn ein gelegentlicher Rausch den Aufstieg seiner Größe fröhlich kennzeichnete? Und wenn er ein wenig verschwenderisch war – war er denn nicht Levenfords berühmter Sohn?

Nieder mit den Verleumdern! So sagte Levenford, denn als Ned zurückgekommen war, hatte es ihn ins Herz geschlossen.

Er war ziemlich groß, am Scheitel schon ein wenig kahl, mit einem glatten, blassen Gesicht und feuchten, trinkfrohen Augen.

Er sah nicht aus wie ein Fußballer, sondern eher wie ein Zeremonienmeister bei einem städtischen Bankett.

In seinem Äußeren hatte er etwas von einem Dandy; er trug unabänderlich Anzüge aus blauem Serge – sauber, gut gebürstet; am kleinen Finger hatte er einen schweren Ring mit einem farbigen Stein; seine Uhrkette, die sich zwischen den beiden oberen Westentaschen erstreckte, war mit einer Reihe von Medaillen geschmückt, die er gewonnen hatte; und seine Schuhe – vor allem die Schuhe – waren auf Hochglanz gebürstet.

Natürlich putzte sich Ned die Schuhe nicht selbst. Während die meisten anderen Mitglieder des Levenforder Teams in den Werften oder in der Gießerei tätig waren, arbeitete Ned gar nicht, wie es sich bei seiner überlegenen Kunst auch schickte. Die Schuhe wurden von Neds Frau geputzt. Und hier, mit der Erwähnung der Mrs. Sutherland, haben wir den Punkt erreicht, in dem alle miteinander übereinstimmten.

Ein stolzes Wort

Es war ein Jammer, ein grauenhafter Jammer, daß Neds Frau eine solche Bürde, ein solcher Ballast für ihn war – und nicht nur die Frau, sondern auch seine fünf Kinder. O Gott! Drehte es einem nicht den Magen um, daß sich Ned so jung schon gebunden hatte und daß er gezwungen gewesen war, seine Frau und dieses ständig wachsende Regiment von Kindern auf seinen Reisen des Ruhms mit herumzuschleppen?

Hier lag vielleicht der Grund für seinen Abstieg, und an allem trug dieses Frauenzimmer die Schuld, mit dem er verheiratet war.

Wie Bailie Paxton es mit Kennermiene und einer bedeutsamen Gebärde des Widerwillens ausdrückte: «Hätte sie denn nicht besser aufpassen können!»

Die nackte Tatsache war, daß Levenford eine recht mittelmäßige Meinung von Mrs. Sutherland hatte, diesem armseligen, unscheinbaren Geschöpf mit dem zu Boden gesenkten Blick. Wenn sie einmal hübsch gewesen war, und manche behaupteten das, war sie es jetzt – bei Gott! – gewiß nicht mehr.

Kein Wunder, daß sich Ned ihrer schämte, vor allem aber, wenn sie am Samstagnachmittag aus ihrem Dunkel auftauchte und vor dem Fußballplatz erschien, um auf Ned zu warten. Wohlgemerkt, sie kam nie, um das Match zu sehen, nein, sie wartete nur draußen, bis Ned sein Honorar bekam. Auf einen Mann zu warten, um ihm den Lohn aus der Tasche zu nehmen! Du lieber Gott, war das nicht ein Jammer!

Man muß zugeben, daß einige für sie eintraten. Als einmal im Club über dieses Thema gesprochen wurde, sagte Dr. Cameron, der seltsamerweise für Neds Frau etwas übrig zu haben schien:

«Um fünf Mäuler zu stopfen, muß sie ihn doch an den Gasthäusern vorbeisteuern – wenigstens, so gut sie kann.»

Doch Cameron war ja immer ein Ketzer gewesen, der über Dinge und Menschen die sonderbarsten Anschauungen hatte. Und Neds Popularität war, wie gesagt, über die Nörgeleien einiger weniger hoch erhaben.

Und wirklich – je näher der Tag des Matches rückte, desto mehr wuchs diese Popularität bis zum Ruhme an.

Ned wurde eine Art Gott. Wenn er die High Street von Levenford herabkam, die Daumen in den Armlöchern der Weste, mit tanzenden Medaillen, ein glattes, leutseliges Lächeln dahin, dorthin, überallhin verschenkend, jubelte man ihm beinahe zu. Am Cross war schon eine Menschenmenge hinter ihm her, und diese Menge hing an jedem Wort, das diese glatten, trinkfreudigen Lippen sprachen.

Am Cross kam es auch zu dem denkwürdigen Zusammentreffen mit Weir, dem Bürgermeister.

«Nun, Ned, mein Junge», sagte der Bürgermeister und streckte ihm wohlwollend wie ein Vater die Hand hin. «Glauben Sie, daß wir's schaffen werden?»

Neds Augen funkelten. Ohne irgendeine Verlegenheit schüttelte er die Hand des Stadtoberhauptes und gab feierlich jenen später berühmt gewordenen Ausspruch von sich:

«Wenn die Rovers siegen, Bürgermeister, dann nur über meine Leiche.»

Das verletzte Auge

Eines Abends – eine Woche vor dem Match – kam Mrs. Sutherland ins Arden House.

Es war spät, und die Abendordination schon geschlossen. Und Mrs.

Sutherland trat sehr demütig in das Zimmer zu Hyslop, dessen Aufgabe es an diesem Tage war, Patienten, die nach der festgesetzten Stunde kamen, zu empfangen.

«Verzeihen Sie, bitte, Herr Doktor, daß ich Sie belästige», sagte sie und blieb stehen – eine nett, aber ärmlich gekleidete Gestalt, die geflickten Handschuhe in der arbeitsrauhen Hand...

Sie war eine hübsche Frau – besser gesagt, sie war einst ein hübsches Mädchen gewesen. Denn jetzt lag an ihr eine sonderbare Transparenz der Wangen und etwas so Gequältes und Verängstigtes im Blick, daß es Finlay ins Herz schnitt.

«Es ist Unsinn, daß ich gekommen bin», sagte sie jetzt und verstummte.

Finlay schob einen Sessel an den Schreibtisch und forderte sie auf, sich zu setzen.

Sie dankte mit einem matten Lächeln.

«Es sieht mir gar nicht ähnlich, mir um meinetwillen dumme Gedanken zu machen, Herr Doktor. Ich hätte wirklich gar nicht kommen sollen. Und ich habe mir diesen Entschluß so lange hin und her überlegt, daß ich beinahe nicht gekommen wäre...»

Ein zögerndes Lächeln; er hatte noch nie etwas Selbstloseres gesehen als dieses Lächeln.

«Aber die nackte Wahrheit ist, daß ich, wie mir scheint, mit einem Auge nichts mehr sehe.»

Finlay legte den Federhalter nieder. «Wollen Sie damit sagen, daß Sie auf einem Auge blind sind?»

Sie nickte, dann sagte sie:

«Es ist das linke Auge.»

Ein kurzes Schweigen.

«Kopfschmerzen?» fragte er.

«Nun ja – manchmal sind sie recht schlimm», gab sie zu.

Er fragte weiter, möglichst freundlich und ungezwungen. Dann stand er auf, nahm ein Ophthalmoskop und verdunkelte das Zimmer, um ihre Augen zu untersuchen.

Es kostete ihn einige Mühe, die Netzhaut zu finden. Aber endlich hatte er einen vollkommenen Überblick. Und unwillkürlich erstarrte er.

Er war entsetzt. Er hatte Schlimmes erwartet – ganz gewiß –, aber nicht das!

Die linke Netzhaut war mit Pigment beladen, das nur Melanin sein konnte. Er untersuchte von neuem – langsam, sorgfältig –, es gab keinen Zweifel mehr.

Er drehte das Licht wieder an und suchte eine gleichmütige Miene aufzusetzen.

«Haben Sie in letzter Zeit einen Schlag aufs Auge bekommen?» fragte er. Er sah sie dabei nicht an, sondern beobachtete im Kaminspiegel ihren Gesichtsausdruck.

Er sah, wie sie heftig und schmerzlich errötete.

Und sie sagte – allzu rasch:

«Ich habe mich vielleicht am Büfett angeschlagen – ich bin neulich ausgeglitten. Das war im vorigen Monat, wenn ich mich recht erinnere.»

Er sagte nichts, versuchte aber, seinen Gesichtsausdruck zu einer Art beruhigender Miene zu zwingen.

«Ich möchte gerne, daß Dr. Cameron Sie anschaut», erklärte er schlicht. «Sie haben doch nichts dagegen?» Sie blickte ihn ruhig und unverwandt an.

«Es ist also schlimm?» fragte sie.

«Nun –» Er stockte hilflos. «Wir wollen hören, was Dr. Cameron sagt.» Er hätte gerne noch etwas hinzugefügt, war aber unfähig, die richtigen Worte zu finden, und verließ recht ratlos das Zimmer.

Die brutale Wahrheit

Cameron saß in seinem Arbeitszimmer, glättete mit feinem Schmirgelpapier die Rückseite einer Geige und summte dazu eine höllische kleine Melodie.

«Mrs. Sutherland ist in der Ordination», sagte Hyslop.

«So», antwortete Cameron, ohne aufzuschauen. «Ein nettes Ding. Ich hab sie gekannt, als sie noch ein Mädchen war, bevor sie sich an diesen läppischen Fußballer wegwarf. Was führt die denn her?»

«Ich fürchte, es ist ein melanotisches Sarkom», sagte Hyslop langsam.

Cameron hörte auf zu summen. Dann legte er seine Geige sehr sorgsam hin. Sein Blick heftete sich auf Hyslops Gesicht und verweilte lange.

«Ich komme», sagte er und stand auf.

Gemeinsam gingen sie in die Ordination.

«Nun, Jenny, mein Mädel, was höre ich da von Ihnen?» Camerons Ton war freundlich, als wäre sie noch ein Kind.

Seine Untersuchung war eingehender als die Finlays und währte länger. Als er sie beendet hatte, wechselten die beiden Ärzte einen Blick – einen Blick, der die Diagnose bestätigte und das Todesurteil über Jenny Sutherland aussprach.

Als sie sich wieder zurechtgemacht hatte, nahm Cameron sie am Arm.

«Hören Sie einmal, Jenny, könnte Ihr Mann morgen herkommen und mit Finlay und mir sprechen?»

Sie sah ihn ruhig an, mit jener eigenartigen Ahnung einer Frau, die ihr ganzes Leben nur Kummer gehabt hat.

«Ist es etwas Ernstes, Herr Doktor?»

Schweigen.

Alles Edle des Menschentums lag in Camerons Gesicht und Stimme, als er dann antwortete:

«Etwas sehr Ernstes, Jenny.»

Nun war sie seltsamerweise ruhiger als er.

«Was hat es also zu bedeuten, Herr Doktor?»

Aber trotz allem Mut vermochte Cameron die ganze brutale Wahrheit doch nicht auszusprechen.

Wie konnte er ihr sagen, daß sie hier vor ihm stand, vom Schicksal gezeichnet, von der furchtbarsten Krankheit befallen, die die Menschheit kennt, von einer unglaublich bösartigen Wucherung, die bis ins Auge reicht und sich durch den ganzen Körper frißt wie eine Flamme – zerstörend, zersetzend, würgend! Keine Hoffnung, keine Heilung – nichts als das Warten auf den gewissen, nahen Tod!

Sechs Tage die kürzeste Frist, sechs Monate die längste, das war jetzt die Zeitspanne, die dem Leben Jenny Sutherlands gesetzt war.

«Sie werden ins Spital müssen, Mädel», improvisierte er.

Aber sie antwortete sogleich:

«Ich kann die Kinder nicht allein lassen. Und Ned – knapp vor dem großen Match! Es würde ihn furchtbar aufregen – nein, das geht nicht, das geht auf keinen Fall!» Sie brach ab und machte eine Pause. Dann fragte sie:

«Kann ich vielleicht noch warten, bis das Match vorbei ist?»

«Nun ja, Jenny – wenn Sie wollen, können Sie wohl noch warten.»

Sie musterte sein teilnahmsvolles Gesicht, und die volle Bedeutung seiner Worte dämmerte ihr auf. Sie biß sich fest auf die Lippen. Sie schwieg. Dann sagte sie sehr langsam:

«Ich verstehe, Herr Doktor. Jetzt verstehe ich. Sie meinen, es spielt so oder so keine Rolle mehr?»

Er senkte den Blick, und nun wußte sie es.

Der große Tag

Ums Morgengrauen des großen Tages lag Nebel, doch noch am frühen Vormittag brach die Sonne strahlend durch. Die Stadt war still, angespannt in furchtbarer Erregung.

Schon um elf Uhr traten die Leute, aus Angst, keinen Sitz mehr zu bekommen, den Weg zum Fußballplatz an. Ned allerdings nicht. Neg lag im Bett und ruhte aus, wie er es vor einem Match immer tat. Er hatte an solchen Tagen höchst anspruchsvolle Gewohnheiten, und diesmal war er anspruchsvoller denn je.

Um zehn Uhr brachte ihm Jenny sein Frühstück – ein großes Tablett mit Porridge, zwei gekochten Eiern, einem köstlichen Haferkuchen, eigens von ihr gebacken. Dann ging sie in die Küche, um die starke Fleischbrühe zu bereiten, die mit zwei Schnitten Toast an Matchtagen sein leichtes Mittagessen ausmachte.

Während sie am Herd stand, vernahm sie Neds nörglerische Stimme.

«Bring mir mit der Suppe noch ein Ei. Ich glaube, ich werde das heute brauchen.»

Sie hörte es mit einer kleine Gebärde des Kummers. Dann ging sie schuldbewußt zu Ned.

«Sei nicht böse, Ned. Das waren heute früh die beiden letzten Eier im Haus.»

Er starrte sie an.

«Dann laß eins holen.»

«Wenn du mir das Geld gibst, Ned.»

«Geld! Du lieber Gott! Immer Geld! Geld! Kannst du's nicht schuldig bleiben?»

Sie schüttelte langsam den Kopf.

«Du weißt, daß das schon lange nicht mehr geht.»

«Mein Gott!» platzte er los. «Du bist eine herrliche Hausfrau! Ein schöner Zustand, wenn ich hungrig zum Match geschickt werde! Na, so bring mir rasch meine Suppe und viel Toast. Und um Himmels willen, halte deine Bälger ruhig! Sie haben mich heute schon fast tot gelärmt!»

Leise ging sie in die Küche zurück und gebot mit einer warnenden Gebärde den beiden jüngsten Kindern Schweigen – die älteren waren schon sehr zeitig am Morgen angekleidet und, damit ihr Vater nicht gestört werde, spielen geschickt worden.

Dann brachte sie ihm das Essen und blieb beim Bett sitzen, während er geräuschvoll die Suppe schlürfte. Zwischen zwei Schlucken blickte er zu Jenny auf und fragte griesgrämig:

«Was starrst du denn so – und machst ein Gesicht, vor dem sich der Teufel fürchten würde. Weiß Gott – seit vier Tagen habe ich dich nicht ein einziges Mal lächeln sehen.»

Sie brachte ein Lächeln zustande – die undeutliche, unsichere Parodie eines Lächelns.

«Aufrichtig gesagt, fühle ich mich in letzter Zeit nicht besonders gut, Ned.»

«Recht so! Recht so! Fang nur zu jammern an – knapp vor dem Match. Alle Teufel, das kann einen doch ganz blöd machen, dieses ewige Gestöhn und Geächze!»

«Ich klage ja nicht, Ned», sagte sie hastig.

«Dann rasch – hol den Balsam und reib mich ein!»

Das Rückgrat des Teams

Sie brachte den Balsam, und während Ned sich zurücklegte und sein muskulöses Bein ausstreckte, begann sie die gewohnte Massage.

«Fester! Fester!» forderte er. «Plag dich ein bißchen. Es muß in die Haut gerieben werden!»

Es kostete sie eine furchtbare Anstrengung, die Massage zu vollenden. Noch lange, ehe sie damit fertig war, brach ihr vor Ermattung heftiger Schweiß aus. Aber schließlich grunzte er:

«Das genügt! Das genügt! Freilich nützt es kaum etwas. Jetzt bring mir das Rasierwasser und sieh zu, daß es kochend heiß ist.»

Er stand auf, rasierte sich und kleidete sich sorgfältig an. An der Haustür wurde geläutet.

«Es ist Baillie Paxton», meldete Jenny. «Er ist mit dem Gig da, um dich abzuholen.»

Ein Lächeln der Anerkennung stahl sich langsam in Neds Züge.

«Schon recht», erklärte er. «Sag ihm, ich käme gleich.»

Während er die Mütze vom Haken nahm, stand Jenny auf den Kaminsims gestützt und beobachtete ihn. Trauer lag in ihrem Gesicht – eine seltsame Wehmut.

«Ich hoffe, du spielst gut, Ned», murmelte sie. Wie oft hatte sie diese Worte schon gesagt und an wie vielen Orten! Doch niemals so wie heute, niemals!

Er nickte kurz und ging fort.

Das Match begann um halb drei, doch schon lange vorher war der Platz zum Bersten voll. Hunderte mußten abgewiesen werden, und Hunderte stiegen über die Schranken und suchten irgendwo einen Platz.

Die Stadtkapelle schmetterte in ihrer Loge, die Fahne flatterte im Wind, und die Menge brodelte vor unterdrückter Erregung.

Dann zogen die Rovers ein, sehr schmuck in ihren hellblauen Jerseys ...

Ein Brüllen stieg himmelan, denn zwei Züge mit glühenden Bewunderern waren den Rovers von Glasgow hierher nachgefahren. Doch das war nichts im Vergleich mit dem Getöse, das die Luft erschütterte, als Ned seine Mannschaft aufs Feld führte. Es hieß, daß man dieses Geschrei sogar noch in Overton hörte, gut zwei Meilen von Levenford entfernt. Die Münze wurde geworfen – Ned gewann.

Wieder ein Aufbrüllen, dann Grabesstille, als das Spiel begann – endlich –, das große, das glorreiche Match.

Gleich von Anfang an lagen die Rovers im Angriff.

Sie waren tüchtig, sehr tüchtig, und ihr Spiel machte den Anhängern der heimischen Mannschaft bange. Sie spielten schnell, sie spielten verhängnisvoll exakt.

Und als ob das nicht genügt hätte, waren die Levenforder nervös und fahrig und keineswegs in ihrer besten Form. Alle – nur nicht Ned.

Oh, Ned spielte herrlich. Heute war er überall, war der Halt, das Rückgrat des Teams.

Er spielte nicht rasch, er hatte nie rasch gespielt, aber seine Intuition machte diesen Mangel mehr als wett. Immer wieder rettete er die Situation und lockerte durch irgendeine durchdachte Aktion, durch irgendeinen Kniff den Druck, den die Glasgower auf das Levenforder Tor ausübten.

Ned war der beste Spieler im Feld, ein großartiger, ein geborener Fußballer. Turmhoch überragte dieser kahlköpfige Gladiator in Shorts die anderen einundzwanzig.

Es hatte natürlich so kommen müssen, ein Mann allein konnte diesen höllischen Angriff nicht abwehren.

Knapp vor der Halbzeit erzielten die Rovers ein Tor. Das war nicht Neds Schuld, sondern die des Levenforder Rechtsaußen.

Die Anhänger Levenfords grämten sich. Wäre es nicht zu diesem Tor gekommen, hätte ihr Team der zweiten Halbzeit mit größerer Zuversicht – und die brauchte es – entgegensehen können. Doch jetzt war dieses Goal leider erzielt, und außerdem spielten sie gegen den Wind. Selbst die Optimisten mußten zugeben, daß die Chancen für Levenford recht armselig waren.

Es gab nur eine Aussicht, nur eine Hoffnung: Ned, und die Erinnerung an seine emphatischen Worte: «Wenn die Rovers siegen, dann nur über meine Leiche.»

Die zweite Halbzeit begann, und nun verrannen die kostbaren Minuten. Die Levenforder spielten jetzt geschlossener und zeigten mehr Angriffsgeist, aber die Rovers hielten ihnen stand.

Freilich hatten sie ein wenig von ihrem stürmischen Elan verloren. Hier spielten sie auf einem kleinen Platz, den sie nicht kannten, und so erlahmten sie allmählich im Verlauf des Spiels. Es hatte beinahe den Anschein, als gäben sie sich mit diesem einen Tor zufrieden.

Die Menge, die diese defensive Haltung rasch witterte, munterte ihre Lieblinge grölend und tosend auf.

Ein prächtiger Taumel lag in der Luft und griff von den Zuschauern auf die Levenforder Mannschaft über.

Sie stürzten sich jetzt nur so in das Spiel.

Sie griffen wütend an und schwärmten rings um das Tor der Rovers. Aber noch konnten sie kein Goal schießen.

Noch ein Corner, und Ned, der den Ball in schöner Form aufnahm, ging jetzt zum Angriff über. Ein Schrei der Ekstase stieg auf, aber auch ein Schrei der Verzweiflung.

Das Licht wurde jetzt schwächer, die Zeit verstrich rasch – noch zwanzig, zehn, nur noch fünf Minuten.

Jammer und Gram lasteten auf der plärrenden Menge und bedrückten sie immer mehr. Die Niederlage war nahe, der hoffnungslose Jammer der Niederlage.

Und dann, in der Mitte des Feldes, nahm Ned Sutherland den Ball auf. Er hielt ihn, er gewann Boden und spielte sich mit unbeschreiblicher Gewandtheit mitten durch das Gewühl.

«Vorwärts, Ned, vorwärts!» brüllte das Publikum.

Und Ned stürmte gesenkten Kopfes vorwärts wie ein gereizter Bulle.

Dann brüllte die Menge wirklich auf, denn sie sah, wie Ned angriff.

Auch der Linksaußen der Rovers sah es und stürzte sich auf Ned, der im Strafraum war.

Donnernd stürzte Ned zu Boden, und aus zehntausend Kehlen stieg der frenetische Schrei auf:

«Strafstoß! Strafstoß! Strafstoß!»

Ohne zu zögern, wies der Schiedsrichter auf die Stelle.

Trotz dem Protest der Rovers bewilligte er es – bewilligte den Levenfordern den Strafstoß.

Ned stand auf. Er war nicht verletzt. Die vollendete Komödie einer furchtbaren Verletzung war ein Teil seines Spiels und gehörte dazu. Und nun war ihm der Strafstoß zugebilligt.

Totenstille senkte sich auf das Publikum, während Ned den Ball auflegte.

Er tat dies kühl und unpersönlich, als wüßte er nichts von der verzweifelten Spannung ringsum.

Niemand wagte zu atmen, während er mit der Schuhspitze auf den Boden stampfte, das Tor mit einem langen Blick fixierte und drei rasche Schritte vorwärts sprang.

Und dann! Dann war der Ball im Netz.

«Goal!» tobten die Zuschauer ekstatisch, und im gleichen Augenblick schrillte die Pfeife.

Levenford war nicht unterlegen. Ned hatte das Match gerettet.

Nun brach ein Hexensabbat los. Hüte, Stöcke, Schirme wurden wild geschwenkt.

Schreiend, kreischend, plärrend stürzte die Menge wie im Delirium auf das Spielfeld.

Ned wurde vom Boden fortgerissen, von den Leuten auf die Schultern gehoben und im Triumph fortgetragen.

Die Heimkehr eines Heroen

In diesem Augenblick saß Mrs. Sutherland in der Küche des stillen Hauses. Sie wäre so gerne zum Fußballplatz gegangen, um Ned abzuholen, aber die bloße Anstrengung, sich den Mantel anzuziehen, hatte ihr gezeigt, wie nutzlos es war, auch nur den Versuch machen zu wollen.

Die Wange in die Hand gestützt, starrte sie in die Ferne. Gewiß kam Ned heute gleich nach Hause, gewiß mußte er in ihrem Gesicht einen Schimmer ihrer tödlichen Trauer gesehen haben.

Verzweifelt verlangte es sie, ihre Bürde zu erleichtern, indem sie es ihm sagte. Sie hatte sich zugeschworen, ihm vor dem Match nichts zu erzählen. Aber jetzt mußte sie es ihm sagen. Es war zu furchtbar, um es allein zu tragen!

Sie wußte, daß sie dem Tod geweiht war; schon die wenigen Tage seit ihrem Besuch bei Hyslop hatten einen raschen Verfall ihrer Kräfte mit sich gebracht – die Seite schmerzte sie, und sie sah noch schlechter.

Eine Stunde war vorbei, und von Ned zeigte sich keine Spur. Sie nahm sich zusammen, stand auf und brachte die beiden jüngsten Kinder zu Bett.

Sie setzte sich wieder. Er kam noch immer nicht. Die anderen Kinder kehrten vom Spielen heim, und von ihnen erfuhr sie das Ergebnis des Matches.

Es wurde acht Uhr, es wurde neun. Nun lag auch schon der älteste Junge im Bett. Ihr war furchtbar schlecht, ja sie glaubte, sie müsse jetzt schon sterben.

Das Nachtessen, das sie für Ned gekocht hatte, war verdorben. Das Feuer war erloschen, denn sie hatte keine Kohle mehr. Verzweifelt stand sie auf und schleppte sich zu ihrem Bett.

Es war nahe an zwölf, als er heimkam.

Sie schlief nicht – dazu waren die Schmerzen in ihrer Seite zu heftig –, und sie hörte seine langsamen, unsicheren Schritte und dann das Krachen der zugeworfenen Tür.

Er war betrunken, wie gewöhnlich – nein, es war ärger als gewöhnlich, denn heute, da man ihn aufs äußerste gefeiert, hatte er ein Stadium erreicht, das seine üblichen Räusche weit überstieg.

Er kam ins Schlafzimmer und drehte das Gas an.

Gerötet von Whisky, Lobpreisung, Triumph und dem Gefühl eines unsagbaren Könnens, musterte er sie, wie sie da im Bett lag. Dann lehnte er sich, den Blick noch immer auf sie geheftet, an die Wand, zog sich die Schuhe aus und schmiß sie auf den Boden.

Er wollte ihr sagen, wie herrlich es gewesen war, welch wundervolles Goal er geschossen hatte.

Er wollte jenen erhabenen, jenen historischen Ausspruch wiederholen, den er geprägt – jenen Satz, daß die Rovers nur über seine Leiche siegen würden.

Mit schwerer Zunge versuchte er die Worte zu artikulieren. Doch brachte er alles durcheinander. Und so sagte er:

«Ich werde – ich werde – siegen – über deine Leiche!»

Dann lachte er fröhlich auf.

Oma Todds Hustensaft

Ein erstaunlicher Vorschlag

Als Finlay an einem ruhigeren Abend in der Ordination saß und den «Advertiser» überflog, sprach Dougal Todd, der Schildermacher, bei ihm vor.

«Ein schöner Abend, Dr. Hyslop», begann er, melancholisch und salbungsvoll wie immer, «hoffentlich störe ich Sie nicht. Ich bin eigentlich nur gekommen, um mit Ihnen über meine arme alte Mutter zu sprechen.»

Er schüttelte den Kopf und seufzte – ein langer, magerer, gebückter Mensch mit schlechten Zähnen, aschfarbenem Haar, das in Strähnen über den kahlen Schädel gekämmt war, und einer langen roten Nase mit gebogener Spitze.

«Wissen Sie», erklärte er, die kleinen Augen abgewendet, «meine Mutter ist zart und gebrechlich und schon recht alt. Ob Sie mir's glauben oder nicht, sie hat ihre guten achtzig. Es ist nur recht und billig, daß sie von Zeit zu Zeit zum Arzt geht. Ich möchte das gar nicht anders; ich hab sie ja so lieb. Außerdem habe ich sie in mehreren Sterbekassen eintragen lassen, so daß das mehr oder weniger notwendig ist.

Nun wissen Sie, Herr Doktor – ich habe mir schon oft den Kopf zerbrochen ...» Sein Tonfall wurde nun einschmeichelnd und vertraulich. «... in Anbetracht dessen, daß meine Mutter eine arme alte Frau ist und ich selber ein so schlechtes Einkommen habe ... nun, so habe ich mir den Kopf darüber zerbrochen und mir gedacht, weil Sie hier ja nur Assistent sind ... so hab ich mir gedacht, sage ich, ob Sie nicht für das halbe Honorar zu ihr kommen wollten?»

Finlay starrte den schafsgesichtigen Schildermaler an – ganz verblüfft ob dieses erstaunlichen Vorschlages.

«Ich will mir's überlegen», sagte er schließlich. Er wollte die Sache am Abend mit Cameron besprechen.

Schön, schön», stimmte Todd zu. «Überlegen Sie sich's, Herr Doktor, bitte! Es ist ein gutes Werk an einer armen alten Frau, wissen Sie.»

Zögernd blieb er noch eine Minute mit gemein einschmeichelndem Gesichtsausdruck stehen, dann bemerkte er noch einmal, daß heute ein schöner Abend sei, fletschte seine schlechten Zähne und verschwand schnarrenden Schrittes.

Ein Geheimnis

Am Abend sagte Cameron mit Nachdruck:

«Tun Sie das nicht! Auf keinen Fall! Wenn die Alte selbst kommt wegen ihres Rheumatismus oder einer Bronchitis, ist das etwas ganz anderes. Dann berechnen Sie ihr meinetwegen keinen Penny. Untersuchung und Medikamente soviel sie braucht, umsonst!

Wohlgemerkt, sie wird Ihnen von den wenigen Nickeln, die sie in der Börse hat, zahlen wollen – sie ist die anständigste, ehrlichste alte Haut im weiten Umkreis. Aber wenn Dougal Sie wegen seiner verdammten Clubs oder dergleichen Unfugs kommen läßt, rechnen Sie ihm das Doppelte auf. Er ist der knickerigste, schäbigste, jämmerlichste Geizhalz in ganz Levenford.»

Die Todds wohnten in der High Street – zwischen der Mungo Clothing Company, die den früheren Hutladen Brodies von nebenan übernommen hatte, und Leckie, dem Friseur.

Todd war zu geizig, selber seinen Laden zu haben, er hatte ein «Lokal», wie er sich ausdrückte, einen großen, verwitterten Schuppen im Hinterhof, vollgestopft mit Geräten und Gerüsten.

Vielleicht war Todds Geiz ansteckend, denn seine Frau Jessie, ein großes, stämmiges Weibsbild mit listigen Augen, stand im Ruf der Härte, und von Jessica, der einzigen Tochter der beiden, hatte noch nie jemand gehört, daß sie ein Bonbon verschenkt hätte.

Wenn sie auf dem Spielplatz der Academy kaute und schlang und von einer Schulkameradin um ein Stückchen Kuchen gebeten wurde, war die ständig gleiche Entgegnung der rotbäckigen kleinen Jessica: «O weh, o weh – ich hab gerade den letzten Bissen in den Mund gesteckt.»

Daraus leitete sich in Levenford ein geflügeltes Wort ab. «Man verlange nie etwas von den Todds – sie haben es gerade in den Mund gesteckt.»

Man glaube aber nicht, daß sie nicht anständige Leute gewesen wären, die Todds – oh, gar keine Rede! Sie waren geachtete, arbeitsame, gottesfürchtige Menschen!

Sechs Tage in der Woche sah man Dougal, ohne daß er auch nur an einen halben freien Tag gedacht hatte, in seinem schmutzigen weißen Kittel auf der Leiter stehen, den Pinsel in der Hand, während er am siebenten in seinem guten schwarzen Anzug Frau und Tochter ehrbar zur Kirche begleitete. In diesem Haushalt lebte die alte Mrs. Todd, eine stille, schüchterne kleine Frau mit runzeligem, fröhlichem Gesicht und einem fast spatzenhaft zirpenden Gehaben.

Wie diese bescheidene, freundliche Person einen Menschen vom Schlage Dougals in die Welt setzen konnte, blieb in Levenford ein Geheimnis. All ihr Lebtag hatte sie fleißig gearbeitet und ihr möglichstes für Dougal getan. Aber jetzt war sie alt und besaß, wie Dougal traurig bemerkte, kaum etwas anderes als ihn, ihren Sohn.

Sie bewohnte eine winzige Stube knapp unter dem Dach des Hauses, wo sie ihre Schätze aufbewahrte – eine kleine Flasche mit Hustensirup und ein paar starke Pfefferminzpastillen in einer runden Blechdose.

Man hatte ihr gnädig erlaubt, die Mahlzeiten unten im Kreis der Familie einzunehmen, außer dann, wenn die Todds Gesellschaft hatten, doch den größten Teil ihrer Zeit verbrachte sie in ihrer Dachkammer, in dem zerbrochenen Lehnstuhl neben dem winzigen Feuerchen, in dessen Wartung sie sich geradezu als Genie erwies.

Bei seltenen Gelegenheiten – wenn das Wetter warm war – faßte sie den Entschluß und ging aus.

Dougal ermutigte sie nicht zu diesen Exkursionen.

«Aber, aber, Mutter, vergiß doch nicht dein Alter! Denk lieber an dein Ende, statt durch die Stadt zu schlendern.»

Das war ein freundlicher Einspruch. Der alten Frau begegnete Dougal nie anders als freundlich.

Freilich beobachtete er sie mit gequältem Blick, wenn sie beim Tee eine zweite Semmel nahm. «Mutter! Du sollst in deinem Alter nicht so viel essen!»

Und er blickte ihr unruhig nach, wenn sie mit dem winzigen Kohlenkübel, aus dem sie ihr Feuer unterhielt, mühsam die Treppe hinaufkletterte; nicht weil sie sich so plagte, sondern weil sie – oh weh! seine Kohle verbrauchte.

Der Hustensaft

Trotz seiner Knauserei war Dougal nicht reich, aber er war reich an Hoffnungen.

Er hatte seine Mutter für einen ganzen Haufen Geld versichert. Wenn sie einmal starb, gehörte dieses Geld ihm. Der einzige Haken war, daß sich die alte Frau beharrlich weigerte zu sterben.

Ungeachtet der teilnahmsvollsten Aufmunterungen – «Mutter, du siehst aber heute schlecht aus», oder «Mutter, möchtest du dich nicht ins Bett legen, und ich hole dir einen Priester?» – fuhr die alte Mrs. Todd in aller Bescheidenheit fort, Essen, Tee und Kohlen zu verbrauchen, als hätte sie die Absicht, hundert Jahre alt zu werden.

Bis spät nachts saßen Dougal und seine Frau oft wach und dachten an das Essen, den Tee und die Kohle – an die hohen Versicherungsprämien, die sich von Woche zu Woche summierten. Sie sagten kein Wort, aber sie grübelten über die lieblichsten Krankheiten nach, die die alte Frau befallen konnten und sie nicht befielen – von Lungenentzündung bis zum Schlaganfall.

Ungefähr sechs Wochen, nachdem Dougal bei Hyslop gewesen war, kam die alte Mrs. Todd persönlich in die Ordination. Es war einer ihrer Festtage, die ihr solche Freude machten und die sie so selten genoß – ein Abstecher «in die Stadt».

Sie hatte sich bei Jenny M'Kechnie – Wäsche und Modewaren – irgendwelchen Kram gekauft, den sie brauchte, und war von dem langen Feilschen mit Jenny entzückt gewesen.

Bei Low kaufte sie dann für zwei Pence gestreifte Bonbons – weniger köstlich als die Pfefferminzpastillen, aber weit dauerhafter. Und jetzt sprach sie, müde, aber triumphierend, bei Hyslop vor.

«Ich habe so viel von Ihnen gehört, Herr Doktor, daß ich einfach kommen mußte. Wollen Sie mir einen Hustensaft für die Brust geben? Es kitzelt mich nachts in der Luftröhre.»

Sie strahlte ihn mit ihren Sperlingsaugen an – ein munteres, gewinnendes altes Weiblein –, verschrumpelt wie ein Apfel, den man aufgehoben hat, der aber bis ins Gehäuse gut geblieben ist.

Finlay fühlte sich schon im ersten Augenblick zu ihr hingezogen.

«Gewiß kriegen Sie einen Hustensaft. Einen starken auch noch.»

Er stand auf und sagte, eingedenk der Worte Camerons:

«Sie brauchen sich gar nicht in die Apotheke zu bemühen. Ich mache Ihnen den Sirup selbst.»

«Etwas, das mir die Brust wärmt, Herr Doktor», warf sie ein, denn jetzt ging sie schon aus sich heraus.

«Ja, ja!» stimmte er herzlich zu. Er gab ihr das Beste, was er hatte, ein starkes Chlorodynpräparat, das – so versicherte er – für die Königin selbst nicht zu schlecht sei.

«Und die Dosis: zwei Kaffeelöffel vor dem Schlafengehen», erklärte er, während er das Etikett ableckte, um es aufzukleben.

«Was sagen Sie, Herr Doktor?» fragte sie und fügte dann mit komischer Schlichtheit hinzu: «Wissen Sie, ich bin so schwerhörig geworden, seit ich meine Brille zerbrochen habe.»

Er lachte, daß es ihn schüttelte. Dieses Lachen wirkte so ansteckend, daß die alte Mrs. Todd im nächsten Augenblick einstimmte.

«Sie sind ein Spaßvogel, Herr Doktor», sagte sie verschmitzt, während er sie zur Tür begleitete. «Schön! Schön! Ich hab einen Doktor, der Spaß versteht, immer gern gehabt!»

«Der alte Faulpelz»

Am nächsten Morgen – es war ein Samstag – setzten sich die Todds in der Küche zum Frühstück.

Das Porridge wurde von Dougal, seiner Frau und Jessica in tiefem Schweigen gelöffelt. Die alte Mrs. Todd hatte sich nicht gezeigt.

Dann wurde der Tee eingeschenkt und Dougals Ei, in der Schale und in einem Eierbecher, vom Herd gebracht. Und dann bemerkte Jessie mit einem sauren Blick zu der Küchenuhr an der Wand:

«Kann denn deine Mutter nicht rechtzeitig aufstehen und zum Frühstück kommen? Ich habe mit dem alten Schragen die längste Zeit schon Geduld gehabt. Es wird ja immer ärger. Wahrscheinlich möchte sie, daß ich mit ihrem Frühstück zu ihr hinauflaufe . . .»

«Ich glaube, sie ist noch nicht einmal aufgestanden», sagte Jessica, die auf das von ihrer Mutter gegebene Stichwort einschnappte, und schüttelte den Kopf. «Der alte Faulpelz!»

Dougal steuerte einen Löffel voll Ei an seinem melancholisch herabhängenden Schnurrbart vorbei.

«Es ist schade um das teure Gas», sagte er, düster kauend, den Blick auf den Gasometer geheftet, «wenn wir ihr die Sachen warmstellen.»

«Hör einmal, mein Schatz», rief Jessie in einem Anfall von Galle ihrem Herzblättchen zu, «lauf einmal hinauf und rüttle sie augenblicklich wach.»

Jessica glitt bereitwillig vom Sessel, packte ihr Stück Kuchen und hüpfte die Treppe hinauf.

Stille – Stille oben und Stille unten. Dann ein plötzliches Aufkreischen, ein wildes Getrampel, und Jessica kam in die Küche gestürzt.

«Oh, oh!», stammelte sie. «Oma ist tot.» Dougal spuckte prustend einen Mundvoll Tee in die Untertasse zurück, und Jessie setzte sich auf ihrem Stuhl kerzengerade auf.

«Tot, mein Kind?» flüsterte sie freundlich. «Hast du wirklich gesagt ...»

«Ja», wimmerte Jessica mit einer Klugheit, die ihren Jahren weit voraus war. «Das hab ich wirklich gesagt. Sie liegt stocksteif ausgestreckt.»

Ein tiefer Atemzug, der ein Seufzer sein mochte, entrang sich langsam dem Busen Jessicas. Im gleichen Augenblick schob Dougal seinen Sessel zurück und sagte mit einer gebieterischen Gebärde zu seiner Frau:

«Komm!»

Sie eilten ins obere Stockwerk. Sie drangen in die Dachkammer. Dann blieben sie plötzlich stehen.

Die alte Frau lag auf dem Rücken, den Mund weit offen und mit eingefallenen Wangen. Ihre Augen waren verklebt, ihre Nüstern scharf und spitz.

«Mutter!» rief Dougal und hob ihre Hand auf. Aber die glitt aus der seinen und fiel aufs Bett zurück.

Der trauernde Sohn

Ein vielsagendes Schweigen brach an, während Dougal und seine Frau die steife Gestalt auf dem Bett musterten. Dann flüsterte Jessie pietätvoll hinter Dougals Schulter:

«Es ist vorbei, Dougal! Ja, ja – jetzt hat sie es hinter sich.»

Dann nahm sie das Ende der Decke und breitete es feierlich über das blasse Antlitz der alten Mrs. Todd.

Dougal sah seine Frau an, schnupfte und klagte:

«O Gott, o Gott, o Gott! Meine arme Mutter ist tot!»

«Sie ist bei ihrem Schöpfer, Dougal!» sagte Jessie und rollte die Augäpfel himmelwärts. «Wir dürfen mit seinem Ratschluß nicht hadern.» Dann nahm sie Dougal am Arm und führte ihn sanft hinunter. Doch in der Küche sank Dougal auf einen Sessel.

«Beklage mich», stöhnte er. «Meine arme Mutter ist endlich ... ist tot!»

«Du brauchst dir keinen Vorwurf zu machen, Dougal!» sagte Jessie fest. «Du bist ihr ein guter Sohn gewesen. Und auch ich habe für sie getan, was ich konnte. Eine anständige alte Person war sie. Früher oder später hätte sie ja doch von uns gehen müssen. Und was für ein friedliches Ende! Willst du einen Tropfen Schnaps, um dich zu stärken?»

Dougal stöhnte abermals und schüttelte den Kopf. Doch das war nicht die Zeit zum Sparen. Jessie holte die Flasche aus dem Büfett im Wohnzimmer, und mit allen Zeichen des Abscheus schenkte sich Dougal gute vier Finger hoch ein.

«So ist's recht», sagte Jessie. «Du mußt dich zusammennehmen, Mann. Du hast jetzt eine Menge zu erledigen. Wir brauchen den Totenschein vom Arzt, dann mußt du mit dem Leichenbestatter sprechen, und die Versicherungen ...»

Dougal hob den Kopf.

«Ach ja – ja, die Versicherungen ...» Er seufzte tief. «Nun schön, ich muß das jetzt wohl angehen – obwohl das ein bitterer, bitterer Weg ist.»

Er stand auf, nahm seine Mütze und ging fort.

Zuerst begab er sich ins Arden House, wo Janet ihm die Tür öffnete.

«Janet, ich muß den Herrn Doktor sprechen», stammelte Dougal, denn der Whisky hatte seinen Gram vertieft. «Meine liebe alte Mutter – sie ist im Schlaf verschieden.»

«Die Arme», rief Janet unwillkürlich. Dann maß sie ihn mit einem strengen Blick. «Sie können den Herrn Doktor jetzt nicht sprechen. Sie sind alle beide auswärts. Ich werde Ihnen Dr. Hyslop schicken, sobald er von Marklea zurückkommt.» Und sie warf ihm die Tür vor der Nase zu.

«Kein Mitgefühl», dachte Dougal. «O du lieber Himmel, das Weib hat keinerlei Mitgefühl! Meine arme alte Mutter! Ich flenne ja wie ein Kind!» Auf dem Weg zum Leichenbestatter hielt er alle Bekannten auf der Straße an, um ihnen weinend von seinem Verlust zu erzählen.

Bei Gibson, dem Leichenbestatter, bestellte er den Sarg – einen hübschen Sarg, einen schönen Sarg – sein Geld wert und nicht zu teuer.

Sam Gibson war ein guter Junge mit freundlichen Worten und einem kulanten Angebot von fünf Prozent Rabatt bei Barzahlung.

Er versprach, am Abend hinüberzuschicken und die alte Frau aufbahren zu lassen.

Ein Haufen Geld

Es war schon Zeit zum Abendessen, als Dougal heimkam. Jessie war nicht müßig gewesen. Sie hatte eine köstliche Steak- und Nierenpastete gemacht. Das, gebackene Kartoffeln und ein Kuchen standen auf dem Tisch. Daneben auch die Whiskyflasche.

Jessie rief einsichtsvoll:

«Nach so einem Schlag müssen wir uns anständig nähren. Der Kummer, und das und jenes, kurz ...»

Sie setzten sich zu Tisch.

«Ich habe gar keine Lust», wandte Dougal ein, während er seinen Teller entgegennahm. Als nun ein großes, zartes Stück Fleisch hinter seinem Schnurrbart verschwand, fügte er hinzu: «Aber wir müssen uns wohl bei Kräften halten.»

Jessie sagte: «Weil es mir gerade einfällt – wie hoch beläuft sich denn die Versicherung, bis zum heutigen Tag?»

«Nahe an fünfhundert», antwortete Dougal feierlich und spießte eine verheißungsvolle Kartoffel auf seine Gabel.

«Oh, du liebe Zeit! Oh, du liebe Zeit! Das ist ja ein Haufen Geld.»

«Ja freilich, das ist ein Haufen Geld.»

Die Türklingel schrillte. Das war Dr. Hyslop, der sich sogleich nach seiner Rückkehr von Marklea auf den Weg hierher gemacht hatte, betrübt und eigentlich auch ziemlich beunruhigt dadurch, daß die alte Frau so kurze Zeit, nachdem sie ihn konsultiert hatte, gestorben war.

Jessie ging ihm in der Halle entgegen.

«Sie sind doch nicht böse, Herr Doktor, wenn ich nicht mitkomme? Der schwere Schlag hat uns alle recht durcheinander gebracht. Schon der Gedanke, in das Zimmer der armen Alten zu gehen, ist mir gruselig. Es ist die linke Tür auf dem obersten Treppenabsatz.»

Die Chlorodynmixtur

Finlay stieg also allein die Treppe hinauf und trat in das Zimmer. Er öffnete die Jalousie. Dann war das erste, was er auf dem Tisch vor dem Fenster sah, seine Chlorodynmixtur. Er starrte entgeistert die Flasche an. Ein Drittel der Flüssigkeit war fort.

Rasch ging er zu dem Bett und öffnete die Lider der Alten. Die Pupillen waren nicht größer als ein Stecknadelkopf. Er nahm das Handgelenk und hielt es eine Zeitlang. Und dann huschte ein flüchtiges Lächeln über seine Züge.

Aus der Tasche nahm er eine Phiole mit starkem Ammoniak und hielt sie der Leiche an die Nase.

Eine kurze Zeit ereignete sich nichts. Dann nieste die Tote mit großem Enthusiasmus. Schlaftrunken öffnete sie die Augen, starrte Finlay an und gähnte, während er sie rüttelte.

«Herr Doktor, Herr Doktor, was in aller Welt machen Sie denn hier? Ah, ich habe wunderbar geschlafen!»

Er neigte sich über sie und brüllte ihr ins Ohr.

«Wieviel von der Arznei haben Sie denn genommen?»

«He? Wie? Zwei Eßlöffel voll, wie Sie es verordnet haben.»

«Kein Wunder dann, daß Sie geschlafen haben», schrie er. «Aber jetzt, meine ich, ist es höchste Zeit, daß Sie aufstehen!»

Er verkorkte die Arzneiflasche, steckte sie ein und stieg die Treppe hinab.

«Wollen Sie ein Gläschen, Herr Doktor?» fragte gramgebeugt Dougal in der Küche.

«Ich habe nichts dagegen», sagte Finlay herzhaft. «Obwohl es das erste Mal ist, daß ich höre, wie Sie jemandem etwas anbieten.»

Ein großartiges Essen

Der tieftrauernde Sohn schüttelte pathetisch das Haupt.

«Es ist die besondere Gelegenheit, Herr Doktor. Meine arme alte Mutter! Ich bin so unglücklich, daß sie uns entrissen worden ist.»

«Wir sind alle so unglücklich», echote Jessie mit frommem Augenaufschlag.

«Nun, auf Ihr Wohl, Dougal», sagte Finlay.

«Auf das Ihre, Herr Doktor», erwiderte Dougal traurig. «Wir brauchen vier Totenscheine. Ich habe sie bei vier Gesellschaften eingetragen gehabt, die arme Alte!»

Nun hörte man droben Lärm und das Zuschlagen einer Tür.

«Um des Himmels willen!» rief Jessie erbleichend. «Was ist das?»

«Ein prächtiger Whisky, Dougal», sagte Finlay vergnügt.

Nun vernahmen sie, wie jemand die Treppe herabkam.

Die Tür öffnete sich, und die alte Mrs. Todd trat ein. Jessie kreischte auf.

«Allmächtiger Gott!» sagte Dougal und schüttete sich den guten Whisky über den Anzug.

Starr vor Entsetzen sahen sie zu, wie die alte Frau ihren Sessel zum Tisch schob und sich von der Pastete nahm.

Erst gähnte sie, dann kicherte sie, dann rief sie mit einem Blick auf die Pastete, den Kuchen und den Whisky:

«Das ist ja heute ein großartiges Essen. Und ich bin halbtot vor Hunger.»

Sie begann mit außerordentlich gutem Appetit zu essen. Und nun machte sich Finlay aus dem Staub.

Das Ende einer Assistentenschaft

Matties Unfall

Finlay Hyslop lernte Mattie Lennox aus Marklea kennen, als sie an jenem Wintermorgen zu ihm kam, eine große Brandwunde an der Schulter. Es war eine schlimme Wunde zweiten Grades, die über einen Teil des Rückens reichte und ungeschickt mit Rizinusöl und einem Flicken sauberer Baumwolle verbunden war.

Trotz dem Öl hatte sich der dünne Baumwollstreif angeklebt, so daß das Säubern und Neuverbinden der offenen, blasenbedeckten Wunde für Finlay eine schwierige und für das Mädchen eine höchst schmerzvolle Prozedur war.

«Wann ist das geschehen? Wohl gestern abend, nach dem Aussehen zu schließen?» Als er bemerkte, wie sie zusammenschrak, schnalzte er ungeduldig mit der Zunge – er verabscheute es, Schmerz zufügen zu müssen – und sagte:

«Sie hätten früher kommen sollen!»

Sie saß tapfer aufrecht auf dem harten Ordinationssessel, das Leibchen herabgezogen, so daß man die junge Brust und die durch die häßliche Wunde entstellte milchweiße Haut sah.

Das Mädchen war nicht älter als neunzehn und war hübsch. Sie hatte dichtes braunes Haar und schöne dunkle Augen. Doch jetzt war ihr Gesicht blaß, ihre Lippen fest zusammengepreßt, und ihr ganzer Ausdruck zeigte etwas Verstocktes, Verkrampftes.

Hyslop musterte sie neugierig, und während er nun begann, die lange Rolle der Bandage um sie zu wickeln, fragte er:

«Wie ist das passiert?»

Sie antwortete kurz:

«Ich habe die Lampe getragen und ließ sie fallen.»

Er sah sie erstaunt an.

«Aber, Kind, Sie haben die Lampe doch nicht am Rücken getragen!»

Sie gab keine Antwort, sondern schloß die Lippen noch fester und hielt ihren wunden Blick weiterhin auf den Boden gerichtet.

Unwillkürlich schaute Finlay in die andere Zimmerecke, wo ihr Stiefbruder saß, Hughie, ein kleiner Junge von zwölf Jahren, der sie in dem Ponywagen von Marklea hierher kutschiert hatte.

Hughie fing Finlays Blick auf und platzte heraus:

«Sie war's ja gar nicht! Er hat die Lampe nach ihr geworfen!»

«Sei still, Hughie!» wandte sie sich ungestüm an ihn. «Ich bin's doch, die verletzt wurde, nicht wahr? Und wenn gesprochen werden muß, dann spreche ich!»

Aber sie sprach nicht mehr viel, sie fragte Hyslop nur, wie sie die Brandwunde weiter behandeln solle, und dankte ihm freundlich, während sie ihm das Honorar zahlte.

Vom Fenster sah Finlay, wie sie den Weg hinabgingen – ein sonderbares Paar, so dachte er.

Der kleine Junge in seiner blauen Jacke, dem gestrickten Pullover und den schweren, plumpen Stiefeln hielt Matties Hand fest in der seinen, während sie, die ihre ärmlichen, selbstgemachten Kleider mit einer seltsamen Würde trug, den Kopf hoch erhoben hielt, als müßte sie den konzentrierten Blicken eines feindseligen Universums in einer feinfühligen und zugleich stolzen Art begegnen.

Er sah, wie sie in den alten, von der Sonne blasigen Wagen stiegen, dessen Riemen mit Stricken zusammengeflickt, dessen Speichen mit Schlamm bespritzt waren und in dessen quiekender Achse sich Strohhalme verfangen hatten. Dann fuhren sie schweigend los, um die sieben Meilen der Heimfahrt nach Marklea zurückzulegen.

Drei Monate vergingen, ehe Finlay wieder etwas von den Lennox hörte.

Der Frühling war gekommen, ein herrlicher Frühling mit heißen Ausbrüchen von Sonnenschein und warmen, brausenden Regenschauern, die die Wälder von Marklea mit Primeln besprenkelten und – wie Cameron hoffnungsvoll voraussagte – eine frühe Wanderung der Lachse im See verhießen.

Schon zweimal war Cameron draußen gewesen, und bei jeder dieser Gelegenheiten war er aus der Gegend von Marklea mit einem schönen Fisch zurückgekommen. Nun war Finlay an der Reihe, und an einem Donnerstagmorgen hatte er um neun Uhr das Angelzeug, die von Janet belegten und verpackten Brote im Wagen verstaut und machte sich, eifrig wie ein Schuljunge, bereit, die Fahrt anzutreten.

Kurz bevor er losfuhr, sagte Cameron so nebenbei zu ihm:

«Übrigens, Finlay, wegen des Bootes – in Marklea sind mehrere zu vermieten. Nehmen Sie, welches Sie wollen, nur nicht das von Rab Lennox.»

Finlays Neugier regte sich. Aber er hatte es eilig, fortzukommen, und so nickte er nur zustimmend. Immerhin fiel ihm am späten Nachmittag, als er, vom Fischen kommend, bei einem guten, ausgiebigen Tee im «Wappen von Marklea» saß, Camerons Bemerkung wieder ein.

Die Sonne hatte für das Fischen zu hell geschienen, und der See war zu still gewesen, immerhin hatte Finlay ein schönes Stück von fast fünf Pfund erbeutet und war mit dem Leben einigermaßen zufrieden. Etwas von dieser Befriedigung spiegelte sich in seinem Wesen, denn er lächelte Mrs. Dow, der Wirtin des «Wappens», zu, während er sagte: «Übrigens – wer ist dieser Rab Lennox, von dem ich habe sprechen hören?»

Sie erwiderte sein Lächeln nicht. Sie hörte auf, den Tisch abzuräumen, blickte Finlay an, während er vor dem knisternden Kaminfeuer saß und sich die Pfeife stopfte, und sagte kurz angebunden: «Der? Der ist nicht viel wert!»

Sie war keine Klatschbase, die gute Elspeth Dow, sondern eine respektable, wohlerzogene Frau, die das «Wappen von Marklea» nun schon nahezu fünfzehn Jahre führte.

Finlay hatte seine liebe Not, sie zum Sprechen zu bewegen, doch endlich glättete sie nachdenklich ihre weiße Schürze und erzählte ihm einiges über Rab Lennox.

Er wohnte im letzten Haus des Dorfes, nahe dem Landungsplatz. Das war das kleine weiße Häuschen am Ende der einzigen Straße, die nicht mehr als höchstens dreißig Häuser hatte.

Von Beruf war er alles – und nichts. Bootsvermieter, sagte die Tafel über seiner Tür. Aber die anständigen Leute sagten andere Dinge. Während er für das Auge der Welt seine Zeit damit verbrachte, am Ende des Landungssteges emsig zu rauchen und zu warten, bis er sein flaches Boot einem unvorsichtigen Touristen vermieten konnte, hatte er, wie man wußte, auch noch andere Geschäfte.

Er war der übelste Wilddieb der Gegend – er stahl Lachse und Forellen, Fasane und Rebhühner, ja gelegentlich auch ein Reh im Bergrevier.

Auch für Hunde hatte er etwas übrig und war ein Händler, der bei seinen Geschäften nie zu kurz kam. Er brüstete sich mit großer Sachkenntnis, was Pferde betraf, und wenn in Lanark oder Bogside Rennen abgehalten wurden, verschwand Lennox und war oft eine ganze Woche fort.

Aber das war nicht das Schlimmste. Es hieß, er halte es mit einem Schmuggler dort drüben auf der fernen Insel – denn wie wäre es sonst möglich gewesen, daß er oft alkoholisiert war, obwohl er doch auf Elspeths ausdrücklichen Befehl die Schwelle des «Wappen von Marklea» nicht überschreiten durfte. Und alkoholisiert war er wahrhaftig die ganze liebe Woche lang – eigentlich selten wirklich betrunken, aber noch viel seltener nüchtern.

«Ein großer Büffel von Mann, mit rotem Gesicht und aufgedunsenem Mund und kleinen Schweinsaugen, über die rötlichbraune Augenbrauen hängen. Das ist ein lebensgetreues Porträt», fügte Mrs. Dow mit einer Gebärde des Abscheus hinzu.

«Ein Blick auf Rab, und Sie könnten glauben, der Schöpfer habe den Bullen und das Schwein genommen und sie miteinander in menschliche Gestalt gepreßt. Der Herr verzeihe mir diese Worte, aber sie treffen zu, so wahr ich auf Gnade im Jenseits hoffe!»

Rabs Frau war seit sieben Jahren tot. Sie war aus Inveraray gewesen, ein stolzes, aber freundliches Geschöpf und weit höheren gesellschaftlichen Standes als Rab.

Als Witwe mit einem Kind und ein wenig eigenem Geld, hatte sie ihn sozusagen auf den ersten Blick geheiratet, denn er hatte in seinen jungen Tagen ein herrisches, sieghaftes Wesen, dem nur wenige Frauen widerstehen konnten. Daß sie später allen Grund hatte, diesen Schritt zu bereuen, konnte jedermann erraten, obwohl sie zu niemandem davon sprach.

Ihr Geld war bald fort – und sie war es nicht, die es ausgegeben hatte. Sie welkte dahin wie eine vernachlässigte Blume und starb bald nach Hughies Geburt.

Mattie, die Tochter, war ihr Ebenbild – ein braves, hübsches Mädchen, das nun trotz unmöglichen Schwierigkeiten dem Stiefvater den Haushalt führte.

Dabei konnte man nicht sagen, daß Rab sie schlecht behandelte, obwohl er oft, hatte er mehr getrunken als gewöhnlich, sie und den Jungen verprügelte. Es war viel schlimmer.

Er ließ das Mädchen nie aus den Augen. In der einen Minute konnte er sie schlagen, doch in der nächsten tat er ihr schon schön. Und warum in aller Welt hatte er dem jungen Neil Taggart das Haus verboten, dem Forstgehilfen in den Policies, einem anständigen, angesehenen Burschen; und die ganze Gegend wußte doch, daß Neil und Mattie bis über beide Ohren ineinander verliebt waren?

Ein Besuch um Mitternacht

Mrs. Dow verzog geringschätzig den Mund.

Natürlich war aus Mattie nichts herauszubringen. Die war ein stolzes Mädchen und hätte sich, so wie einst ihre Mutter, lieber die Zunge abgebissen, als daß sie eine Klage geäußert hätte.

Doch das mit dem betrunkenen Vieh und dem hübschen heranwachsenden Mädchen ging übel aus, höchst übel, wenn sie, Elspeth Dow, überhaupt etwas vom Leben wußte.

In jenem Herbst verbrachte Finlay einen Teil seines zehntägigen Urlaubs in Marklea. Er hatte die Gegend liebgewonnen, und das Fischen war ungewöhnlich ergiebig, da die Seeforellen ein schönes Stück in den Fruin hinaufkamen.

Im «Wappen» betreute ihn Mrs. Dow in ihrer ruhigen Art aufs beste, und der junge Taggart führte ihn den Fruin aufwärts in die Marklea Policies, wo der Fluß am fischreichsten war.

Das war der schweigsamste Mensch, den man sich vorstellen konnte, dieser Neil Taggart, er konnte einen ganzen Tag lang mit einem gehen und alles in allem zehn scheue Silben sprechen.

Es war nicht mürrisches Wesen, was ihn stumm machte, sondern die Zurückhaltung eines ruhigen Menschen, der im Schweigen der Natur lebt und sich dieses Schweigen angeeignet hat.

Er war auch feinfühlig; er konnte rasch die Farbe wechseln, und in seinen grauen Augen lag ein versonnener Ausdruck, etwas von jener sonderbaren, für das Wesen der Hochländer so charakteristischen Weichheit.

Finlay ahnte, daß dieser junge Mann Kummer hatte und unglücklich war. Doch zwischen den beiden wurde der Name Mattie Lennox niemals genannt.

Der letzte Fischtag kam und verging. Am Abend ging Finlay im Hinblick auf die morgige frühe Rückfahrt schon kurz nach neun Uhr zu Bett.

Er schlief sogleich ein, doch zwei Stunden später weckte ihn ein scharfes Pochen an seiner Tür. Er setzte sich im Bett auf und rief:

«Was ist los?»

«Hughie Lennox möchte Sie sprechen», rief Mary, die Küchenmagd. «Ich habe versucht, ihn fortzuschicken, aber er sagt, er müsse zu Ihnen!»

Finlay sprang aus dem Bett. Mit der Flinkheit, die er durch lange Routine erworben, war er in drei Minuten angekleidet und schon unten.

Hughie Lennox stand in der Hintertür des Gasthofs. Obwohl die Nacht warm und sternhell war, zitterte er vor Kälte.

«Mein Vater», antwortete er stammelnd auf Finlays Frage. «Sie müssen gleich zu ihm kommen.»

«Aber was ist denn geschehen?» drang Finlay in ihn.

«Ich weiß nicht – ich weiß nicht», stöhnte Hughie. «Ich lasse mich abends nie blicken, wenn er von der Insel zurückkommt, weil er mich dann immer prügelt...»

Und er zerrte krampfhaft an Finlays Arm.

Fünf Worte

Sie gingen miteinander die menschenleere Dorfstraße hinab und traten in die Küche des Hauses. Hier fuhr Finlay zusammen, entsetzt von dem, was er sah.

In der Ecke der Küche kauerte mit kalkweißem Gesicht, barfuß, nur im Nachthemd, Mattie.

Und Rab Lennox lag lang ausgespreizt auf dem Fußboden, Blut an den Nasenflügeln und eine purpurne Schramme mitten auf der Stirn.

Ein Blick auf die lange, starre Gestalt, auf das leblose Gesicht, auf den unheimlich offenstehenden Mund genügte – Rab Lennox war tot.

Finlay kniete bei der Leiche nieder und tastete, angeekelt von dem Alkoholgeruch des geöffneten Mundes, rasch über den Schädel des Toten; die Skalphaut war unverletzt, aber hinten am Scheitel ließ sich eine schmale, zackige Bruchspur feststellen.

Er überlegte hastig – ein Hieb auf die Stirn, ein Sturz auf den Hinterkopf und Schädelbruch.

Seine Blicke glitten forschend durch den Raum; ja dort, neben Mattie, lag ein schwerer Schürhaken mit einem großen runden Knopf. Finlay stand auf und sah den entsetzten Hughie sinnend an.

«Lauf schnell fort, Hughie», sagte er ruhig. «Fort, und hole Bell, den Polizisten, und Neil Taggart und Mrs. Dow. Hole, wen du nur kannst.»

Schlotternd lief Hughie aus dem Haus.

Finlay trat nun zu Mattie.

«Warum haben Sie das getan, Mattie?» fragte er leise. Sie schien ihn nicht gehört zu haben. Wie ein geprügeltes Tier hockte sie hier zusammengekauert, ihre Oberlippe zuckte, und sie hatte die Arme über der Brust gefaltet.

Er legte ihr den Arm um die Schulter und wiederholte seine Frage. Endlich blickte sie stumpf zu ihm auf. Nach langer, langer Zeit sagte sie: «Er war hinter mir her!»

Fünf Worte, aber hinreichend! Er bemerkte jetzt, daß ihr dünnes Nachthemd hinten zerrissen war.

Schweigen.

Finlay nahm den Schürhaken, wischte ihn sorgfältig ab und legte ihn wieder neben den Herd. Dann wandte er sich an Mattie und sagte langsam, damit diesem erschütterten, erschreckten Gemüt jedes Wort klar werde:

«Reden Sie nichts, mein Kind! Mehr brauchen Sie nicht zu tun.»

Ein Verbrechen wird verheimlicht

Als nun Schritte zu hören waren, kniete er neben dem Leichnam nieder.

So fanden sie ihn, als sie eindrangen – Bell, Taggart und noch ein Dutzend. Kniend schaute er mit einem Ausdruck des Bedauerns zu ihnen auf, die Hand auf dem Herzen des Toten.

«Ihr kommt zu spät, meine Freunde», sagte er und schüttelte den Kopf. «Ich hatte geglaubt, ihr würdet mir helfen können – aber er verschied in dem Augenblick, als ihr durch die Tür kamt.»

«Was ist denn geschehen?» fragte Bell, der Polizist, mit bebender Stimme.

«Ein Schlaganfall», stellte Finlay entschieden fest. «Er kam betrunken heim, hatte einen Anfall und stürzte auf die Stirn. So hat ihn Mattie gefunden. Und so hab auch ich ihn gefunden. Er lallte immer wieder: ‹Ich bin gestürzt – ich bin gestürzt!› – und das sagte er immer wieder bis zum Schluß, der arme Kerl!»

Erschrockenes Schweigen. Endlich sagte Bell feierlich:

«Nun – das war ein jähes Ende, und mitten im Rausch! Aber ich hab ja immer gesagt . . .»

Finlay stand auf. Er wandte sich ganz offen an Taggart:

«Morgen stelle ich Ihnen den Totenschein aus, Neil. Um neun Uhr. Inzwischen kümmern Sie sich um Gottes willen um Mattie; das arme Mädel ist halb von Sinnen.»

Ein Chor der Teilnahme, und Mrs. Dow eilte mit ihrem Shawl auf Mattie zu.

Am nächsten Morgen war Finlay wieder in Levenford und ging sogleich in die Ordination.

Um neun Uhr, auf die Minute pünktlich, erschienen Neil und Mattie.

Finlay schrieb mit ruhigen, runden Zügen in den Totenschein: «Gehirnblutung.»

Während er schrieb, dachte er düster: «Ich stelle ein falsches Dokument aus – ich verheimliche ein Verbrechen. Ich handle selbst verbrecherisch. Wenn man daraufkommt, werde ich aus dem Ärzteregister gestrichen und wandere ins Gefängnis.» Sorgfältig trocknete er das Blatt ab.

Kein Wort kam über Neils oder Matties Lippen.

Die beiden standen vor ihm wie zwei Kinder. Doch als er fertig war, brach Mattie in heftiges Weinen aus. Sie nahm Finlays Hand und drückte sie an ihre Wange. «Oh, Herr Doktor! Herr Doktor!» schluchzte sie, unfähig, mehr zu sagen.

«Ich weiß, wie Ihnen zumute ist, Mattie», sagte er. «Aber jetzt ist ja alles in Ordnung.» Er schüttelte Neils Hand, die zupackte wie eine Zange. Dann waren die beiden fort.

Camerons kleiner Spaß

Finlay ging in die Wohnung zurück, schweren Schrittes, mit gesenktem Haupt, und müde trat er in Camerons Zimmer. Jetzt bedrückte ihn allerdings das Bewußtsein dessen, was er getan, wie eine Zentnerlast.

Cameron, der vor den Morgenvisiten seine Pfeife und ein Mußestündchen genoß, blickte munter auf.

«Wo sind die Fische, Mensch? Wo sind die vielen Lachse, die Sie mir bringen?»

Finlay schüttelte den Kopf.

«Ich bringe keine Fische. Ich bringe meine Demission.»

Noch ehe der andere ein Wort sagen konnte, erzählte ihm Finlay alles und fügte dann ungelenk hinzu:

«Ich verschwinde, sobald Sie es wünschen. Mir ist es einerlei. Ich bereue nichts. Ich konnte nicht anders handeln.»

Cameron klopfte gesenkten Hauptes die Asche aus seiner Pfeife. Als der verdächtige Glanz in seinen Augen wieder verschwunden war, richtete er sich auf.

«Mensch, Finlay», sagte er in seinem breiten Schottisch, wie immer, wenn er tief bewegt war. «Ich hab ja gewußt, daß Sie nichts taugen. Aber das Sie so wenig taugen, das hab ich nicht gewußt.»

Eine Pause.

«Eigentlich hab ich mir schon lang gedacht, daß ich Sie als Assistenten nicht brauchen kann. Darum fürchte ich, daß es jetzt nach Ihrer Demission nur eines gibt.» Eine längere Pause. – «Wie wär's, wenn Sie mein Kompagnon würden?»

Und über das ganze Gesicht grinsend, streckte ihm Cameron die Hand hin.

Inhalt

31/15

172/17

rororo

GEORGETTE HEYER

Die bezaubernde Arabella [357]
Die Vernunftehe [477]
Die drei Ehen der Grand Sophy [531]
Geliebte Hasardeurin [569]
Der Page und die Herzogin [643]
Die spanische Braut [698]
Venetia und der Wüstling [728]
Penelope und der Dandy [736]
Die widerspenstige Witwe [757]
Frühlingsluft [790]
April Lady [854]
Falsches Spiel [881]
Serena und das Ungeheuer [892]
Lord «Sherry» [910]
Ehevertrag [949]
Liebe unverzollt [979]
Barbara und die Schlacht von Waterloo [1003]
Der schweigsame Gentleman [1053]
Heiratsmarkt [1104]
Die galante Entführung [1170]
Verführung zur Ehe [1212]
Die Jungfernfalle [1289]
Brautjagd [1370]
Verlobung zu dritt [1416]
Damenwahl [1480]
Die Liebesschule [1515]
Skandal im Ballsaal [1618]
Mord mit stumpfer Waffe [1627]
Der schwarze Falter [1689]
Ein Mädchen ohne Mitgift [1727]
Der Mörder von nebenan [1752]
Eskapaden [1800]
Findelkind [1837]
Mord ohne Mörder [1859]
Lord Ajax [1900]
Der Tip des Toten [1919]
Herzdame [1954]
Der Tote am Pranger [1971]
Junggesellentage [4009]
Mord vor dem Dinner [4026]
Der Trumpf des Toten [4069]
Zärtliches Duell [4125]
. . . und sie fanden einen Toten [4162]
Warum den Butler erschießen? Detektivroman [4217]
Mord beim Bridge Detektivroman [4325]
Lord John [4560]

ERIC MALPASS

Die Gaylord-Romane

Morgens um sieben ist die Welt noch in Ordnung
Wenn süß das Mondlicht auf den Hügeln schläft
Sonderausgabe. Deutsch von Brigitte Röseler und Margret Schmitz.
440 Seiten. Geb.

Morgens um sieben ist die Welt noch in Ordnung
Roman. rororo 1762
Wenn süß das Mondlicht auf den Hügeln schläft
Roman. rororo 1794

Fortinbras ist entwischt

Eine Gaylord-Geschichte. Mit Zeichnungen von Wilhelm M. Busch.
Deutsch von Susanne Lepsius. rororo 4075

Lieber Frühling komm doch bald

Wieder ein Gaylord-Roman. Deutsch von Anne Uhde. 246 Seiten. Geb.

Schöne Zeit der jungen Liebe

Roman. Deutsch von Anne Uhde. 221 Seiten. Geb.

Als Mutter streikte

Roman. Deutsch von Anne Uhde. 167 Seiten. Geb.
und als Taschenbuchausgabe: rororo 4034

Und der Wind bringt den Regen

Roman. Deutsch von Anne Uhde. 345 Seiten. Geb.

Beefy ist an allem schuld

Ausgezeichnet mit der ‹Goldenen Palme des Humors›
Roman. Deutsch von Susanne Lepsius.
220 Seiten. Geb. und als Taschenbuchausgabe: rororo 1984

Liebt ich am Himmel einen hellen Stern

Ein Roman um William Shakespeare und Anne Hathaway
Deutsch von Susanne Lepsius. 297 Seiten. Geb.

Unglücklich sind nicht wir allein

Ein Roman um William Shakespeare und seine Zeit
Deutsch von Susanne Lepsius. 279 Seiten. Geb.

Hör ich im Glockenschlag der Stunden Gang

Ein Roman um William Shakespeares letzte Lebensjahre
Deutsch von Susanne Lepsius. 226 Seiten. Geb.

Rowohlt

759/14

THYDE MONNIER

rororo

Die kurze Straße

«Das Buch ist in jeder Hinsicht gekonnt. Thyde Monnier kann erzählen und erzählt in einer ganz selbstverständlichen, lebhaften ralistischen Art ganz unproblematisch und ohne Reflexionen. Sie fängt gleichsam ein Sück Leben in ihrem Buch ein. Ihre Menschen sind wirkliche, lebensvolle Menschen. In der verwirrenden Fülle des Geschehens verliert sie nie die Fäden der Handlung und erreicht so die Wirkung großer Geschlossenheit.»

Bücherei und Bildung, Reutlingen

rowohlts rotations romane Band 30

Liebe – Brot der Armen

«Mit Recht zählt man dieses Buch zu den schönsten Liebesgeschichten der französischen Literatur.»

Westdeutsche Allgemeine, Essen

rowohlts rotations romane Band 95

Gesamtauflage der Werke von Thyde Monnier in den rororo Taschenbüchern: über 1,2 Millionen Exemplare

96/11